KB275838

원년
봄의
제사

元年春之祭

무녀주의 살인사건

원년 봄의 제사

元年春之祭

루추차 장편소설
한수희 옮김

스핑크스

차례

일러두기

- 이 책은 《元年春之祭》(2016)를 번역한 것입니다.
- 본문에서 작가 주(註)는 ※, 옮긴이 주는 ★로 표시했습니다.

1장

봄이 오니 새해가 밝고

해가 유유히 떠오르네

나는 마음을 편히 하여 마음껏 즐기고

강가를 거닐며 근심을 풀리

開春發歲兮, 白日出之悠悠

吾將蕩志而愉樂兮, 遵江夏以娛憂

- 굴원, 〈구장九章·사미인思美人〉 중에서

1

천한天漢* 원년元年, 기원전 100년, 늦봄 석양 아래 활을 든 소녀가 운몽雲夢 황야에서 꿩을 쏘아 죽였다. 무릎까지 내려오는 긴 저고리, 통 넓은 바지, 외뿔암소 가죽으로 만든 화살통을 등에 멘 모습은 흡사 무인武人이다. 나무 그늘에는 운몽 현지에 사는 다른 소녀가 서 있다. 짧은 홑옷을 입고 해 질 녘 무더위를 견디며 친구가 쏘아 죽인 사냥감을 손에 들고 있다.

꿩을 쏜 소녀가 들고 있는 활은 아버지가 그 아버지께 선물 받은 것으로, 수도 장안長安의 공예가가 옛 법에 따라 만든 것이다. 이런 활을 만들려면 족히 1년 이상 걸린다. 활등은 동해군東海郡에서 생산되는 산뽕나무를 한겨울에 패서 만들었다. 봄이 되면 전년 가을에 뽑은 쇠뿔을 물

* 한나라 무제의 연호(기원전 100~기원전 97).

에 담가두었다가 준비해 사용한다. 여름에는 사불상^{四不}

像, 사슴과의 동물의 힘줄을 정성껏 무두질한다. 가을에 들어서면 처리해둔 쇠뿔과 사불상 힘줄을 산뽕나무 안팎에 주홍색 아교로 붙이고, 명주실을 감고 옻칠을 해서 아교와 옻칠이 응고되도록 겨울날 놓아둔다.

소녀는 이 선물을 늘 소중히 여기며 활쏘기 연습을 할 때면 때가 묻지 않도록 조심조심 애지중지했다. 정작 이 활로 동물을 쏘아 죽인 건 이번이 처음이었다. 처음엔 움직이는 목표 쏘는 기술을 미처 파악하지 못해 화살 몇 개를 공중에 날려보냈고, 그 바람에 운몽 친구의 비웃음을 사기도 했다. 숲속에 상대방 웃음소리가 아직 맴돌고 있을 때, 새빨간 메꽃 위에서 첫 번째 희생물의 피가 사방으로 흩날렸다.

활을 든 소녀는 어릴 적부터 장안에서 자랐다. 수도권 일대의 산림 대부분은 이미 황실로 귀속됐다. 그래서 소녀는 작고한 한 장군에게서 궁도를 배우긴 했지만 그것을 발휘할 기회가 드물었다. 오늘처럼 마음대로 사냥하는 것이 소녀의 숙원이었다.

게다가 이 일대는 원래 초나라 왕의 사냥터였다.

예전에는 무기를 갈고 무술을 익히는 초겨울이 되면 초나라 왕은 옥으로 장식된 병거^{兵車}를 타고, 손에는 조각을 한 활과 강한 화살을 들고 무리를 이끌며 숲에서 돌아다니는 기이한 짐승을 쏘아 죽였다. 한동안 화살이 비처럼 쏟아지며 피와 살이 사방으로 튀었다. 몸에 여러 개의 화살을 맞고 땅에 쓰러져 일어나지 못하게 된 사냥감은 다시 수레바퀴에 눌리고 보병에게 짓밟혔다. 토실토실 부드러운 살은 맛보기도 전에 흙속에서 뭉개졌다. 한바탕 살육을 저지른 후 초나라 왕은 흡족해하며 활과 화살을 내려놓고 곳곳에 널린 사체와 아쉬워하는 병사들을 감상했다. 아침 안개처럼 얇은 적삼을 입은 소녀들이 코를 찌르는 피비린내 속에서 춤을 췄다. 소녀들의 옷은 땅에 늘어지자마자 피로 물들었다…….

경양왕楚頃襄 21년*에 이르러 진나라 백기白起 장군이 군사를 이끌고 초나라 도읍지 영도郢都를 함락하자 운몽택雲夢澤, 후베이성 장한평원에 있었던 대규모 소택지도 뒤이어 점령당했다. 그 후 진나라는 이곳에 남군南郡을 세우고 벌목금지령을 해제한 후 '운몽관雲夢官'이라는 직위까지 특별히 내려 이곳을 관리하게 했다. 약 1백년 후 운몽에서 평탄한 곳은 농지로 개간된 지 오래였고 가파른 산비탈이나 움푹 꺼진 곳들만 몇 군데 남았는데, 지세가 험준한 덕분에 원래 모습을

---

* 즉 기원전 278년.

보존하고 있어 지금까지 향촌 사람들이 땔감을 하고 사냥을 했다.

"유생은 갈고리로만 낚시를 하지 그물을 쳐서 고기를 잡지 않고, 사냥할 때도 이미 둥지로 돌아간 새는 절대 쏘지 않는대. 규는 유학을 숭상하면서 이렇게 함부로 살육을 해서는 안 되는 거 아닌가?"

짧은 홑옷을 입은 현지 소녀가 방금 숨이 끊긴 꿩을 들며 불평했다. 소녀는 말하면서 경멸하듯 얼굴을 돌리면서도 사살당한 꿩은 꽉 쥐고 있었다. 사실 장안에서 온 오릉규於陵葵가 꿩을 몇 마리 잡아 술안주로 삼자고 제안했을 때 남 비위 맞추는 데는 별 재간이 없는 관노신觀露申의 혀 밑에서도 침이 고였다. 화살촉이 꿩 깃털과 지방을 뚫고 들어가는 순간, 노신 또한 별로 불쌍한 마음이 들지 않았다.

노신이 이런 말을 한 건 아마도 자신은 활을 쏘지 못하는 탓에 이 방면에선 규보다 뒤처진다 생각해 달갑지가 않아서였을 것이다. 하지만 사실 노신의 전패로 끝난 규와의 시합은 이제 막 막이 올랐을 뿐이다.

앞으로 노신을 기다리고 있는 것은 끝없는 좌절과 열등감이다.

"노신은 잘 모를 거야." 규는 이 말로 화제를 끌어냈고,

노신은 규가 얘기하려는 내용을 대부분 전혀 알 수 없었다. "그렇게 '낚시질은 해도 그물질은 하지 않고 주살질은 해도 자는 새를 쏘지는 않는' 샌님은 마구간에 불이 나면 '사람이 다쳤느냐'라고만 묻지 말이 살았는지 죽었는지 따위는 상관도 안하거든. 노신은 인간의 음식물에 동정심을 품으면서 뭐 하러 나와 같이 사냥을 나왔지?"

"난 다만 아버지의 명령을 따라 네게 길을 안내한 것뿐이지, 네 공범이 될 생각은 없었어."

두 소녀는 오전에 처음 만났지만 이미 오랜 벗처럼 논쟁을 시작했다.

"네가 얘기한 것과 정반대로 궁술은 살육만 하는 기술이 아니야. 예서禮書에 따르면 '활을 쏘는 것은 인仁의 길이다. 활쏘기는 자기 자신을 올바르게 할 것을 요구하고 몸을 바르게 한 후에야 발사하며, 쏜 화살이 과녁에 적중하지 못하면 나를 이긴 자를 원망하지 말고 돌이켜 자신에게서 잘못을 구할 따름이다'라고 되어 있어. 호전성이 강한 격투술에 비해 궁술은 상대와 겨룬다기보다 자기 자신과 겨루는 성격이 강해. 그래서 자신의 약점을 극복하고 '인'의 경지에 이르는 거지."

"말은 그럴싸하네. 하지만 규는 어서 피가 낭자한 현실을 직시해야 해. 저 사체들과 그 위에 난 치명상 좀 봐. 저게 네가 말한 '인'이니? 단지 덕을 행하는 것만 추구한다면 과녁을 맞히는 연습, 시합만 하면 될 것이지 왜 살아 있는 생명을 도살해? 결국 넌 짐승 사냥에 미련이 있는 것뿐이면서 거창한 이치까지 끌어다 변명을 하잖아. 이게 너희 장안 사람의 습성이니?"

"노신은 현지 사람이니까 '운몽택'을 왜 '택澤'이라고 하는지 당연히 알고 있겠지?"

"물론 알지. 내가 학문이 너보다는 못하지만 그래도 최소한 귀족의 후예인데 어떻게 그런 상식도 없겠어." 노신은 화가 나서 볼이 부풀어 올랐지만 사실 속으론 자신이 별로 없었다. "운몽은 호수가 많고 수계水系가 발달해서 '운몽택'이라고 불려."

노신의 대답을 다 들은 규는 참지 못하고 웃음을 뱉어 냈다.

"그건 전해지는 풍습에서나 하는 얘기잖아. 글자만 보고 대강 뜻을 짐작한 거라 박학다식한 학자들에게 멸시를 당하고 말걸."

"그럼 니들 '박학다식한 학자'는 어떻게 해석하는데?"

"택은 택이다澤, 擇也." 규는 한 글자로 단번에 풀이했다. "예서에 '천자는 제사를 지내려면 반드시 먼저 택에서 활 쏘기를 익혔다. 택은 따라서 선비를 뽑는 곳이다'라고 되어 있어. 바꿔 말하면 나처럼 '택'에서 사냥감을 적중시킨 사람이야말로 제사에 참여할 자격이 있는 거지. 운몽은 호수가 많긴 하지만 지금까지도 개간되지 않은 산림이 적지 않아, 다양한 새와 짐승이 밀집해 있어 훌륭한 사냥터야. 초나라 왕이 사냥하던 시절의 규모를 잃은 지는 오래됐지만 모처럼 왔으니 그 옛날 힘차고 웅장했을 정경을 좀 보고 싶고, 나도 옛사람처럼 꿩 몇 마리 잡아서 돌아가 기념으로 삼으려고 하는 거지."

"결국은 고기가 먹고 싶다는 거네……."

노신은 말하면서 손에 든 사냥감의 무게를 짐작해봤다. 맛있는 한 끼 만찬이 되기에 충분했다.

"노신은 마치 본인은 꿩고기를 먹어보지 않은 것처럼 얘기하네." 규는 뒤에서 화살 하나를 뽑으며 짓궂게 웃었다. "하긴 노신처럼 굼뜬 사람은 움직이는 목표는 적중시키는 게 불가능할 거야."

"쇠뇌를 사용하면 나도 잡을 수 있어."

관觀씨 일가는 초야에 은거하며 맹수에 대비하기 위해 무예 연마를 게을리한 적이 없었다. 짧은 병기도 다루기 불편한 부녀자와 어린이조차 쇠뇌 쓰는 연습은 틈틈이 했다.

"흠, 쇠뇌?" 규의 표정에 무시하는 기색이 역력해 둔감한 노신도 알아챌 정도였다. "무기에도 군자와 소인의 구분이 있다면 쇠뇌는 당연히 소인이나 사용하는 거지. 노신, 그래도 귀족의 후예인데 자신을 망치고 조상을 모욕하는 그런 물건은 건드리지 않는 게 좋아.”

“쇠뇌가 뭐 어때서? 규는 왜 그렇게 쇠뇌를 배척하는 거야?” 노신이 반박했다. “내가 듣기론 활쏘기에 능한 명문 집안 출신 이광李廣 장군도 전투를 지휘할 때 늘 ‘1천 개의 쇠뇌를 동시에 발사’했지. 이광 장군은 당연히 궁술이 규보다 훨씬 위였을 텐데도 부하 병사가 쇠뇌 사용하는 걸 금지하지 않았어.”

“이광 장군은 내가 제일 경모하는 무인이야. 내가 너무 늦게 태어나서 그분을 직접 뵙고 가르침을 청할 수 없는 것이 안타까워. 노신 말이 맞아. 이광 장군은 늘 병사에게 쇠뇌로 흉노족을 사살하도록 지휘했어. 아무래도 쇠뇌가 활과 화살보단 효율이 높으니까. 쇠뇌는 발사 속도가 더 빠르고 병사의 체력을 더 아낄 수 있고, 활과 화살보다 더 쉽게 손에 익힐 수 있어. 최저 수준의 훈련만 하면 최대 수준의 위력을 발휘할 수 있지. 게다가 가장 용맹한 장수도 많아야 석 섬의 활을 당길 수 있지만, 쇠뇌의 강도는 넉 섬 이상에 쉽게 달할 수 있어.”

“그러니까…….”

“그러니까 쇠뇌는 졸때기들이 사용하기 딱 알맞은 무기

지.” 규는 말하면서 얼굴을 기울이며 일부러 노신을 힐끗 쳐다봤다. “방금 안 사실인데, 내 앞에 쇠뇌를 쓰기 알맞은 졸때기가 하나 서 있네.”

“넌 그렇게 많은 시간을 들여서 활 쏘는 연습을 했지만 남들은 쇠뇌의 현도懸刀를 살짝 당기기만 해도 너보다 더 멀리, 더 정확하게 맞힐 수 있잖아. 너의 우월감은 대체 어디서 오는 건지 정말 모르겠다. 시대에 뒤처진 쓰레기를 들고 말끝마다 ‘귀족’ ‘군자’ ‘학자’를 운운하니 결국 자기 연민 아니겠어?”

“맞아. 나와 너희 조상은 똑같이 세상 사람들에게 비웃음 당할 운명이야. 난 시대에 뒤떨어진 사람이고 옛사람의 지혜와 자태를 동경하기에 지금 유행하는 것들을 인정할 수 없어.” 규가 이렇게 말하는데 하늘 끝에 걸린 붉은 노을이 순간 어두워지기 시작했다. “어쨌든 이건 너희들의 시대지 내 시대는 아니야.”

“규…….”

규가 그렇게 낙담한 걸 보고 노신은 잠시 어찌해야 할지 몰랐다. 자신이 바로 규가 말한 ‘졸때기’라는 걸 분명히 알기에 마음은 상당히 불쾌하면서도 반감은 별로 일어나지 않았다. 자신의 학식과 기예가 확실히 선조를 모욕하는 수준이란 것을 노신도 잘 알았다.

물론 자기 조상에 대해 노신은 아는 바가 많지 않았다.

"말하자면." 규는 뭔가 생각난 듯했다. 그 말과 함께 어두운 빛으로 변했던 황혼 녘 구름이 다시 규의 눈 속에서 불타올랐다. "노신은 어릴 때부터 이 부근에서 살았는데 사마상여司馬相如의 《자허부子虛賦》를 읽어 봤나? 제나라에 간 초나라 사신 자허가 제나라 왕을 따라 사냥을 한 후 초나라의 운몽에 대해 얘기하는 내용인데."

"안 읽어봤는데."

"《자허부》에서는 운몽을 이렇게 묘사해." 규는 천천히 읊기 시작했다.

운몽은 사방이 9백리이고 그 가운데 산이 있습니다. 그 산은 굽이지고 높이 솟아 험준합니다. 산봉우리와 암석이 들쭉날쭉하여 해와 달을 다 가리기도 하고, 한쪽만 가려 이지러지게도 합니다. 서로 어지럽게 뒤섞여 위로는 파란 구름이 솟구치고, 밑으로는 완만하게 경사진 언덕이 강과 시내로 이어집니다. 그곳의 흙은 단청丹靑, 자악赭堊, 자황雌黃, 백부白坿, 석벽錫碧, 금은金銀입니다. 여러 색깔로 광채가 나서 용의 비늘처럼 빛납니다. 그곳의 돌은 적옥赤玉, 매괴玫瑰, 임민琳珉, 곤오琨珸, 감륵瑊玏, 현려玄厲, 연석礝石, 무부碔砆가 있습니다. 그 동쪽에는 혜포蕙圃가 있어 형란衡蘭, 지약芷若, 궁궁芎窮, 창포菖蒲, 강리江離, 미무蘪蕪, 감자, 파초가 납니다. 그 남쪽에는 평원과 넓은 못이 있어 오르고 내림이 비탈지게 길며, 움푹 패어 들어가거나 평탄하고 넓게 펼쳐지기도 하며 장강長江에 잇닿아 멀리 무산巫山에서 끝이 납니다. 높고 건조한 곳에는 짐葴, 석菥, 포苞, 려荔, 설薛, 사莎, 청번靑蘋이 나고, 낮고 습한 곳에는 장량藏莨, 겸가蒹葭, 동장東蘠, 조호雕胡, 연우蓮藕, 고로菰蘆, 암려菴藺, 헌우軒芋가 나는데, 온갖 것이 다 모여 있어 모두 묘사할 수 없습니다. 서쪽에는 샘물이 솟아나 생긴 맑은 연못이 있고, 급류가 서로 떠밀듯 흘러갑니다. 밖으로는 연꽃, 마름꽃들이 만발해 있고, 안쪽으로 커다란 바위와 흰모래를 품고 있습니다. 또 그 속에는 신령스러운 거북과 교룡, 악어, 대모玳瑁, 별원鼈黿이 서식하고 있습니다. 북쪽에는 울창한 숲이 있고, 그 사이에 편남楩柟, 예장豫章, 계초桂椒, 목란木蘭, 벽리蘗離, 주양朱楊, 사리樝梨, 영률樗栗, 귤유橘柚가 향기를 내뿜고 있습니다. 그 나무들 위에는 원추鵷雛, 공작孔雀, 난조鸞鳥, 등원騰遠, 사간射干 등이 살고 있습니다. 또 나무들 밑에는 백호白虎, 현표玄豹, 만연蟃蜒, 추貙, 한豻이 살고 있습니다……

"내가 듣기로 이 글은 아홉 번이나 번역해야 이해할 수 있는 이국 언어로 쓰였대. 내용은 운몽 일대의 풍토와 산물이 전부야. 노신은 정말 자기가 나고 자란 곳의 문화에 대해 전혀 아는 게 없구나.” 규는 앞으로 한 발짝 가서 노신을 등지고 말했다. “나는 비록 장안에서 나고 자랐지만 제나라 사람의 후손이거든. 하지만 우리 조상은 너희 조상처럼 출세하지 못했어. 아닌 게 아니라 우리 집안은 장사를 해서 지역에서 세를 부렸고, 원삭元朔 20년 때는 가산이 3백만 이상에 달해 무릉읍茂陵邑으로 이주되기도 했어. 고향에 있을 때는 우리 가족이 옛날에 제나라 현자賢者 오릉중자於陵仲子의 가내 노비였다는 걸 주변 사람들이 다 알았어. 오릉중자는 평생 청렴하게 살며 타인의 은혜는 최소한도 거절했어. 그래서 마지막엔 어떻게 되었는지 모르고 굶어죽었다는 소문도 있어. 후에 우리 조상은 분수를 넘어 그분의 성씨를 사용했지. 장안으로 이주한 뒤 우리 아버지 대부터 우리가 오릉중자의 후손이라고 사람들을 속이기 시작했고. 하지만 그렇게 청빈한 성현에게 이런 돈 냄새 나는 후손이 있을 거란 걸 아무도 믿지 않지.”

규는 여기까지 말하고 쓸쓸하게 웃었다.

“그래서 규는 옛 귀족 가문 출신인 나를 싫어하는 거니?”

“널 싫어하지 않아. 다만 조금 질투하는 거지. 나도 그런 출신이면 얼마나 좋았을까 하고. 내가 아무리 경서를 깊이 연구하고 무도를 연마하고, 덕행과 언어 면에서 고대 현인을 모방해도 이 출신은 바꿀 수 없어. 내 체내에 흐르는 건 어찌됐든 노예의 피니까. 게다가 어릴 때부터 호사스런 환경에서 지내다 보니 어쩔 수 없이 내게도 예부터 내려오는 예절에 어긋나는 나쁜 습성이 배어 있고, 그러다 보니 대담한 짓도 했어. 운몽으로 오는 길 내내 내가 관씨 같은 옛 귀족 가문에서 태어났으면 참 좋았겠다고 생각했어. 그런데 실제로는……."

"실제로는 명문의 후손인 나에게 실망했다, 맞나?"

"맞아. 정말 많이 실망했어." 규는 전혀 거리낌 없이 대답했다. "나는 이렇게 타락한 시대에 신뢰할 수 있는 건 너희 같은 옛 귀족밖에 없다고 생각했거든. 너희에겐 아직도 내가 동경하는 것들이 남아 있어서 오래전 멸망한 초나라에 대해 더 자세히 들을 수 있을 줄 알았어. 그런데 너는 고대에 대해 아는 것도 별로 없고 우리 시대의 일에 대해서도 거의 아는 게 없네. 넌 장안에 있는 내 친구들보다도 더 빈약하고 재미없어. 그 아이들과는 그나마 지금 가장 유행하는 진귀한 노리개와 글에 대해 얘기할 수 있거든. 그런데 너와는 정말 할 얘기가 없다……."

노신은 여기까지 듣고 한참 말이 없었다. 노신은 자신과 시골 촌부의 가장 큰 차이점이 글을 알고 모르고가 아니라 자신은 농사를 지을 수 없다는 점임을 문득 깨달았다. 노신은 굴욕감에 떨어지려는 눈물을 겨우 참고 필사적으로 첨유襜褕, 짧은 홑옷의 옷섶을 꽉 잡으며 가쁜 호흡을 가다듬으려 노력했다.

"아무래도 널 약영若英 언니에게 붙여줘야겠구나. 언니는 집안에서 고대 예법을 가장 잘 아는 사람이거든."

"네 사촌 언니 관약영 말이야? 우리와 동갑 아냐? 어째서 관씨 가문에서 고대 예법을 가장 잘 아는 사람이지?"

"우리 아버지는 집안의 장남이 아니라서 집안에 전해 내려오는 지식을 대충 익혔거든. 4년 전까지만 해도 관씨 집안 가장은 아버지가 아니라 무구無咎 백부님이셨어. 제사에 쓰는 그릇도 원래 무구 백부님 댁에 두었고, 제사도 줄곧 무구 백부님과 상원上沅 오빠가 주관했지. 두 분은 태학太學 박사를 가르칠 정도로 학문이 깊었고, 실제로 백부님께 서신을 보내 가르침을 청하는 학자들이 종종 있었어. 백부님은 대개 상원 오빠에게 대신 회신하게 했지. 그런데 4년 전 두 분 모두 세상을 떠났고, 그래서 아마 고대 예법 중 많은 부분도 전해지지 않게 되었을 거야." 이 말을 하며 노신은 미간을 더 찡그렸다. "백부님과 상원 오빠는 둘 다 그날 밤에 죽었고, 약영 언니만 살아남았어."

"그날 무슨 일이 있었는데?"

"대체 무슨 일이 있었는지 나도 몰라." 노신의 솔직한 대답에 규는 오히려 더 당혹스러웠다. "그냥 모두 죽었고, 그게 다야."

"너희 백부님 일가를 말하는 거야?"

"백부님, 백모님, 상원 오빠 그리고 겨우 여섯 살이었던 사촌 남동생이 모두 집에서 죽었어. 당시 약영 언니는 때마침 우리 집에 있어서 재앙을 피했지. 기의葵衣 언니가 시신을 발견했어." 여기까지 말하다 노신은 문득 한 가지 사실을 떠올렸다. "맞다, 기의 언니도 세상에 없구나……."

"그렇다면 '대체 무슨 일이 있었는지 나도 몰라'라고 한 까닭은 뭐야?"

"규는 정말 너무하는구나. 이렇게 슬픈 화제에 대해 얘기하면서 한 마디 위로는커녕 아랑곳없이 계속 묻기나 하다니." 노신은 결국 눈물을 흘렸다. "우리는 정말 그 일이 어떻게 된 건지 몰라. 기의 언니가 그곳에 갔을 때 비극은 이미 벌어져 있었고. 지금까지 범인이 누군지 나도 정말 몰라. 또 범인이 어떤 이유에서 그렇게 잔인한 일을 저지른 건지도. 그날 일은 풀리지 않는 수수께끼가 아직도 많이 남아 있어. 규는 똑똑하고 세상 물정도 잘 아니까 어쩌면 답을 낼 수 있을지도 모르겠네."

"괜찮다면 아는 만큼 얘기해줄래?"

“그래.” 노신은 고개를 끄덕였다. “내가 얘기를 할 수 있으면 좋겠네……”

노신은 이렇게 말하며 다시 소매로 눈물을 닦고, 숲 깊은 쪽으로 시선을 던졌다. 그곳은 아무것도 없이 빈 것 같기도 했고, 커다란 수관이 드리운 그늘 아래 뭔가 숨겨져 있는 것 같기도 했다. 석양이 계속 내려앉자 그늘이 조금씩 규의 발쪽으로 퍼졌다. 노신은 장경성長庚星, 해가 진 뒤의 샛별이 떠오르기 전까지 이 이야기를 끝낼 수 있길 속으로 바랐다.

2

초봄이 유명무실했다.

산골짜기 사이에서 바람이 메아리치는데도 한기가 골수에 스며들었다.

평소에는 부지런하기로 유명한 관기의였지만 지금은 돗자리를 깐 안채 바닥에 한가로이 앉아 작은 탁자에 기댄 채, 무릎에 금琴 악보 한 권을 펼쳐놓고 잠과 씨름하는 게 전부였다. 관기의는 두툼한 옷을 입고 있었다. 머릿속에선 유유한 음악이 연주되고 있었지만, 얼어서 곱은 손가락 끝은 전혀 움직일 기미가 없었다.

눈꺼풀이 점점 무거워지면서 졸음이 엄습했다. 그렇지만 기의는 새로 익힌 곡을 아직 복습하지 못한 터라 방에 돌아가 잠을 청하고 싶지 않았다.

문을 두드리는 소리에 기의는 졸음을 쫓았다.

대문에서 안채까지는 약 30보 거리다. 바람이 누그러지지 않았는데도 분간할 수 있을 정도로 문 두드리는 소리가 또렷했다. 두드리는 소리가 세지는 않았지만 이상하리만치 다급했다.

기의는 일어나 장삼을 대충 가다듬고 안채를 나서서 대문 쪽으로 달려갔다.

해가 진 후 가랑눈이 잠시 내렸을 뿐인데, 산등성이와 평지 모두 은백색으로 물들었다. 기의 집 정원도 예외가 아니었다. 별과 달이 먹구름에 가려 자취를 감춘 탓에 마당에 비치는 건 안채에서 밝힌 희미한 촛불이 전부였고, 얕게 쌓인 눈도 달빛처럼 맑게 비쳤다.

발걸음 소리를 들어서였는지, 문 밖의 사람은 더 이상 문을 두드리지 않았다. 기의는 상대가 헐떡거리는 소리를 들으며 떠보는 셈치고 물었다.

"……약영이니?"

"기의 언니……."

관기의는 서둘러 빗장을 풀고 대문을 열었다.

당시 겨우 열세 살이던 관약영이 혼비백산한 모습으로 순간 기의의 품에 고꾸라졌다. 기의가 진이 빠진 사촌 동생을 안채로 들이는데 아버지 관무일觀无逸과 기의의 여동생 강리江離도 급히 건너왔다.

관무일이 약영에게 무슨 일이 났냐고 물었지만, 약영은 기의의 두 팔에 얼굴을 묻고 움츠러든 채 대답을 하지 못했다. 하는 수 없이 기의가 약영의 귓가에 대고 물을 수밖에 없었고, 약영은 그제야 거미줄처럼 가느다란 목소리로 사실을 털어놨다.

"아버지께…… 맞았어……."

이런 날씨에 약영이 홑옷 하나 달랑 입고 있는 것을 기의는 그제야 알아챘다. 약영의 등에 댄 흰 명주에 핏자국도 배어 있었다.

기의는 아버지에게 약영을 집에 묵게 해달라고 부탁하고, 아버지의 허락을 받은 후 사촌 동생을 부축해 자신의 방으로 향했다. 안채에서 한 구간을 더 가야 했기에 자신의 겉옷을 벗어 약영에게 걸쳐줄 수밖에 없었다. 그리고 약영이 갈아입을 옷을 가져오라고 강리를 보냈다.

거처로 돌아온 기의는 약영의 옷을 벗겨주고 잠시 몸을 살폈다. 등부터 허벅지 중간까지 매질 당한 상처가 빼곡했

다. 방금 벗은 흰 명주 같은 약영의 피부에 매질 당한 흔적
이 경선과 위선처럼 엇갈려 있었다. 심한 부분은 피부가 벌
써 터졌고, 경미한 부분도 퍼렇게 멍이 들고 부어올랐다.

백부 관무구는 자녀에게 매우 엄격했고, 약영이 반항적
인 아이인 것도 맞긴 했다. 약영은 어릴 때부터 오빠와 함
께 제사에 대한 기술을 배웠고 나중에 한나라 국가 제사
에 참여하는 무녀로 성장할 기대를 한 몸에 받았다.

기의가 기억하기로 약영이 이렇게 맞은 것은 처음이 아
니었다. 백부는 한번 화가 나면 좀처럼 누그러지지 않아
약영을 매섭게 때렸을 뿐만 아니라 안채 뒤에 있는 창고에
하룻밤 가둔 다음에 풀어주곤 했다. 약영의 오빠 관상원
도 어릴 때부터 이렇게 몽둥이로 교육을 받아 결국 겁 많
고 나약한 성격으로 자랐고, 감히 아버지의 뜻을 조금도
거역하지 못했다.

그에 비해 기의의 아버지 관무일은 슬하 세 딸을 대하
는 태도가 훨씬 온화했다. 아마 이런 상반된 태도는, 장남
인 관무구가 어린 시절부터 본인이 관씨 가문의 정통 상
속인이라 여긴 것과 관련이 있는 것 같다. 이런 까닭에 관
무구는 학문에 굉장히 매진해 초나라 고대 예법에 정통했
을 뿐 아니라 유교 예법 서적도 다수 섭렵했다. 반면 차남
인 관무일은 '흩어져 없어짐이 없다'는 뜻의 자신의 이름이

조금 무색할 정도로 어렸을 때 의리를 중시하고 친구 사귈 좋아해 많은 시간을 허비했다.

"약영아, 몰래 온 거지?"

기의는 약영의 상처를 닦아주며 물었다.

약영은 고통을 참느라 살짝 고개만 끄덕였다. 기의는 상황을 목격하고 저도 모르게 눈물이 났다. 짜고 뜨거운 눈물이 상처에 떨어지자 약영이 작게 음, 하는 소리를 냈다. 기의는 그게 신음인지, 아니면 자신이 표출한 동정심에 대한 긍정의 표현인지 분간할 수 없었다. 어차피 자신이 약영의 운명을 바꿔줄 순 없을 테니 약영이 이렇게 고난당하는 것을 앉아서 볼 수밖에 없었다.

"백부님은 너한테 왜 이러시는 거라니?"

기의는 거의 무의식적으로 물었다. 약영은 이번에는 고개를 저었다. '모르겠다'는 건지 '말하기 싫다'는 건지, 기의는 약영의 뜻을 알 수 없었다. 결국 약영도 울기 시작했다. 바깥은 아직 벌레 울음소리는 들리지 않고, 바람소리만 두 소녀의 흐느낌에 호응했다.

"백부님이 또 창고에 가두셨어?"

"늘 나를……."

이때 여동생 강리가 약영에게 줄 옷가지를 안고 방으로 들어왔다.

그해 기의는 열여섯, 강리는 열넷이었다.

강리는 부모님으로부터 사촌 언니로서 약영을 잘 보살펴주라는 다짐을 받았고 약영의 아버지는 장유유서를 따르라고 가르쳤다. 그 결과 두 소녀는 각자 자신에게 유리한 쪽을 선택해, 강리는 윗사람이라 자처하며 약영을 괴롭혔고, 약영은 가차 없이 강리에게 반격을 가했다. 여러모로 아버지 무일을 많이 닮은 강리는 제사 기술에 그리 능하지 않았고, 그래서 약영 앞에서 조금 열등감을 느꼈다. 하지만 약영을 더 심하게 어깃장 놓는 식으로 열등감을 감췄다.

사건이 발생하기 석 달 전, 강리는 예절을 행하는 자세 탓에 약영에게 비웃음을 당한 뒤 욱한 나머지 백부에게 약영의 험담을 했고, 결국 약영은 그날 밤 아버지께 한바탕 호되게 맞았다. 약영도 자신이 강리의 도발로 인해 맞았다는 사실을 알고 석 달 내내 일부러 강리를 피했고, 강리와 말 한 마디 나누지 않았다.

강리가 방으로 들어왔지만 약영은 꼼짝도 하지 않았고, 아직 발육하지 않은 몸을 강리에게 보이기 싫어서 자신이 입고 왔던 장의로 가슴만 가렸다. 강리는 다가와 옷을 쥐고 있는 약영의 손을 잡고 연거푸 미안하다고 했다.

"미안해, 미안해, 미안해……."

약영은 강리의 사과를 듣고 오히려 질겁하며 눈을 감았다. 아까 매질을 당할 때 계속 "미안하다"며 용서를 구한 터라, 그 단어를 들으니 불쾌한 기억이 다시 살아나는 듯했다.

기의는 지금이 두 사람을 화해시킬 최적의 기회라 생각했다. 마침 상처 닦는 작업도 끝난 김에 동생에게 약영을 잘 보살펴주라고 당부하며 자신이 백부님께 이 일을 알려 약영의 가족이 약영을 너무 걱정하지 않게 하겠다고 했다. 기의는 또 약영을 안심시키며 자신이 백부님께 약영을 여기에서 며칠 머무르도록 허락받겠다고 했다.

"가지 마……."

기의는 약영의 말은 듣지 않고 문 저편으로 사라졌다. 강리는 묵묵히 약영에게 보드라운 옷을 갈아입혀 주었다. 실제로 기의가 세상을 떠난 후 강리가 계속 약영을 보살폈다.

기의는 아버지께 상황을 설명한 후 등롱을 들고 백부의 집으로 향했다. 가는 길에 약영이 뛰어온 발자국을 거슬러 올라갔다. 약영이 올 때 짚신 한 짝만 신고 온 것을 떠올리니 춥고 미끄러웠겠다고 생각했다. 지금 자기는 바닥에 나무를 덧댄 신발을 신고, 신발 안에 버선도 신고 있었다. 무겁긴 했지만 걸음이 안정적이고 보온 효과도 좋았다. 그렇게 생각하니 기의는 약영이 더 가여웠다.

"무구 백부님, 저 기의입니다."

도착한 기의는 바람 속에서 외치며 대문을 두드렸다. 문이 철컥 열렸다. 바람이 불어 열린 건지 기의가 두드려 열린 것인지 알 수 없었지만, 아무도 문을 열어주러 오지 않은 것은 확실했다.

혹시 약영이 없어진 걸 알고 백부님 가족이 산으로 찾으러 갔나?

두 집은 산골짜기에 있어서 주변은 낭떠러지 아니면 가파른 고개였다. 백부의 집에서 나와 산으로 들어가거나 산에서 나오려면 길이 딱 두 개밖에 없었다. 하나는 약영의 집으로 가는 길, 하나는 반대 방향으로 가는 길이었다. 막 눈이 내렸으니, 만약 약영을 찾으려는 것이면 약영의 발자국을 따라가면 어려울 게 없었다. 하지만 오는 길엔 분명히 약영 한 사람의 발자국밖에 없었는데…….

기의의 마음속에서 불길한 예감이 올라와 밤안개처럼 퍼졌고, 곧 명치가 시큰해졌다. 기의는 깊게 숨을 들이마셨지만 심장이 뛰는 속도만 더 빨라졌다. 그래도 기의는 용기를 내어 앞으로 발을 내디뎌 대문으로 들어섰고, 곧 엄습할 먹구름, 이슬과 위험에 직면할 준비를 했다.

마당에 쌓인 눈은 이미 대충 한 번 쓸어져 있고 안채로 통하는 길이 나 있었다.

실내에서 새어나오는 희미한 불빛을 통해 기의는 누군가 방문 앞에 엎드려 있는 것을 봤다.

방금 들었던 그 불안한 예감이 현실이 될 것을 기의는 이때 깨달았다. 그리고 자신이 여기에서 벗어날 수 있을지 아직 알 수 없었다. 하지만 달리 선택의 여지가 없었다. 가서 사태를 확인하고 이 비극적인 사건 현장의 증인이 되는 수밖에.

마침내 기의는 엎드려 있는 사람 그림자와 몇 걸음 떨어진 곳까지 왔다. 기의는 더 가까이 갈 엄두가 나지 않았다. 땅에서 얼음으로 굳어지고 있는 피를 밟을까 두려웠다. 기의는 조심조심 얼어붙은 검붉은 액체를 피해 엎드린 사람의 머리 옆쪽으로 돌아갔다. 그리고 살며시 허리를 굽혀 등롱을 자기 무릎 앞으로 옮겼다.

바닥에 엎드린 사람이 미동도 하지 않는 것을 보니 이미 숨이 끊어진 것 같았다. 시신 등 위쪽 왼편에 장기까지 깊숙이 칼로 찔린 상처가 있었다. 상처는 딱딱하게 얼어붙어 더 이상 피가 쏟아지지는 않았다.

기의는 한 걸음 물러나 한쪽 발은 눈을 밟고 있었다. 기의가 거의 바닥에 쪼그리는 자세로 다리를 살짝 구부리고 등을 더 낮추니 드디어 죽은 사람의 얼굴이 똑똑히 보였다.

무구 백부였다.

기의는 차마 시신의 표정을 더 자세히 볼 수 없었다. 평소에 늘 무뚝뚝한 얼굴로 미간을 찌푸리던 무구 백부가 임종 때 이런 표정으로 죽음을 맞이할 것을, 기의는 웬만큼 상상할 수 있었다.

문득 기의는 무구 백부 발 쪽에 발자국 몇 줄이 있는 것을 발견했다. 눈 위에 흩어진 발자국은 자신이 들고 온 등과 방에서 나오는 빛이 비출 수 없는 곳까지 이어져 있었다. 기의는 발자국을 따라 안채 서쪽 공터로 향했다. 막다른 곳까지 가니 말라죽은 큰 나무 한 그루가 기의의 시야 전면을 차지했다.

바닥에서 7, 8척약 2~3미터 높이에 끊어진 밧줄이 나뭇가지 아래 늘어져 있었다.

밧줄 아래에는 시신 한 구가 지면 위로 삐져나온 고목의 구불구불한 뿌리 위에 누워 있었다. 약영의 오빠 관상원이었다. 늠름한 7척 장신은 뻣뻣해지고 차갑게 얼어 더 이상 생기가 없었다. 등불 빛으로 기의는 관상원 목에서 5, 6촌약 15~20센티미터 정도 길이의 칼로 벤 자국을 발견했다. 많은 피가 사방에 흩뿌려져 있고, 눈 위에 검붉은 핏방울이 남아 있었다.

기의는 돌아서 떠나려 했지만, 한편 관상원의 얼굴을 다시 한 번 보고 싶기도 했다. 두 사람은 어릴 때부터 함께 자라 친남매처럼 우애가 깊었다. 죽음으로 이렇게 갑자기 이별하게 될 줄은 아무도 생각하지 못했다. 그런데 관상원을 잠깐 보는 사이 뭔가에 발이 걸렸다. 기의는 몇 걸음 비틀거렸지만 넘어지진 않았다. 헌데 등이 손에서 빠져 바닥에 떨어졌다.

불꽃이 완전히 꺼지기 전에 기의는 자기를 걸고넘어진 것을 똑똑히 봤다. 처음에는 나무뿌리인 줄 알았는데, 뜻밖에 속이 텅텅 빈 나무통이었다.

기의는 바닥에 떨어진 등을 주워 안채로 향했다. 사실 기의는 문 안으로 들어가고 싶지는 않았다. 그곳에서 분명 더 끔찍한 광경이 자신을 기다리고 있을 것을 잘 알았다. 등이 꺼지지 않았으면 먼저 집으로 돌아가 백부와 사촌 오빠가 죽은 소식을 아버지 관무일에게 알리고, 아버지와 함께 남은 시신이 있는지 살펴볼 수 있었을 것이다.

지금 기의는 밤길 어둠속을 더듬어 집까지 갈 수가 없으니, 일단 안채에 들어가 등롱을 밝힐 수밖에 없었다.

기의의 예상대로 안채도 아수라장이었다. 백모는 등에 칼이 여러 번 찔렸고, 백모 품에 안긴 겨우 여섯 살 난 어린애는 목에 치명적인 상처가 있었다.

두 사람 옷에 온통 검은 피 얼룩이 배어 있었다.

핏자국이 가득한 비수 하나가 바닥에 떨어져 있었다.

기의는 그 비수가 기억났다. 기의는 방에 진열돼 있는 무기용 화살통으로 시선을 옮겼다. 역시나 비수의 칼집이 아직 그곳에 있었다. 범인은 화살통에서 비수를 꺼내 일가족을 살해한 것이 확실했다. 그렇다면 범인은 강도가 아니고 방문객은 더욱 아닐 터였다. 그래야 가족이 무방비 상태인 틈을 타 비수를 꺼내 범행을 저지를 수 있었을 것이다.

하지만…….

기의는 다시 무기를 놓아둔 목재 화살통으로 시선을 옮겼다. 그 위에 칼집 안에 담긴 장검이 눕혀져 있었다. 검은 강철로 만들어졌고, 고리 모양인 칼자루 끝은 옥 재질로 희고 검은 무늬가 수놓아져 있었다. 연결 부위, 칼코등이 부분은 모두 백옥을 사용했다. 연결 부위에는 봉황 문양이 있고, 칼코등이에는 구름 문양이 새겨져 있었다. 이 검은 기의의 조부가 강릉江陵의 대장장이에게 의뢰해 만든 것이었다. 칼끝을 시험해보지는 않았고, 늘 거기에 놓여 있었다. 그 비수도 같은 시기에 만들어진 것이었다. 둘 다 매우 날카롭게 갈렸고 안전하게 보관되었다.

한번도 사용되지 않은 무기가 결국 이런 용도로 쓰이다니, 기의는 맘속으로 탄식하며 불타는 화로에서 등에 다시 불을 붙였다.

기의는 대문을 나선 후에야 크나큰 슬픔이 밀려왔다. 그전까지는 마음속에 죽음에 대한 공포만 가득했다. 몇 걸음을 떼니 눈물이 흘러 시야가 흐려졌고, 불빛도 이리저리 흔들리는 것 같았다. 기의는 눈물이 발끝 앞쪽 눈밭에 떨어지도록 고개를 떨궜다.

기의는 그제야 한 가지 사실을 깨달았다.

어째서 이렇게 된 거지?

기의는 가슴이 두근댔고, 대문 저편에 버리고 온 공포감이 다시 엄습했다.

혹시 범인이 아직 집안에 숨어 있을까?

기의는 순간 사건이 일어난 과정을 이해할 수 있었다. 범인은 백부가 약영을 호되게 때리고 창고에 가둔 후 찾아왔고, 그때는 아직 눈이 내리기 전이었다. 약영은 방문객과 백부가 안채에서 대화를 나눌 때 도망친 게 분명했고, 그때는 이미 눈이 내렸다. 기의가 이렇게 생각한 까닭은 약영이 갇힌 창고가 안채 뒤쪽에 있어서, 약영이 도망치려면 안채 앞마당을 지나야 했기 때문이었다. 약영이 뛰어왔을 때 자기가 맞았다고만 했지 가족이 살해당했다는 얘기는 하지 않았다는 것은 당시 마당에 시신이 없었고, 사건이 아직 발생하지 않았다는 뜻이다. 사건 발생 후 범인이 바로 떠나지 않고 계속 마당에 남아 있던 것은 아마 뭔가를 찾기 위함이었을 것이다. 그 후 범인은 기의가 문 두드리는 소리를 듣고 숨었다.

그래야만 설명이 가능하다. 그렇지 않다면…….

다시 눈이 날리기 시작했지만 약영이 도망쳤고 기의가 왔던 발자국은 아직 또렷이 보였다.

눈발이 점점 커졌다. 기의가 드디어 자기 집 대문까지 달려왔을 때는 끊임없이 내리는 많은 눈에 발자국이 덮여 있었다. 그렇다면 새로 내린 눈이 백부와 사촌 오빠 몸에도 떨어졌을 것이다. 기의는 걸음을 멈추고 눈 가운데 서서 슬픔 속에 생각을 정리하려 애썼지만 더 이상 다른 설명이 떠오르지 않았다.

그래야만 설명이 가능하다. 그렇지 않다면…….

그렇지 않다면, 백부 집밖의 또 다른 길에는 어째서 아무 발자국이 없었던 걸까?

3

"이게 바로 4년 전에 백부님 댁에서 일어난 참극이야."

관노신이 사건 정황을 다 얘기한 뒤에도 하늘은 아직

완전히 어두워지지 않았고 저녁놀 가장자리만 살짝 어스름해졌다.

"4년 전이라고?"

오릉규는 이 말을 되풀이하고 곱씹으며 당시 일을 떠올렸다.

그때 만 열세 살이었던 규는 막 활쏘기를 연습하기 시작했다. 손에선 굳은살이 자꾸만 찢어지며 끔찍한 고름이 흘러나오고, 새살이 자라면 다시 굳은살이 박이곤 했다. 규에게 활쏘기를 가르쳐준 전직 장군은 수많은 전투를 치르고 살아 돌아온 장본인으로 얼굴에 지네 같은 흉터가 나 있었다. 그 용맹한 장군은 규가 마침내 200근¹⁰⁰_{킬로그램}짜리 활로 80보 밖의 과녁을 맞혔을 때에야 처음으로 규 앞에서 웃는 얼굴을 드러냈다. 흉터 탓에 웃는 얼굴이 화내며 꾸짖는 모습보다 더 흉측하고 무섭긴 했지만. 장군은 규를 축하해주기 위해서 그날 밤 규와 함께 술독 옆에 둘러앉아 쪼개진 박으로 술을 따라 마셨고, 규가 취해 쓰러져서야 장군은 규를 집에 데려다주었다. 원래 성정이 고지식했던 규는 그 이후로 언행이 호쾌하고 시원시원하게 바뀌었다.

"그러면 그날 밤 노신은 뭘 하고 있었어?"

"그때 난 잠이 들어 있었고, 언니들이 날 깨우지도 않았어.”

“딱 너답네.” 규는 비웃으며 말했지만 말투는 더없이 냉정했다. 두 사람 사이의 분위기는 여전히 조금 답답했다. “범인은 아직도 검거되지 않았어?”

“응, 아직도.”

“그렇다면 내가 조금 도울 수 있을지도 몰라. 전에 경조윤京兆尹, 수도를 다스리는 관직 나리를 따라 사건 판결과 심리 방법을 배운 적이 있거든. 장안에 있을 때 관가官家를 도와 몇 건 해결하기도 했고. 수사에 참여하진 않았지만 내가 단서를 종합해 진상을 정리하는 일을 잘해.” 규는 정말로 노신을 위해 뭔가를 하고 싶은 것 같기도 했고, 그냥 자신의 재능을 뽐낼 기회를 놓치고 싶지 않은 것 같기도 했다. “방금 얘기한 사건 경위는 전부 네 언니 관기의에게 들은 거 맞지?”

“응.” 노신이 고개를 끄덕였다. “안타깝게 기의 언니도 이제 세상에 없어서 너에게 더 자세한 얘기를 해줄 수가 없어.”

“그럼 네 사촌 언니 관약영은? 사건이 일어나기 전의 일을 웬만큼 기억하고 있을 텐데?”

“그럴 수도 있겠지. 그런데 다들 약영 언니 앞에선 차마 그해 일을 꺼내지 못해.” 노신이 설명했다. “그 이후 쭉 약영 언니는 정신 상태가 불안정해서 늘 방안에 박혀 있고, 문 앞에 있는 마당에도 잘 나가지 않아. 2년 전 초여름 기의 언니가 아직 살아 있을 때 향초를 뜯으러 약영 언니를 억지로 산으로 끌고 갔는데, 약영 언니는 1리도 채 못 가서 나뭇가지에 똬리를 틀고 있는 뱀을 보고 땅바닥에 털썩 주저앉았어. 기의 언니가 약영 언니를 안고 놀란 약영 언니를 진정시키려 했지만 약영 언니가 확 밀쳐냈어. 약영 언니는 아무 표정 없이, 아무 말도 없이 그 자리에 꼼짝없이 앉아 있었는데 평소에 쓰는 왼손에서 경련이 멈추질 않았고, 한참 지난 후에야 간신히 일어나 기의 언니의 부축을 받고 자기 방으로 돌아갔어. 내 생각엔 둔한 사람이 강한 게 아니라 극도로 섬세하고 민감한 사람이 제일 강한 것 같아. 살아나가는 일 하나에도 많은 노력을 기울이고 여러 두려움을 감내해야 하니까. 게다가 약영 언니는 그렇게 노력을 했는데도……."

노신은 여기까지 말한 후 다시 훌쩍이기 시작했다.

"약영 언니는 그전엔 아주 용감했어. 나와 같이 산에서 놀 때는 날 지켜주기도 했고……."

규는 친구에게 가서 오른손 손가락에 감은 가죽을 벗겨 내고 꿩 시체로 인해 두 손이 더러워진 노신 대신 자신의 손등으로 눈물을 닦아주었다.

"두 집이 가깝지?"

"멀지 않고, 지름길인 골짜기도 있어. 산 양면이 험준해서 맹수가 위에서 뛰어내려올 걸 걱정하지 않아도 되지. 그래서 그날 밤 약영 언니는 불을 들지 않았어도 혼자 뛰어올 수 있었어."

"그랬구나. 관기의가 그 일을 알린 후 너희 아버지가 직접 백부님 댁으로 가셨고?"

"응. 기의 언니도 따라갔고."

"흠, 알겠다. 관약영이 너희 집에 왔을 때는 해는 졌고 눈도 그쳤어. 땅에는 눈이 쌓여 있었고. 그래서 너희 백부님 댁에서 너희 집으로 오는 길에 관약영의 발자국이 있었지. 관약영은 그 유혈 사건은 언급하지 않았고……." 규는 분석하며 말했다. "관약영이 갇힌 창고에서 너희 집으로 도망쳐 오려면 반드시 안채 앞 공터를 지나야 하고."

"반드시 지나야지."

"그렇다면 관약영이 일부러 숨긴 건 아니고, 관약영이 떠난 후에 살인사건이 일어난 거야. 관약영이 떠날 때는 이미 눈이 그쳤거든. 관약영이 떠나고 나서 범인이 다른 길로 네 백부님 댁에 갔다고 가정해도 길에 흔적이 남아 있어야 하는데……. 하지만 관기의가 사건 발생 현장에 처음 도착했을 때, 네 백부님 댁에서 산 밖으로 가는 그 길에는 그 누구의 발자국도 없었단 말이지. 그렇다는 건…… 범인은 눈이 그치기 전에 무구 백부님 댁에 갔고, 약영이 떠날 때까지 안채에 머물렀다는 거야. 그렇다면 살인은 바로 안채에서 시작된 거지. 먼저 네 백모님과 사촌 동생이 살해당하고, 그다음은 네 백부님, 마지막이 네 사촌 오빠. 근데 흉기가 안채 화살통에서 꺼낸 거라면…… 이 대목이 가장 풀리지 않는 부분이야." 규는 고개를 흔들며 말을 이었다. "네 얘기를 듣고 나서 흉기에 대해서 계속 의문이 들었어. 그 의문을 풀지 못하면 네 사촌 언니가 세운 가설은 성립될 수 없어. 왜 범인이 화살통에 놓여 있던 장검을 흉기로 쓰지 않고 그 비수를 택한 건지 모르겠단 말이야."

"그냥 다루기가 더 쉬워서 그랬겠지. 실내에서 장검을 휘두르는 건 비수를 쓰는 것보다 편하지 않을 테니까."

"실내에서라면 그럴 거야. 하지만 네 백부님과 사촌 오빠는 실외에서 살해당했잖아. 우리는 세 가지 상황으로 나눠서 사건을 논할 수 있어. 첫째, 사건 발생 시 두 사람 모두 안채에 있었다. 그렇게 생각해보면 두 사람은 너무 겁쟁이야. 범인은 달랑 비수 하나 들었을 뿐인데, 부인과 어린 아이를 버려두고 혼자만 도망칠 생각을 하다니. 범인이 두 사람을 쫓을 때도 그 장검을 들고 갔어야 마땅해.

따라서 이 가능성은 배제할 수 있어. 둘째, 사건 발생 시 백부님이나 사촌 오빠 둘 중 하나는 안채에 있고 하나는 방 밖에 있었다. 같은 이유로 이 가능성도 성립하기 어려워. 그러면 세 번째 경우는 사건 발생 시 둘 다 안채 밖에 있었고, 백부님은 부인과 아이가 놀라 외치는 소리를 듣고 안채로 달려갔고 문에서 살해당했다…… 그렇다면 범인은 장검을 들고 백부님을 공격했어야 더 맞잖아. 안 그래?"

노신에게 생각을 정리할 시간을 주려는 것인지, 규는 여기까지 말한 후 잠시 침묵했다. "범인의 무기 선택이 상당히 부자연스러워. 관기의의 추측은 이 의문을 풀 수 없으니 성립되지 않을 것 같다. 바꿔 말하면 우리는 다른 가능성을 고려해야 해."

"다른 가능성? 무슨 말인지 모르겠어……."

"만일 범죄를 저지른 자가 외부인이 아니라면……."

"규, 너 지금 네가 무슨 말을 하고 있는 건지 아니?"

노신은 순간 그 자리에서 넋을 놓았고 손에 든 꿩도 바닥에 떨어졌다. 노신은 규의 구상에 따라 생각할 수가 없었고, 규가 계속 말하는 것도 원치 않았다. 노신은 앞에 있는 친구가 금기 영역으로 들어가고 있어서 계속 사건을 정리하도록 규를 놔두면 두 사람 사이에 겨우 생긴 우정에 그늘이 드리워질 수밖에 없음을 본능적으로 알았다.

"내가 무슨 얘기를 하고 있는지 당연히 잘 알아." 정작 규는 지금 노신이 온몸을 떨고 있고, 윗니로 아랫입술을 꽉 물고 있는 것도 눈치채지 못했다. "눈에 관약영의 발자국만 남아 있었고 네 백부님 일가에서 유일한 생존자라면 이런 가능성도 짚고 넘어갈 수밖에 없지. 네 사촌 언니 관약영이 범인일 수도 있지 않을까?"

노신은 아무 말도 하지 않았다.

"관약영이 범인이라 가정하면 흉기를 선택한 이유를 처리하기 전에 해결해야 할 문제가 하나 더 있어. 즉, 관약영은 어떻게 안채에 들어가 흉기를 손에 넣었을까? 관약영은 그 직전에 매를 맞았고 창고에 갇히기까지 했으니, 그때 당당하게 안채로 들어갈 수 없었을 텐데. 하지만 창고에 갇혔다는 건 관약영의 주장이니, 어쩌면 매 맞은 뒤에 계속 안채에 있었을지도 몰라. 그랬다면 관약영은 흉기를 확보할 기회가 있었을 테지. 이제 다시 관약영이 장검이 아닌 비수를 택한 이유를 찾아보자. 원인은 아주 간단할지 몰라. 비수가 장검보다 숨기기 더 쉬운 거지. 다시는 비인간적인 학대를 당하고 싶지 않아서 약영은 전 가족을 살해할 생각을 품게 됐다고 상상할 수 있어. 아버지와 오빠가 안채에 없고 어머니와 남동생은 무관심한 틈을 타 화살통에서 비수를 꺼내 몸 뒤에 숨기고 어머니와 동생을 슬그머니 살해한 거지. 그리고 문 쪽에 숨어 네 백부님을 공격할 준비를 했고, 생각대로 실행했어. 네 백부님은 등에 칼을 맞은 후 밖으로 몇 걸음 기어가다가 바닥에 고꾸라졌고. 이때 네 사촌 오빠는 마당 서측 큰 나무 쪽에 있어 곁에서 일어난 참극에 대해 전혀 몰랐어. 관약영은 비수를 몸 뒤에 숨기고 아무 일도 없는 듯이 오빠에게 다가갔고, 곧바로…… 노신, 듣고 있어?"

"규, 그만하면 됐어. 더 이상 말하지 마. 나 너랑 친구하고 싶지 않아."

"이 논리가 첫 번째 추측보다 더 합리적이긴 하지만 아직 설명할 수 없는 구석이 많아. 예를 들어 고목에서 늘어뜨려 있던 끊어진 밧줄은 대체 무슨 용도였을까? 또 네 언니 발에 걸린 그 나무통은 왜 거기에 나타난 걸까? 완벽한 해답은 범인이 흉기를 선택한 이유가 설명되면 여러 의문점들과 함께 해결될 거야. 방금 내 추리로는 분명 불가능하고."

'다행히, 다행히 규가 내 가족은 의심하지 않았어.' 노신은 속으로 다행이라 생각했고, 팽팽해졌던 얼굴 근육이 많이 풀렸다. 하지만 노신은 규가 자기 마음속에 드리운 그늘을 좀처럼 몰아낼 수 없었다. 규가 외부인이 범행을 저질렀을 가능성을 거의 배제했기 때문이었다. 외부에서 든 범인이 어째서 장검이 아니라 비수를 선택했는지, 그리고 그 밧줄과 나무통의 용도는 뭐였는지……. 그 점에 대해 노신은 규의 지혜에 희망을 걸고, 규가 모든 의문을 말끔히 풀 합리적 해석을 내놓을 수 있길 기대할 수밖에 없었다.

그러나 규는 도무지 노신의 뜻대로 움직여주지 않았다. 조물주는 마치 규가 계속 노신에게 상처를 주라고 규에게 모든 것을 통찰할 지혜를 준 것 같았다.

천천히 규가 입을 열어 스스로 가장 이해할 수 있는 해답을 내놓았다.

"내가 보기에 진짜 범인은 네 언니 관기의야."

4

"우리가 범인이 장검이 아닌 비수를 택한 게 불합리한 행동이라고 생각한 이유는 비수보다 장검이 살인 용도에 더 적합하기 때문이야. 하지만 다른 일들을 하기엔 비수가 장검보다 더 편했을 수도 있어. 그러니까 범인이 다른 곳에 쓸 목적으로 비수를 집었다면, 그 행동은 완벽히 사리에 맞아." 규는 설명했다. "바꿔 말하면 범인 입장에서 살인은 갑자기 떠올리게 된 행위였어. 범인은 비수로 어떤 일을 끝낸 다음에야 네 백부님 일가에 대한 살의가 생긴 거지.”

노신은 규에게 대꾸하지 않았지만 규의 말을 들으며 간담이 서늘해졌다.

“그러면 비수를 쓰면 더 편하게 할 수 있고 장검은 오히려 불편한 일이 뭐가 있을까? 그런 일은 물론 많지만, 현장에 남은 단서를 종합해보면 역시 그 일밖에 없어. 범인이 살인에 앞서 먼저 비수로 고목에 달려 있던 밧줄을 끊은 것.”

“그 밧줄은…….”

내내 토라져 규의 말을 듣기 싫었던 노신이 결국 입을 열었다.

“내 생각엔 노신도 그 밧줄의 용도를 추측한 것 같아. 네 백부님은 잔인한 사람이니 관약영을 용서할 생각이 없었을 거야. 관약영이 창고에서 도망친 걸 발견한 네 백부님은 오히려 관약영을 더 호되게 벌하려고 생각했어. 내 추측에 의하면 그날 발생한 일은 대략 이래.

관기의가 네 백부님 댁에 도착했을 때 백부님 일가족은 아직 모두 무사했어. 네 백부님은 마침 마당에 있는 그 큰 나무에 밧줄을 매고 있었고, 오빠는 물이 담긴 나무통을 그쪽으로 가져왔지. 백모님과 어린 아이는 안채에서 화롯

불을 쬐고 있었을 거야. 집안에 있던 사람은 관기의가 온 것을 보고 방에 들어와 불을 쬐고 몸을 녹이라 불렀고, 관기의는 그대로 했어. 근데 그때 관기의는 백부 부자간의 대화를 들었지.

알고 보니 매를 맞은 관약영이 창고에서 도망친 일이 이미 발각되었고, 백부님은 관약영이 돌아오면 도망친 벌로 마당에 있는 나무에 매달아 다시 한번 때리기로 결심한 거였어. 물통은 관약영이 맞다가 의식을 잃으면 찬물을 뿌려 깨우기 위해 필요한 거였고. 관기의는 그 일을 알고 분명 충격이 심했을 거야. 관약영의 몸으론 그렇게 호된 벌을 감당하기 어려우니까. 관기의는 오직 백부를 막아야겠다는 생각뿐이었어. 그래서 화살통에서 그 비수를 뽑아 나무 밑으로 가서 관약영을 묶는 데 쓰일 밧줄을 끊었고, 그러다 백부와 실랑이가 벌어졌어. 교섭은 결국 실패로 끝났고, 백부는 관약영이 '받아 마땅한 벌을' 받아야 한다고 고집했어. 그래서……."

순간 노신도 규의 결론을 곧이듣게 되어 갑자기 발밑의 땅이 푹 꺼지고 숲이 공중에 뜨면서 자기를 둘러싸 빠르게 회전하는 느낌이 들었다.

노신은 두 무릎을 모으고 두 손을 허벅지에 받쳐 무게중심을 낮추며 넘어지지 않으려 애썼다.

"……그래서 관기의는 비수로 네 백부님 전 가족을 살해했어. 관기의가 그렇게 한 건 순전히 관약영을 보호하기 위해서였고. 한편 관기의가 너에게 설명한 사건 발생 현장은 자신이 그날 처음 방문한 백부님 댁의 모습이 아니라, 관기의가 지어낸 현장 상황에 불과해."

노신은 이때만 해도 시원시원하면서 박식한 규에게도 잔인한 면이 있고, 그런 면은 규의 몸종 소휴小休와 단둘이 있을 때 드러난다는 사실을 몰랐다.

방금 내놓은 해답도 어쩌면 규가 채찍을 휘둘러 봤기에 생각해낸 것일지도 몰랐다.

소휴라는 이름은 오릉규가 《시경》의 '대아大雅' 편 중 〈민로民勞〉에 나온 구절을 인용해 지어준 것이다. 이 이름이 주어지고부터 규보다 한 살 더 어린 이 소녀는 고생이 그칠 날 없는 인생 여정에 올랐다. 규가 장안에서부터 초나라 땅 곳곳을 돌아다닐 때 소휴는 계속 그 뒤에 바짝 따라다니며 일상의 온갖 잡일을 도맡아 처리했다. '소휴'란 이름은 겉치레에 불과하고, '민로'야말로 오릉규가 그런 이름을 지어준 진짜 의도임을 알 수 있다.

규와 노신이 사냥하러 나갔을 때 소휴는 관씨 집안에서 규를 위해 내준 사랑방을 청소하고 있었다.

부잣집 출신인 규는 먹고 자는 일에 늘 까다로운지라

소휴도 규의 시중을 들 때 각별히 신중했다. 규는 툭하면 소휴를 혼냈지만 손찌검을 세게 하지는 않았고 소휴를 울린 적은 한번도 없었다. 물론 대부분 소휴는 잘못을 저지르지 않았는데 가혹한 주인이 화풀이를 하는 경우였다.

"하지만 그렇다면, 규……."

"노신, 하고 싶은 말이 뭔데?"

숲에서 갑자기 거센 바람이 불어 흙먼지와 꽃잎을 말아올리며 두 사람의 옷자락을 스쳐지나갔다.

규는 노신의 말을 들으려고 한 걸음 앞으로 다가갔지만 노신은 살짝 싫은 듯이 얼굴을 돌리며 눈에서 흐르는 눈물에 번진 황혼 풍경을 응시했다.

해가 거의 저물어 홍안紅顔이 백골白骨이 되면서 까마귀 떼가 하늘가를 왔다갔다 날고 있었다. 검은 구름이 밤하늘에서 사라졌다. 하현달이 뜨기 전까진 아무도 그 존재에 신경 쓰지 않았다.

처음엔 노을 진 구름 가장자리가 저녁 하늘 특유의 자줏빛으로 물들더니, 조금씩 안쪽으로 퍼지며 먼 산과 맞닿은, 아직 붉은 기가 남은 구름 하나만 보였다. 이제 해는 저물어 완전히 자취를 감췄다. 산등성이 뒤에서 한 줄기 빛이 구름에 투사되며 새까만 구름층 가장자리에 탁한 금색이 입혀졌다. 이 저렴한 장식물도 거의 벗겨지는 때가 많지만.

서쪽 하늘에 모인 구름이 마침내 검은색 해골이 되면, 그 위엔 피를 가진 것이라곤 썩은 고기 한 덩어리도 남지 않는다.

"……규, 불행히도 네 논리는 성립할 수 없을 것 같아." 관노신이 차갑게 말했다. "기의 언니가 정말 범인이라면, 언니는 우리에게 발자국에 관한 일을 말할 필요가 전혀 없었어. 그건 언니 혼자만 아는 일이니까. 기의 언니가 집에 와서 아버지께 그 일을 알렸을 때는 다시 많은 눈이 내려서 그전에 있던 발자국도 전부 덮였을 테니 언니는 완벽히 숨길 수 있었지. 기의 언니가 그 길에 발자국이 없었단 사실에 대해 입을 꾹 다물면, 눈이 내리기 전에 거기에 외부에서 온 범인이 남긴 발자국이 있으리라고 아무도 생각하지 않았을 거야. 언니가 범인이라면 그 일을 얘기한 건 자신에게 틀림없이 불리해. 발자국 얘기를 했으니 기의 언니는 범인일 리 없어."

노신의 말을 듣고 규는 고개를 끄덕였다.

"어쩌면 네 말이 맞을 거야. 난 기의의 성격을 모르고 알 방법도 없으니. 네 언니는 조심스러운 사람이니? 그렇지 않다면 실수로 무심결에 입 밖에 냈을 수도 있는데……."

"규, 네가 기의 언니에 대해 얼마나 안다고 그래?"

“관기의에 대해선 거의 아는 게 없지. 관약영을 특별히 보살핀 부드러운 사람이고, 1년 전에 세상을 떠났다는 것만 알아.”

“아무것도 모르면서 방금 그렇게 나쁜 뜻으로 언니를 중상모략하다니. 난 그런 규가 싫어.”

오릉규는 고개를 떨구고 관노신이 비난하는 것을 들었다.

“기의 언니는 한평생 운몽택을 떠나본 적이 없어. 그게 언니에게 행운인지 불행인지는 모르겠지만. 기의 언니가 운몽 밖의 넓은 세상을 몹시 갈망한 건 알아. 우리 고모가 종鍾씨 성의 악부樂府, 음악 관리 기관 관리에게 시집을 갔어. 평소에는 장안에 살지만 매년 이맘때쯤이면 운몽택으로 돌아와 제사에 참여해. 기의 언니는 고모에게서 장안에 관한 얘기들을 듣고 장안을 동경했지. 몰래 고모에게 장안에서 신랑감을 물색해달라고 부탁하기도 했대. 하지만 아버지는 언니의 미래에 대해 다른 계획이 있었어. 아버지가 원래 생각한 건, 백부님 댁 장자는 가업을 잇고 막내아들은 우리 집으로 양자를 들이는 거였어. 그런데 4년 전 사건 때문에 아버지는 관씨 가문의 후사 문제를 다시 고려해야 했고, 결국 그 부담은 자연스럽게 장녀인 기의 언니가 짊어지게 됐어. 그러니까 아버지는 기의 언니가…….”

"데릴사위를 얻길 바랐다, 맞지?"

"맞아. 오로지 운몽택을 떠나고 싶은 생각이었던 기의 언니에게 그건 당연히 심각한 충격이었지. 기의 언니가 오랫동안 바란 건 운몽 이외의 지역으로 시집가고, 그 참에 약영 언니도 데려가는 거였거든. 기의 언니는 그래야만 약영 언니를 지키고 지나치게 엄한 백부님이 계속 약영 언니를 다치지 않게 할 수 있다고 생각했어. 4년 전 사건 때문에 백부님은 이제 안 계시니―이렇게 말하긴 뭐하지만 사실이 그러니까―어쨌든 약영 언니를 지키겠다는 소원은 이뤄진 셈이지. 자신의 진짜 소원은 사실 운몽택을 떠나고, 관씨 가족이 은거하는 외딴 곳을 벗어나는 것이라는 걸 기의 언니는 그제야 깨달았던 것 같아. 성격이 민감했던 기의 언니는 분명 그 때문에 깊이 자책했고, 그게 이 기적이라고 생각했을 테니까. 그렇게 자책하는 마음에서 기의 언니는 결국 아버지의 요구를 받아들이고, 아버지가 데릴사위를 골라주시는 데 동의했어. 하지만 언니 마음은 아주, 아주 내키지 않았을 거야……."

"그건 참 가엽다."

관기의에 대한 이야기를 듣고 오릉규는 저도 모르게 탄식이 나왔다.

아무래도 부귀한 집안의 여식 입장에서 데릴사위와 함

께 늙어가야 하는 건 극히 두려운 결말이었다.

당시 데릴사위는 노예와 다름없이 여겨졌고, 후손이 없는 집안의 대를 이어줄 도구에 불과했다. 딸만 있고 아들이 없는 집안에서 그 혈통과 성씨를 이어가려면 데릴사위의 도움을 빌릴 수밖에 없었다. 회남淮南 일대에는 자기 자식을 다른 사람에게 파는 것을 자식을 노비로 판다는 뜻으로 '췌자贅子'라고 부르는 풍속이 있었다. 똑같이 '췌' 자를 쓰는 데릴사위라는 뜻의 '췌서贅婿'의 지위가 얼마나 비천했는지 가늠할 수 있으며, '췌자'의 유래도 대략 그렇게 설명할 수 있다.

아버지가 데릴사위를 얻어주는 데 관기의가 동의한 것은 자신을 노비에게 짝지어주는 것에 동의한다는 뜻이었다. '얻어준다'라는 표현을 쓴 것은 관씨 집안은 아직 남자 노비를 둔 적이 없어 '췌자' 하나를 사서 관기의의 '췌서'를 충당해야 했기 때문이다.

관기의가, 데려온 데릴사위와 관계를 맺어 아들을 낳아주기만 하면 관씨 가문의 향불도 계속 이어질 수 있었다. 하지만 그것은 관기의가 일개 노비와 일생을 함께 보내야 하고, 굴욕적으로 노비와 잠자리를 같이 하며 노비의 핏줄을 출산해야 한다는 뜻이기도 했다.

십여 년간 품어온 장안의 꿈도 깨질 수밖에 없었다.

관기의를 기다리고 있는 미래는 절망뿐이었다.

"그래서 기의 언니는 얼마 안 가 병이 들어 죽었어. 어쩌면 마음이 더 먼저 죽었을 거야. 기의 언니는 병이 위중해졌을 때 자신이 그 고비를 넘기지 못할 것이라 이미 예감하고 우리 자매들에게 '미안해, 내가 죽으면 너희가 내 불행을 감당해야겠구나' 하고 말했지. 사실 강리 언니는 계속 악기 연주를 연습하고 있어. 이곳을 떠나 고모부처럼 악사가 되려고 해. 약영 언니는 백부님의 유지를 이어 공식 제사에 참여하는 무녀가 되려고 노력하고 있고. 생각해보니 그 짐은 이제 내가 이어받아야 하네……."

오릉규는 여기까지 듣고 미간을 잔뜩 찌푸린 채 아무 말 없이 한참 서 있었다.

"기의 언니가 임종할 때 굴원의 〈구장九章〉 중 한 단락을 불렀어. 어떤 단락인지 규는 분명 알아맞힐 거야…… 됐다, 알아맞히지 마. 어쨌든 답은 슬픈 구절이니까. 네가 알아맞히지 못하면 내가 침울한 얘기를 더 해야 할 테고. 기의 언니가 죽기 전에 마지막으로 부른 노래의 내용은 이래. '내 삶에 즐거움 없음을 슬퍼하며 홀로 외진 산중에 사네. 그래도 마음 바꿔 속세를 따르지 않고 참으로 근심하며 평생 뜻을 이루지 못하리.'"

이번에는 일면식도 없는 소녀를 위해 오릉규도 눈물을

흘렸다.

"그런데 노신, 그거 알아?" 규가 눈물을 삼키며 말했다. "데릴사위 같은 존재가 가장 비참한 운명은 아니야. 나도 장녀거든. 나도 결국 내 미래를 감당해야 해. 아니다, 어쩌면 그런 속박은 이미 옛날부터 내게 채워졌을 거야. 노신은 잘 모르겠지만, 춘추시대 제나라에 양공襄公이라는 우둔하고 멍청한 군주가 있었어. 양공은 민가의 장녀는 출가할 수 없다는 명령을 내렸어. 출가가 금지된 장녀는 가문의 제사를 주관해 무아巫兒라고 불렀어. 훗날 제나라 사람은 '무아'가 사람과 결합하면 무아의 가족이 재난을 당하고, 무아 자신도 극도로 불행해질 거라 굳게 믿었지. 지금까지도 제나라 땅에는 그런 풍속이 있어. 나는 장안에서 나고 자랐지만 오릉 집안은 제나라 땅에서 이주한 탓에 그 낡은 관습을 따르거든. 고작 그 아둔한 고대 군주가 내린 명령 덕분에 내 평생 운명이 일찌감치 결정된 거야. 맞아. 난 장녀야. 어릴 때 부모님도 날 '무아'라고 불렀어……."

여기까지 말하고 오릉규는 서글프게 웃었다.

"노신도 알겠지? 얼마나 웃긴 운명인지! 난 평생 시집을 갈 수 없어."

2장

가족이 한데 모이고

맛있는 음식이 다양하구나

室家遂宗, 食多方些

- 굴원, 〈초혼招魂〉 중에서

1

밤이 되어 규는 얇은 비단 홑옷으로 된 곡거^{曲裾, 앞자락의 도련이 곡선인} 옷를 입고 노신과 함께 본채로 갔다. 소휴는 동쪽 부엌에서 관씨네 하인과 함께 식사 준비를 도왔다.

본채 지붕은 네 지붕면이 교차하는 부분에 용마루가 걸린 갈관^{鶡冠}의 형상이었다. 반개방 된 본채 앞에는 네 짝 병풍이 놓여 있었다. 기둥 사이에 걸린 휘장에는 금색으로 봉황 무늬가 수놓아져 있고, 동전과 술 장식이 엮여 있었다. 본채 안 좌우에 일곱 촛대가 두 개씩 있고, 촛대 끝에 등롱이 하나씩 켜져 있었다. 두 등 사이에는 콩 모양의 동 향로가 놓여 있었다. 등과 향로의 몸체는 모두 순금이었다. 형상을 보건데 전국시대의 유물인 듯했다. 당시 관씨 집안은 초나라의 국가 제사를 관장했기에 비옥한 땅을 봉토로 받았고, 왕실로부터 세상에 드문 진귀한 물건을 하사받았다. 전란이 휩쓸고 간 후 국가가 패망하고 그

동안 누렸던 부귀영화가 사라졌으니 순금으로 된 기물들도 더 이상 예전의 빛깔이 아니었다.

가는 연기가 한 가닥씩 피어올라 등불 밑이 더 가물거리는 듯했다.

규는 장안에 있을 때부터 서역에서 건너온 진귀한 향을 수집하기 좋아했고, 그중에서도 월지국月支國 사신이 장안으로 가져온 각사향却死香을 가장 좋아했다. 섬에서 온 것이라 전해지는 이 향은 채취하기가 매우 어렵고 형상은 조잡하지만 향기가 세상에 둘도 없이 독특했고, 한번 피우면 며칠씩 향이 남아 있었다. 그래서 가격이 똑같은 크기의 백옥과 맞먹었음에도 규는 소휴를 수차례 고가藁街, 장안성 남문 안 만이족이 살던 거리 이름에 몰래 보내 그 향을 구입했다.

그에 비해 관씨 집안에서 오늘 피운 건 평범한 영릉향零陵香이었다. 하지만 화로에 고량강高良薑과 신이辛夷를 채워 넣어 규가 이전에 맡아보지 못한 향기가 어우러져 나왔다.

이미 와 있던 주인 관무일은 규에게 앉으면 문이 동쪽에 위치하는 서쪽 상좌에 자리하라고 청했다. 자리 앞에는 밥상이 놓여 있었다. 표면은 옻칠이 되어 있지만 다리 부분 안쪽은 구리고 겉은 순금이었다.

규는 평소 식사 때 이렇게 다리가 있는 상을 사용하지

않고 다리 없는 소반을 사용했다 소반에는 잔과 접시가 놓이고, 잔에는 술이 담긴다. 규가 식사하는 동안 처음부터 끝까지 소휴는 맞은편에 무릎을 꿇고 앉아 손으로 소반을 눈썹 높이로 평평하게 들고 있어야 했다. 식사를 마치면 규는 잔에 든 술로 입을 가셨다. 식사할 때 규는 기분이 좋거나 반찬이 맛있으면 소휴에게 고개를 들라 명하고, 손에 든 젓가락으로 반찬을 집어 소휴에게 먹여 주었다. 그것을 받아 먹으려면 소반의 균형을 유지하기 어렵지만 그래도 자신이 한 일을 주인에게 인정받은 것이니만큼 소휴는 즐겁고 마음이 놓였다. 하지만 규가 소휴에게 화풀이를 하거나 반찬이 식어 불만이 일면 소휴는 가혹한 대우를 받았다. 규는 접시에 남은 음식을 하나씩 소휴 머리에 뿌리고, 화가 풀릴 때까지 소휴에게 계속 소반을 들고 있으라고 명했다.

밥상에는 고기를 먹을 때 쓰는 동으로 만들어진 염기染器가 놓여 있었다. 염기는 위아래 두 부분으로 되어 있다. 아랫부분엔 작고 정교한 화로가 있고, 그 위엔 청동 잔이 있다. 사용할 때는 잘 조미한 양념을 잔에 담고 화롯불을 붙인 후 맹물에 삶은 고기를 잔에 넣어 끓인다. 이렇게 처리하면 고기 온도가 유지되고 양념 맛이 고기에 더 잘 밴다. 염기는 식사 자리에 딱 세 개만 놓여 있었다. 그중 하나는 규의 상에 놓였고, 다른 하나는 늦게 오는 다른 손님상에 놓였으며 나머지 하나는 주인 관무일이 사용했다.

염기 왼쪽에는 좌우 양쪽에 날개 장식이 달린 술잔 익상羽觴이 놓여 있고, 술은 아직 채워 있지 않았다. 익상 옆에는 술을 뜨는 용도의 국자 칠작漆勺이 있었다.

규는 자기 바로 옆 밥상 밑에 동물 모양 술잔 희준犧尊이 있는 것도 보았다. 동으로 만들어진 소 모양의 희준은 등 부분에 뚜껑이 있고, 배 부분에 술이 담겨 있었다. 규는 일고여덟 살 때 《시경》에서 '희준장장犧尊將將'이라는 구절을 읽은 적이 있었다. 이런 술잔은 장안에서 유행이 지난 지 오래되어 규가 직접 본 적이 없었다. 관가에서 사용하는 것도 선대에서 물려받은 것인 듯했다. 규는 자기도 모르게 속으로 감탄했다. 사람이 등에 구멍을 파놓은 소의 표정이 너무나 침착하고 온순했으며, 억울한 대우를 견디며 순종하고 있는 듯했다. 그러고 보니 자기 몸종과 닮은 구석이 많았다.

관씨 일가와 규, 모두가 자리에 앉았다. 주인 관무일의 부인 도悼씨와 딸 강리, 노신이 있었으며 노신 옆에는 노신의 사촌 언니 관약영이 앉았다. 동석한 관과觀姱는 관무일의 여동생으로 멀리 장안에서 왔고, 규보다 며칠 먼저 도착했다. 함께 온 아들 전시展詩와 딸 회무會舞도 관과 옆에 앉았다. 회무는 소휴와 동갑이고, 전시는 회무보다 다섯 살 위였다. 관과와 남편 종선공鍾宣功 사이에 아들이 하나 더 있는데, 어려서 데려올 수 없었다. 종선공도 공무가 바빠 오지 못했다. 올해 관무일은 건강이 여의치 않아 제사를 주관할 생각이 없어 준비 과정을 동생 관과에게 맡겼고, 춤은 딸 강리가 맡았다.

손님이 아직 다 오지 않아 마주 앉아 할 일이 없는 주인과 손님은 이야기를 나누기 시작했다. 규는 오늘 도착했고 오후엔 사냥을 다녀와 처음 보는 사람이 많은지라 그들에게 자신을 소개했다.

마침 소휴가 부엌일을 마치고 본채로 들어와 잠시 후 있을 주인의 식사 시중을 위해 규의 대각선 뒤쪽에 무릎을 꿇고 앉았고, 규는 그 참에 앉아 있는 이들에게 소휴를 소개했다. 개중《시경》을 읽은 이들은 '소휴'라는 이름을 아주 잘 지었다고 생각했다. 그 후 관무일이 규에게 자기 가족을 소개했다.

지각한 손님의 이름은 백지수白止水로 운봉 사람이고, 올해 마흔 살이었다. 젊은 시절 장안에서 유학했고 노나라의 유명한 학자 하후시창夏侯始昌에게《시경》을 배워 학문이 꽤 깊었으나 끝내 말단 벼슬자리도 얻지 못했다.

당시《시詩》학은 네 학파로 갈라져 있었고, 공식적으로

인정받는 것은 제齊, 노魯, 한韓 세 개뿐이었다. 백지수가 장안에 있을 때는 한영韓嬰으로 대표되는 '한시韓詩'가 가장 득세했다. 현재 황제가 즉위한 초기에 하후시창의 스승 원고생轅固生은 이미 구십에 가까워 황제 앞에서 자신의 학설을 위한 자리를 모색할 수 없었고, 하후시창 세대는 나이가 어려 황제의 신임을 받지 못했다. 결국 이들을 필두로 한 '제시齊詩'는 점점 쇠퇴했다.

몇 년 후 백지수는 고향으로 돌아갔고 집에서 경학經學을 가르치다 보니 끝내 뜻을 이루지 못했다. 그는 학문을 함에 있어 스승의 가르침을 고수하는 데 만족하지 않고 늘 새로운 개념을 세웠다. 또 초나라 땅 출신인지라 여러 무속 이론을 인용해《시경》을 해석했다. 이로 인해 동료들로부터 이단 취급을 받았고, 그의 영향력은 운몽 일대를 벗어나지 못했다.

최근 몇 년간 하후시창의 노력 덕분에 '제시' 학파가 다시 번창하기 시작했지만, 동료들에게 배척 받는 백지수는 여전히 아무런 소득을 얻지 못했다. 규는 장안에 있을 때 백지수의 학설을 들어본 적이 있었다. 규는 무녀답게 금세 그의 학설에 매료됐다.

백지수의 가장 유명한 설법은《시경》'제풍齊風' 편 중 〈남산南山〉부터 그 아래 여섯 편에 대한 해석이었다. 백지수는 이 시들이 장녀로서 출가할 수 없는 제나라 무녀들을 묘사하고 있다고 판단했다. 규는 그의 학설에 동의하진 않았어도 백지수가 자신의 비애를 이해한다고 느꼈다.

말 울음소리에 규의 회상이 멈췄다. 눈 깜짝할 새에 백지수가 대청에 들어섰다.

백지수는 팔척장신으로 적색 상의, 자색 치마로 된 평상복을 입고 있었고 머리는 두건으로 묶어 용모가 위풍당당했다. 입은 웃고 있었지만 눈썹 사이에 골이 파인 것으로 보아, 평소 마음에 근심과 불만을 가득 품고 지내 이마에 고민의 흔적이 패인 듯했다.

백지수가 자리에 앉자 주연이 정식으로 시작됐다.

관무일은 자기 집 하인에게 술잔을 가득 채워 백지수에게 드리고, 또 한 잔 가득 따라 규에게 드리라고 명했다. 두 사람은 잔을 비웠고, 소휴가 두 잔을 따라 규의 밥상에 놓자 두 사람은 잔을 들어 주인에게 돌려주었다. 그 후 주인과 손님이 대작하고, 자리에 있는 나머지 사람들도 각자 한 잔씩 마셨다. 그때 관과가 관가 하인에게 금琴을 가져오라 명했고, 규도 소휴에게 슬瑟을 준비하라고 명했다. 하인들이 악기를 가져 오자 종전시가 금을 받아 연주했고, 종회무는 가락에 맞춰 한나라의 교사가郊祀歌인 〈청양靑陽〉을 불렀다.

봄의 양기가 열려 움직이니 초목 뿌리가 뻗어 자라기 시작하네
비와 이슬이 촉촉이 내려 덮으니 벌레와 짐승이 몰려드네
천둥이 치니 초목에 꽃이 피고 굴속의 동물이 귀를 기울이네
시들고 마른 초목이 다시 돋아 그 생명을 다시 만드도다
만물이 조화롭게 즐거워함이 모태 중의 생명에도 미치는구나
뭇 생명이 풍성해지니 봄의 복스러운 기운이 가득하네

靑陽開動, 根荄以遂, 膏潤幷愛, 跂行畢逮

霆聲發榮, 壧處頃德, 枯槀複産, 乃成厥命

衆庶熙熙, 施及夭胎, 群生啿啿, 惟春之祺

규는 이것이 국가 제사 때 사용하는 악곡이며, 평민은 연회에서 사용할 수 없다는 사실을 알고 있었다. 그러나 자기 집에서도 그렇게 분수를 넘는 일들을 익히 본지라 그다지 개의치 않았다. 종회무의 노래가 끝나자 규는 슬을 타며 〈규변頍弁〉을 읊었다. 그 마지막 절은 다음과 같다.

아름다운 고깔모자 단정히 머리에 썼네. 술도 맛나고 안주도 풍성하네. 어느 곳에서 왔든 남이 어디 있나? 모두 형제요 사촌일세.

눈 내리면 먼저 싸락눈 내리네. 어느 날 죽을지 모르니 서로 만

날 날 많지 않네. 오늘 저녁 술 즐기며 군자가 잔치하네.

有頍者弁, 實維在首. 爾酒既旨, 爾肴既阜, 豈伊異人, 兄弟甥舅.

如彼雨雪, 先集維霰. 死喪無日, 無幾相見. 樂酒今夕, 君子維宴.

이것은 규가 가장 좋아하는 《시詩》 장章 중 하나[*]로, 술을 마실 때 반드시 불렀다. 특히 '어느 날 죽을지 모르니 서로 만날 날 많지 않네' 구절은 부를 때마다 몹시 감명을 받았다. 인생은 결국 짧다. '예로부터 누구에게나 다 죽음이 있으니自古皆有死'[**] 어떤 만남이든 어떤 잔치든 모두 끝이 있는 법이다. 오늘 연회는 이 시에 묘사된 장면과 함께 논하기엔 부족하다는 생각이 들었다. 시를 지은 사람은 지금 어디에 있는가? 그 이후 소리 높여 이 곡을 부른 사람이 적지 않을 텐데, 지금 몇 명이나 남았을까?

노래가 끝나고 술 마시는 순서가 끝나자 관가 하인이 김이 모락모락 나는 구리 솥을 들여왔고, 솥에 있는 고기를 사람들에게 분배했다. 소휴는 한쪽에서 규의 염기에 불을 붙이고 고기를 염기 잔에 담았다. 규는 너무 뜨거운

[*] 《시경》 '소아小雅' 편에서 인용.
[**] 《논어》 '안연顏淵' 편에서 인용.

음식은 잘 먹지 못했지만, 그래도 뜨거울 때 먹었다. 맛으로 판단하건데 돼지고기가 분명했고, 어깨살 중에서 가장 기름진 부위였다. 규는 이전 같았으면 이렇게 평범한 식사에 만족할 수 없었겠지만 속으로 주인의 성의에 감격했다.

잠시 후 관가 하인이 구리 솥을 내가고 다시 구리 가마를 들여왔다. 안에는 물에 삶은 가금 고기가 들어 있었다. 바로 오늘 규가 사냥한 꿩이었다. 하인은 가슴살을 잘게 찢어 규에게 주고, 또 규를 위해 식초 종지도 준비했다. 규는 고기를 식초에 찍어 먹었고, 역시 맛있다고 생각했다.

이어서 밥이 가득 담긴 동궤銅簋와 각종 절임 채소가 담긴 그릇들이 날라졌다. 이번엔 노신이 직접 절임 채소를 집어 옻칠 접시에 담고서 규 앞에 놓았다. 규가 고맙다고 하기도 전에 노신이 먼저 입을 열었다.

"이건 규葵, 즉 아욱 절임이니까 규가 많이 먹어야 해. 매년 9월, 우리는 땅에서 자란 여린 아욱을 하나하나 캐서 병에 넣어 염장하거든. 병 위쪽에 물을 부으면 아욱이 숨을 쉴 수 없어서 이듬해가 되면 이렇게 절임이 되지. 난 이렇게 된 아욱을 제일 좋아해. 씹으면 아삭하고 개운하거든. 규도 한번 먹어보지 않을래?"

'규', 즉 아욱은 당시 밥상에서 가장 흔한 채소였다. 오룽규는 어렸을 때부터 한심한 이들에게 이런 놀림을 당해 이미 익숙한 터라 마음에 두지 않았다.

"있잖아." 규가 한숨을 쉬며 말했다. "우리는 둘 다 식물이니* 서로 놀리지 말자."

노신은 생각해보니 일리가 있고 스스로도 재미없다는 것을 알아 이쯤에서 끝냈다. 노신이 자기 자리로 돌아가려는데 규가 노신의 옷소매를 끌었다.

"여기 있어. 난 어렸을 때부터 동류는 먹지 않거든. 네가 이 '규'를 책임지고 다 먹어야 해."

"동류?" 노신은 이때다 싶어 규를 툭 치고 규를 가리키며 물었다. "이 규도 먹을 수 있나?"

"이건 못 먹어. 너 정말 내 고기를 베어 먹고 그 가죽을 벗겨 깔고 잘 정도로 날 미워하는구나?"

규는 입으로는 '미워한다'고 했지만 눈에는 웃음기가 서려 있었다.

"음, 고기를 베어 먹고 그 가죽을 벗겨 깔고 잘 정도로 누군가를 좋아할 순 없겠지?" 노신이 반문했다. "먹어버리는 것 말고 상대를 나의 일부분으로 만들 다른 방법이 또 뭐가 있을까?"

---

* '노신魯申'에는 신초申椒, 즉 '산초(나무)'라는 뜻이 있다.

"누군가를 사랑하면 그 사람을 나의 일부분으로 만들 수 있을까? 노신은 취미가 참 엽기적이네."

"음, 아니면 나를 그 사람의 일부분으로 만들어도 되고."

"그건 도리어 쉽지." 살짝 취한 규는 살며시 웃으며 말했다. "상대에게 상처를 주면 돼. 가죽과 살에 입히는 상처 말고 그 사람의 마음을 상하게 하는 거지. 상대가 절대 받아들일 수 없는 일을 하고 상대가 절대 받아들일 수 없는 말을 하면 그 사람 여생 동안 네가 입힌 마음의 상처가 계속 남아 있을 거야. 그러면 너도 그 사람의 일부가 되는 거지."

노신은 규의 생억지를 잠잠히 듣고 있었다.

"하지만 그것만으로는 부족해. 그래도 나는 여전히 나니까, 완전히 상대의 일부분이 될 수 없어. 철저히 하려면 자신이 정말 사라지게 해야 해."

"자신의 죽음을 통해 상대에게 상처를 준다고?" 노신은 불쾌한 표정을 드러냈다. "그런 방법으로 사랑을 표현하는 사람이 정말 있을까? 그것도 사랑이라 부를 수 있다면, 그런 사랑은 결과적으로 증오와 다를 바가 없잖아."

"틀렸어, 노신. 그것이야말로 최고의 사랑이야. 옛날 명신들, 직설적으로 간언을 올리고 살신성인한 사람들은 하나같이 자신의 죽음을 통해 군주의 마음에 상처를 남겨 간언의 목적을 달성하는 행동 논리를 실천했어. 군사를 일으켜 초나라를 멸망시킨 오자서도 그랬고, 오직 초나라를 부흥시킬 일념이었던 굴원도 그랬어. 그들은 바로 자신의 정견을 군주 생명의 일부분으로 만들기 위한 충성심에서 자살했어.”

“굴원은 그런 게 아닌데…….”

“그래?” 규가 한숨을 지었다. “네가 그렇게 생각하는 건 잘 몰라서 그래. 그럼 굴원이 대체 어떤 사람이었고 어떤 인생을 살았는지 내가 얘기해줄게!”

2

연회가 시작된 후 백지수는 내내 관무일과 회포를 풀고 있어서 규는 말을 붙여보지도 못했다. 그런데 규가 높은 목소리로 이 말을 하자 백지수의 관심을 끄는 데 성공했다. 뿐만 아니라 술자리의 떠들썩함이 순간 가라앉으며 다들 규가 할 이야기에 호기심을 품었다.

“나는 열 살 때 처음 〈이소離騷〉*를 읽었고, 그것이 좋아

---

* 전국시대 초나라 굴원의 작품. 이소란 조우遭遇, 즉 근심을 만난다는 뜻이며 초나라 회왕懷王과 충돌해 물러나야 했던 실망과 우국의 정을 노래한 장편서사시다.

서 숙독해 외울 정도가 됐어. 하지만 그때는 굴원의 신세에 대해 전혀 몰랐어. 2년 후 장안에 머물던 초나라 무녀 하나가 우리 집에 왔는데 그 참에 굴원에 관한 일을 가르쳐달라 청했고, 내가 알고 있는 내용에 문제가 있을 수도 있다는 사실을 알았지. 다시 2년이 지나 드디어 굴원의 전 작품을 통독했고, 그때는 또 내가 원래 이해했던 것이 정확하다고 느꼈어. 처음엔 세상에 떠도는 굴원의 사적에 대해 들어본 적이 없어서 〈이소〉 원문으로만 저자의 신분과 처지를 추측했던 탓에 내 생각이 일반적 견해와 꽤 차이가 있었거든. 그리고 굴원의 전기 자료와 가장 크게 충돌했던 추측은 저자의 성별 문제였어. 내가 보기에 굴원의 신분은 단순한 사대부가 아니라 초나라 국가 제사에 참여한 무녀였어.”

“무……녀?”

좌중에 있는 사람들이 놀라서 소리를 치거나 수군거리자 연회장이 다시 소란해졌다. 정작 규는 침착하게 고개를 끄덕였다.

“우선 굴원이 작품에서 자신을 어떻게 묘사했는지 정리해볼게.

〈이소〉에서 대부분 굴원은 자신을 여성인 양 썼어. ‘여러 계집들 내 고운 눈썹을 질투하여 나를 음란하다고 헐뜯는다眾女嫉余之蛾眉兮, 謠諑謂余以善淫'는 부분이 그 예지. 또 글의 의미를 자세히 뜯어보면 굴원이 사실 자신을 무녀로 묘사한 것을 발견할 수 있어. '팽함이 남긴 법도를 따르리라願依彭咸之遺則'든지 '내 장차 팽함이 있는 곳을 찾아가리라吾將從彭鹹之所居' 등이 그 예야. 여기에서 '팽함'은 본문 중 '무함이 저녁에 내려오면巫咸將夕降兮' 구절에 따르면 《세본世本》*에 기록된 무팽巫彭과 무함巫咸이야. 무팽과 무함은 전설 속의 무당으로, 무팽은 의술을 발명했고 무함은 점술을 발명했어. 이것이 굴원이 자신을 무녀로 묘사한 첫 번째 증거야.

〈이소〉와 다른 작품에서 굴원은 자주 자신이 향초를 채집했다고 설명해. 실제로 그건 무녀가 하는 일이거든. 예를 들면 '아침에는 언덕의 목란을 캐고 저녁에는 섬의 숙초를 캐노라朝搴阰之木蘭兮, 夕攬洲之宿莽' '나무뿌리 캐어 백지白芷를 묶고 벽려 꽃술을 꿰어서攬木根以結茞兮, 貫薜荔之落蕊' 같은 부분이야. 송옥宋玉**도 〈구변九辨〉에서 굴원을 이렇게 묘사해. '그대만이 홀로 혜초를 찬다고 여겼건만以爲君獨服此蕙兮'. 〈이소〉 본문에선 '부용을 모아 치마를 해 입고集芙蓉以爲

---

*　진나라 이전 시대 제왕의 사적을 기록한 책.
**　중국 전국시대 말기 초나라의 궁정시인. 문학사상 중요한 《초사》, 《문선》에 기재된 〈구변〉, 〈초혼〉 등 많은 작품을 썼다.

裳' '추란을 꿰어 노리개를 만들어 찬다紉秋蘭以爲佩'라고 하는데, 굴원이 향초로 자신을 꾸몄다는 뜻이야. 하지만 나는 굴원이 그렇게 많은 향초를 캔 것은 사실 그런 목적이 아닐 거라고 생각해. 고대 관제官制만을 기록한 유교 예서가 있는데, 거기에 '무당'의 직책을 설명한 부분 중 향초로 목욕하는 '훈욕釁浴'이 나와. 내 생각엔 이게 바로 〈이소〉의 주인공이 향초를 캔 진짜 목적인 것 같아. 이게 굴원이 자신을 무녀로 묘사한 두 번째 증거야.

또 〈이소〉에는 '나는 짐새를 중매쟁이 삼았는데 짐새는 내게 나쁘다고 하네吾令鴆爲媒兮, 鴆告余以不好'라는 구절이 있어. 여기에서 '나쁘다'는 '불길하다'는 뜻이야. 왜 이 혼사가 불길할까? 이유는 간단해. 본문의 주인공이 혼인할 수 없는 금기를 짊어지고 있어서 그녀의 연정은 불행하게 끝날 수밖에 없거든. 이게 굴원이 자신을 무녀로 묘사한 세 번째 증거야.

전통적인 해석에 따르면 이런 글쓰기 방법을 '기탁寄托'이라고 해. 즉 충신을 미녀에 비유하는 거지. 하지만 난 그렇게 생각하지 않아. 이게 기탁이라면 굴원은 작품에서 시종일관 자신을 불행한 여자로 써야 맞거든. 그런데 굴원은 또 이렇게 썼어. '내 갓을 우뚝 높이고 내 노리개 길게 늘이리高余冠之岌岌兮, 長余佩之陸離'. 자신의 의복과 장신구를 설명하는 부분이고, 이건 분명히 사대부가 입는 남성의 복장이야. 굴원의 다른 작품 〈섭강涉江〉도 참고할 수 있어. 굴원은 이 시에 이렇게 썼어. '나는 어려서부터 이상한 옷을 좋아했는데 늙어서도 변하지 않았도다. 길게 늘어진 칼을 차고 높은 절운관切雲冠을 썼도다余幼好此奇服兮, 年旣老而不衰. 帶長鋏之陸離兮, 冠切雲之崔嵬.' 굴원은 자기가 '이상한 옷'을 좋아했다고 했는데, 난 그 옷이 어디가 이상한지 모르겠어. 그저 초나라 지역 사대부의 가장 평범한 차림새일 뿐이거든. 하지만 여자가 그렇게 입었다면 확실히 '이상한 옷'이 되기도 하겠지. 바꿔 말해 굴원의 작품 속 주인공은 무녀일 뿐만 아니라 어려서부터 노년까지 남장을 한 무녀야. '기탁'으로 해석하면 도무지 설명이 안 돼. 어떻게 남장에 관한 묘사를 무엇에 관한 은유라고 추측할 수 있는 건지 모르겠어. '기탁'으로 해석할 수 없으니 생각의 방향을 바꿔 이 시를 이해해보자. 어쩌면 시 전체가 사실을 쓴 걸지도 몰라. 굴원은 평생 남장을 하고 사대부 대열에 들어섰던 무녀였어!"

규가 자신의 추측에 따른 이야기를 마치자 백지수 혼자만 "그 추측 그럴듯한 견해네"라고 했고, 노신은 일단은 받아들일 수 없다고 했다. 규는 상황을 살피고 계속 부연 설명했다.

"여러분이 이 견해를 받아들일 수 없는 건 아마 상식에 따르면 여자는 관리가 될 수 없기 때문일 거예요. 그런데 굴원은 좌도^{左徒}, 삼려대부^{三閭大夫}를 지냈고 제나라에 사신으로 가기도 했으며 초나라 법령 제정에 참여하기도 했지요. 이건 무녀가 해야 할 일이 아닌 것 같지만 제가 《좌씨춘추》와 초나라 왕실의 가보를 읽어보니 당시 초나라에선 얼마든지 일어날 수 있는 일이었어요."

"규는 우리 초나라 사람보다 초나라의 역사와 문화를 더 잘 알고 있네?" 노신이 불만스럽게 말했다.

"물론 그렇다 자부할 자신감은 없어요. 그런데 《좌씨춘추》라는 책은 궁중에서 중요한 문서나 물건을 보관하는 곳에 숨겨져 있어 외부인이 보기 어렵거든요. 혹자는 가의_{賈誼, 중국 전한 문제 때의 문인}가 이 책을 잘 안다고 하는데, 가의에게서 그 학문에 대한 가르침을 받았다는 사람이 있다는 얘기는 못 들어봤어요. 그래서 난 거금을 들여 태사령_{太史令}을 매수해 겨우 그 필사본을 구했어요. 그 책은 간간이 《춘추경》을 인용하긴 하지만 대부분 이야기 체로 이루어졌어요. 본문 중에 다른 사료에선 아직 고찰할 수 없는 내용들이 있어서 제가 일일이 검증한 결과 《좌씨춘추》의 관련 서술이 전부 사실인 걸 발견했어요. 따라서 저는 《좌씨춘추》에 기재된 초나라 개국 시기에 대한 내용이 믿을 만하다고 생각해요.

《좌씨춘추》는 자혁子革이 초나라 영왕靈王에게 대답하며 한 말을 기록하고 있어요. '옛날 우리 선왕 웅역熊繹께서 멀리 형산에 계실 적에 섶나무로 만든 초라한 수레를 타고 남루한 옷을 입고 풀숲에 살았습니다. 산림 속을 다니면서도 천자를 섬겼고 오직 복숭아나무로 만든 활桃弧(도호)과 가시나무 화살棘矢(극시)만을 왕실에 바쳤습니다.' 앞부분은 창업의 고생스러움에 대한 내용으로 이해가 잘 되는데 '오직 복숭아나무로 만든 활과 가시나무 화살만을 왕실에 바쳤습니다' 부분은 잘 이해가 안 돼요. 사실 《좌씨춘추》의 다른 부분에선 이렇게 되어 있어요. '도호극시桃弧棘矢로 재앙을 없앤다.' 즉 초나라 선조 웅역은 개국 초기에 다른 힘이 없었고, 오직 할 수 있는 일이라곤 복숭아나무로 만든 활과 가시나무로 만든 화살로 재앙을 떨치고 기도를 하는 게 전부였어요. 다시 말해 초나라의 건국 기반은 무력이 아니라 무술巫術이었지요.

그렇게 보면 당시 초나라 왕, 즉 세속의 왕은 사람들에게 가장 존경받는 무속인이기도 했어요. 웅역 이후 15대가 지나 초나라 무왕武王 시대에 이르자 국가 체제에 변화가 일어났어요. 그때 초나라는 세속 정치와 종교가 점점 분리되어 한때 무속인의 지위가 떨어졌어요. 그래서 소왕昭

ㅍ 시대에 이르러 국가는 종교 개혁을 진행하지 않을 수가 없었어요.

종교 혁신을 제안한 사람은 바로 여러분의 선조 관사부觀射父입니다. 제가 가장 존경하는 분 중 하나이기도 하고요. 관사부의 제안은 《춘추외전》에 기록되어 있고, 여러분은 잘 아시리라 생각해요. 바로 '절지천통絶地天通'이에요. 노신, 이 말의 정확한 의미를 아니?"

관노신이 섣불리 대답하지 못하자 규가 계속 말을 이었다.

"절지천통이란 국가에 신도神道를 세운다는 뜻이에요. '신도'란 단어는 《주역》에 나오는데, 제가 설명의 편의를 위해 잠깐 빌려온 겁니다. 관사부는 이 말의 표면적 의미를 이렇게 해석했어요. '전욱顓頊이 그것을 받아 남정南正 중重에게 하늘을 주관하여 신과 회합하라 명하고 화정火正 려黎에게 땅을 주관하여 백성과 회합하라 명함으로써 옛 질서를 회복하여 서로 침범하거나 경시하지 않도록 하였다.' 그런데 이 말의 속뜻은 하늘과 땅에 대한 제사를 각각 두 제사관에게 따로 관할하도록 하고, 두 제사관은 동시에 왕을 책임지며 왕만이 두 사람을 통괄할 수 있었다는 거예요. '하늘'과 '땅'은 '신'과 '백성'에 대응하고, 하늘과 땅에 제사지낼 권리는 제왕이 독점하는 것이지요. 관사부는 당시 초나라의 상황을 바탕으로 이런 학설을 제기한 것 같아요. 당시 초나라는 대부大夫, 사士들도 자기 집에서 무속인을 부양하며 자신을 위해 일하도록 했고, 제멋대로 천지 여러 신에게 제사지내는 그런 개인적인 성질의 제사는 일종의 '사신邪神에게 제사지내는' 행위라 할 수 있었어요. 그런 식으로 나가다 보니 국가 제사가 황폐해질 수밖에 없었고, 세속의 법령도 하달되기 어려웠죠. 그래서 관사부는 '절지천통'을 실행해 국가에서 통제하는 제사 체계를 확립함으로써 정교합일 국가를 재건해야 할 필요성을 느낀 거예요."

"그런데 그런 것들이 굴원의 신분과 무슨 관계야?" 노신이 물었다.

"조급해하지 마. 곧 그 문제로 들어갈 거니까." 규가 말했다. "관사부는 이 문제를 논증할 때 특별히 '무巫'의 개념을 설명했어요. '백성 중 정신이 맑고 마음이 딴 곳에 가 있지 않으면서 엄숙하고 치우치지도 않는 사람은 그 지혜로 천지 만물이 마땅한 자기 자리를 찾도록 하고 그 총명함이 멀리까지 빛나며, 눈이 밝아 모든 것을 통찰하고 귀가 예민하여 사방에 정통한다. 이와 같이 신명이 그에게 내리니 남자는 박수覡라 하고 여자는 무당巫이라 한다.' 즉 관사부는 여성도 신명과 소통하는 능력이 있음을 인정했고, 이것은 관사부가 세운 학설의 전제예요.

확실한 것은 관사부는 설명하지 않았지만 그가 세운 국가 신도 체계에 천지 두 신에 대한 제사를 주관하는 사람만 있던 건 결코 아니에요. 제왕이 세속과 종교 전체 사무를 통괄하게 하려면 전국 모든 무속인을 관리하는 제도를 구축해 무속인의 등급을 정리하고 직책을 분배해야 했어요.

그때는 무녀와 박수가 똑같이 국가 종교 관리체계에 편입되었어요. 이 체계는 원래 세속 정치 관료체계와 병행해도 상충하지 않았는데, 후대에 이르러 두 체계를 분리하기 어려워 결국 합쳤고, 그래서 관료와 무속인은 서로 신분을 바꿀 수 있게 되었어요. 따라서 무녀였던 굴원은 얼마든지 좌도, 삼려대부와 같은 관직을 맡을 수 있었죠."

규는 자신이 추측한 내용을 다 얘기하고 방안을 둘러봤다. 사람들은 고개를 숙이고 술을 마실 뿐, 규의 이야기에는 신경 쓰지 않았다. 그제야 규는 관씨 가문에 초나라 소왕에게 '절지천통'을 건의한 선조뿐 아니라 굴원과 함께 일했던 선조도 있었다는 사실이 생각났다. 까마득히 오래전에 전해지는 일이긴 했지만 그중 몇 가지는 외부인에게 알려지지 않고 지금까지 전해진 게 있을 터였다.

관씨 집안사람들 앞에서 굴원을 논하는 건 사실 조금

주제 넘는 짓이긴 했다.

규가 이렇게 생각하고 있을 때, 내내 입을 열지 않았던 관약영이 자신의 생각을 얘기했다.

"오릉규의 관점은 참 흥미롭구나. 나처럼 견식이 좁은 사람에겐 확실히 설득력이 있어. 어쩌면 너도 굴원과 같은 인생을 동경할 수도 있겠고. 그런데 '굴원이 무녀'였다는 명제를 논증할 때 제기한 세 증거 중에 성립할 수 없는 게 하나 있어."

얘기를 할 때 약영은 표정이 없고 말투 역시 특별하지 않았다. 말하는 속도는 재촉하고 싶은 마음이 들만큼 느려서 명랑하고 활발한 노신과 정반대였다.

"〈이소〉의 주인공이 혼인과 연애를 할 수 없는 금기를 짊어지고 있어서 그의 연정은 불행하게 끝날 수밖에 없었다고 했지. 하지만 초나라 땅에는 그런 금기가 없었어. 없었을 뿐만 아니…… 이렇게 사람이 많은 곳에선 꺼내기 부적절한 얘기들도 있고. 괜찮으면 네가 이쪽으로 와줄래? 귓속말로 얘기해줄게."

"잉? 내가 꼭 그쪽으로 가야 해요?" 규는 미적거리며 소휴에게 몸을 돌리고 소휴 귀에 대고 말했다. "너무 귀찮은 걸. 이렇게 하자. 네가 내 대신 약영 언니에게 가서 언니가 하는 말을 내게 전해줘."

소휴가 무릎으로 걸어 약영 곁으로 갔고, 규는 자기 자리에서 약영이 소휴에게 귓속말 하는 모습을 바라봤다. 딱 한 마디인 것 같았다. 그런데 소휴는 얘기를 듣더니 놀라 살짝 소리를 질렀고, 습관적으로 자기 입을 손으로 막았다. 실제로 자신이 말실수를 했음을 깨달을 때마다 소휴는 그 동작을 했다.

규의 곁으로 돌아왔을 때 소휴는 왠지 혼비백산한 모습이었다.

"아, 아무래도 주인님이 직접 가서 들으시는 게 좋겠어요. 저 분이 하는 얘기를 저는 잘 모르겠어요……."

소휴는 주저하며 말했다. 소휴는 일을 감추지 못하는 아이였다. 똑똑한 규는 그 이유를 바로 알아차렸다.

"그러니까 초나라 지역 무녀는 사실 음란하다는 거?"

"바로 그거예요."

규와 약영의 대화를 듣고 모두가 놀랐다. 규 옆에 앉은 노신도 사람들 시선이 이쪽으로 쏠리는 것을 느꼈다. 노신은 얼굴을 가리고 낮은 소리로 중얼거렸다. "난 좀 피해야겠네." 소휴는 쓴웃음을 짓고 노신을 바라보며 눈빛으로 노신에게 이리 말한 듯했다. '죄송해요. 우리 주인님은 맨날 이러시니 언짢아하지 마세요.'

"그래요? 저는 초나라 땅에도 그런 금기가 있는 줄 알고 있었는데." 규가 말했다. "《좌씨춘추》에 기록된 초나라 공주 계미季羋의 말에 따르면 '여자인지라 남자를 멀리했다'고 되어 있어서, 남녀칠세부동석이 무녀에겐 더 엄격한 줄 알았거든요……."

"사실 네가 말한 계미 공주는 나중에 종건鍾建에게 시집을 갔고, 종건은 바로 우리 고모네 시댁의 조상이야. 따라서 그에 대한 내용은 오릉 군이 생각하는 것과 조금 다를 거야. 계미 공주가 당시 소왕에게 '여자인지라 남자를 멀리하려 하였으나 종건이 나를 업었습니다'라고 한 것은 표면적으론 종건이 나를 업었기 때문에 나는 반드시 종건과 혼인해야 한다는 말이지만, 이건 구실일 뿐이야. 당시 초나라 도읍지 영도가 오나라 군대에 함락되어 계미와 종건은 운몽으로 도망쳤고, 두 사람이 한 일은 업는 것처럼 그렇게 단순한 일이 아니었어……. 나머지는 네 스스로 상상하렴."

약영의 말이 끝나자 종씨 남매가 몰래 웃었고, 관과는 불쾌한 기색을 드러냈다.

약영은 역시 반항적인 소녀였다. 아버지에게 그렇게 혼나며 매를 맞은 것이 이상하지 않다고, 규도 속으로 약영을 평가했다.

"제가 옛사람을 너무 과소평가했나 보네요."

"운몽이란 곳은 외지인들이 생각하는 것처럼 그냥 포위 사냥을 하는 장소가 아니야. 사실 운몽에는 다른 용도가 있어. 오릉 군이 송옥의 〈고당부高唐賦〉, 〈신녀부神女賦〉를 읽어봤다면 상상할 수 있을 거야. 〈고당부〉에서 송옥은 자신이 초나라 양왕襄王과 함께 운몽대에서 놀다가 고당관高唐觀을 바라보았다고 썼고, 또 선왕이 자신과 교합하는 무산선녀巫山仙女를 꿈에 보았다고 했어. 〈신녀부〉에서는 양왕이 꿈에 신녀를 보았다고 되어 있고. 그런데 일의 진상은 어떻게 된 걸까?"

"그러게요. 어떻게 된 거예요?" 규가 고개를 갸우뚱하며 호기심 가득한 얼굴로 물었다.

"양왕 때부터 지금까지 겨우 2백년밖에 시간이 지나지 않아서 그 일에 관해 여러 소문이 있지. 그중 하나는 양왕이 만난 신녀가 실은 고당관의 무녀라는 거야. 송옥이 말한 '선왕이 자신과 교합하는 무산선녀를 꿈에 보았다'는 것은 사실 무녀와 그랬다는 것에 불과하고……"

이 대목에서 약영의 말 속도와 호흡이 조금 빨라졌다.

'이 언니 설마 흥분했나?' 규는 속으로 중얼거렸다. '정말 그렇다면 약영은 초나라 지역 무녀에 대해 본인이 설명한 것과 딱 맞아떨어지네.'

"오릉 군 이제 알았지? 초나라 지역 무녀에 대한 네 이

해에는 큰 오류가 있다는 걸. 무녀들에겐 '남녀칠세부동
석'에 있어서 네가 생각하는 그런 금기가 없었고, 오히려
평범한 여자들보다 훨씬 방종했어."

관약영은 이미 목소리가 떨리기 시작했고, 붕괴되기 일
보직전이었다. 사실 관기의가 죽은 후 약영이 이렇게 말을
많이 해본 적이 없었기에 그 누구도 약영이 계속 말하는
것을 막지 않았다.

"그런데 언니 말을 들으니 오히려 의혹이 해소되었어요.
제가 아까 말했듯이 혼자 〈이소〉를 읽고 주인공이 무녀로
서 초나라 왕을 연모했다는 결론을 얻었는데, 지금 보니
그 추측이 틀리지 않았고 여러 방증을 찾을 수 있네요."

"나라에 마음이 매인 무녀는 '나라의 부강을 위해 법도
를 세운다'는 이상을 실현하기 위해 늘 양보하고 희생하
는 때가 많지…… 나 역시 그런 의식이 있는걸!"

관약영은 규와 대화하며 왼손으로 계속 술잔을 잡고 있
었고, 그 안에는 원래 술이 가득 들어 있었다. 나중에 약영
의 팔 때문에 술잔이 심하게 흔들리자 술이 사방으로 튀어
약영의 옷소매가 축축하게 젖었다. 여기까지 말했을 때 잔
의 술은 이미 얼마 남지 않았다. 하지만 규는 조금도 눈치
채지 못했다. 눈치챘다면 벌써 화제를 돌렸을지도 모른다.

"약영 언니의 생각에 감탄했어요. 그런 관점은 분명 즉

석에서 만들어낸 게 아니라 여러 해 동안 심사숙고해서 형성된 것이니까요. 다만 그런 생각을 보통사람은 받아들이기 어렵죠. 약영 언니가 전에 이런 얘기를 누구에게 해본 적이 있는지 모르겠……."

"해봤어." 관약영이 규의 말을 잘랐다. "우리 아버지께…… 돌아가신 아버지께 해봤어."

"이해하시던가요?"

"이해하지 못하셨을 거야."

약영은 말하면서 표정은 조금도 변하지 않았지만 이미 눈물이 옷섶에 뚝뚝 떨어지고 있었다. 바로 이때 약영 옆에 앉은 관강리가 약영을 억지로 부축해 일으켰다.

"약영 취했어, 내가 데려다줄게."

강리는 약영의 이런저런 반응에 이미 익숙한 듯 담담하게 말했다. 심지어 전 가족이 모두 약영의 병적 상태에 일찌감치 습관이 된 듯했고, 약영도 가족들의 포용이 익숙한 것 같았다.

"오릉 군, 나 알았어." 약영은 강리의 부축을 받아 밖으로 나가며 오릉규를 등지고 말했다. "혹시 너희 제나라 지역 무녀들은 계속 그런 금기를 지고 있는 거니?"

오릉규는 대답하지 않았다. 약영도 더 이상 캐묻지 않았다. 약영은 강리를 밀어내고 사람들 시선에서 멀어져 어둠 속으로 사라졌다. 강리는 약영 혼자 보내는 것이 마음 놓이지 않아 그 뒤를 바짝 따라갔다.

"오릉 군은 제나라 지역 무녀였군요." 백지수가 탄식했다. 관가의 심부름꾼에게 또 다른 손님의 이름을 듣긴 했지만 이제야 규의 처지를 처음 들었고, 그는 그것이 어떤 운명인지 잘 알았다. "그렇다 해도 자신의 행복을 추구하길 바랍니다. 내가 연구한 바에 따르면 《시경》에도 무녀의 혼인에 관한 부분이 있는데 '소아' 편의 〈거할車轄〉이 그래요. 내 분석에 의하면 그 무녀도 금기를 지고 있어요."°

"저는 지금 아주 행복해요."

규는 백지수의 말을 자르고 언제나처럼 쓸쓸하게 웃었다.

"초나라 지역 무녀가 부럽긴 하지만 제 가족을 배반하고 싶지는 않아요. 혹시 제가 무녀 신분임을 잊게 만드는 사람을 만나거나, 그 사람을 위해 제가 신명과 선조를 모독해 저주를 받는 것도 불사하거나, 그 사람을 위해 영혼을 불태우고 어둠 속의 반딧불이 된다면 모르겠지만요. 하지만 아직은 그런 사람을 만나본 적이 없고, 아마 만나

<hr>

° 《시경》에 대한 백지수 설명의 출처는 전부 일본 학자 시라카와 시즈카의 《시경의 세계詩經的世界》에서 가져왔다.

지 못할 거예요. 그러니 전례가 있든 없든, 행복하든 아니든 저는 그저, 그저……."

소휴가 적당한 때에 주인을 위해 술잔을 가득 채웠다. 규는 술잔을 단숨에 비우고 침묵에 빠졌다. 백지수도 더이상 얘기하지 않고 고개를 숙인 채 옻칠 접시의 꽃무늬만 바라보았다.

3

"저는 학식이 넓은 두 귀빈께 신명神明에 관한 문제를 여쭙고 싶었습니다. 유교에서는 불가사의한 힘이나 신통력을 논하지 않는 것을 잘 알지만 다들 신명에 관한 화제를 꺼내면 유교 학설을 인용하고, 그렇지 않으면 이단으로 배척을 받지요."

분위기를 누그러뜨리기 위해서인지 주인 관무일이 입을 열어 며칠 뒤 있을 제사로 화제를 돌렸다.

"관가는 초나라 국가 제사를 관장했고, 제사의 주요 대상은 초나라 지역에서 신봉하던 신들이었습니다. 그중 동황태일東皇太一이 제일 높은 신이고 다음은 동군東君, 사명司命, 운중군雲中君 등의 천신이며 그다음은 상군湘君, 상부인

湘夫人, 산귀山鬼 등 산천山川의 신명, 또 그다음은 나라를 위해 목숨을 바친 국상國殤과 같은 사람의 귀신입니다. 굴원의 〈구가九歌〉는 바로 초나라 지역의 신들 체계에 따라 쓰였지요. 저는 동황태일이 초나라 고유의 신인 줄 알고 있었는데, 현재 한나라 왕조의 국가 제사도 태일太一을 주신主神으로 삼는다고 들었습니다. 또 장안에서 동군과 운중군의 제사를 주관하는 이가 초나라 무당이 아니라 진晉나라 지역 무속인이라 해서 참으로 의아했고, 그래서 두 분께 여쭙고 싶은데……."

"저도 장안에서 유학할 때 교외에서 제사지내는 것과 관련된 얘기를 들은 적이 있지만, 저는 주 전공이 《시경》인지라 예법에 관한 학문 연구는 미흡해 의혹을 해소해드릴 수 없을 것 같습니다. 하지만 오릉 군은 예서에 정통한 듯하니 나름의 견해가 있을 것 같은데요?"

백지수는 자신이 해결할 수 없는 문제를 옆에 있는 소녀에게 떠밀었다.

"저는 조금 취한 것 같고 지금은 어떻게 대답을 드려야 할지도 모르겠습니다." 규가 말했다. "그러니 시간을 좀 두고 현재 왕조의 국가 제사를 정리하도록 관대하게 봐주세요. 그러면 '태일'에 관한 문제도 답을 낼 수 있을 것입니다. 진나라 무당이 동군과 운중군에게 제사를 지내는 이유는…… 정말 죄송합니다만 저도 잘 모릅니다. 그건 고조古祖가 나라를 처음 세울 때 제정한 직권 분류이고, 아마 진秦나라 제도를 답습했을 겁니다. 하지만 태일, 동군, 운중군과 같은 신들은 사실 초나라 고유의 신이 아니라 전국시대 여러 나라의 보편적 신앙이었던 점은 확실합니다.”

오룽규의 말은 초나라 지역 신앙의 독특성을 부정하는 듯해 관무일을 조금 불쾌하게 만들었다. 그러나 관무일은 예의 바르게 오룽규를 ‘관대하게 대우했다’. 어찌됐든 관무일 눈에는 상대방이 학식이 깊고 견식이 넓어도 자기 작은 딸과 동갑내기인 소녀에 불과했다.

하지만 그다음 이어진 오룽규의 말에서 관무일이 그를 과소평가했음이 증명됐다.

“‘태일’은 ‘대일太一’ 또는 ‘태일泰一’이라고도 쓰며 ‘태太’라고 간략하게 부르기도 합니다. 중앙정부가 태일을 위해 제사를 지내기 시작한 건 한나라 때부터입니다. 한나라 황실 이전에 제사지내던 최고신은 오방五方의 천신인 ‘오제五帝’ 즉 백제白帝, 청제青帝, 황제黃帝, 적제赤帝, 흑제黑帝이고요. 원소 5년에 이르러서 산양군山陽郡 박현薄縣에 류기謬忌라고 하는 방사方士가 황제께 태일에 제사를 지내자고 주청하고 제사 방법을 제안했습니다. 류기는 ‘천신 중에 귀한 자는 태일이요, 오제가 태일을 보좌한다’고 했습니다.

즉 류기는 태일이 오방의 다섯 신을 통솔하는 최고신이라 여겼어요. 황제는 그의 상주上奏를 채택해 장안성 동남쪽 교외에 태일에 제사지내는 제단을 지었습니다. 이것이 중앙정부가 태일을 위해 지내는 첫 번째 유형의 제사예요.

두 번째 유형은 첫 번째 제사를 보완한 것이라 할 수 있습니다. 어떤 이가 고대 천자는 '삼일三一 즉 천일天一, 지일地一, 태일太一에 제사를 지냈다고 제의했습니다. 그래서 황제는 다시 태축太祝, 제례를 주관하던 관직명에게 기존에 지은 제단에서 그 제사를 지내라 명했습니다.

그 후에 또 어떤 이가 제기한 새로운 제사 방법이 황제에 의해 채택되었고, 앞서 지은 제단 옆에서 실행했습니다. 이 방법에선 태일뿐만 아니라 황제黃帝, 명양冥羊, 마행馬行, 고산산군皋山山君, 무의군武夷君, 음양사자陰陽使者 등의 신에게도 동시에 제사를 지냈습니다. 이것이 태일에 대한 세 번째 제사 유형입니다.

원수元狩 5년, 중병이 막 나은 황제가 수궁壽宮을 짓고 신들에게 제사를 지냈습니다. 신들 중 지위가 가장 높은 것은 태일이었고, 그다음은 태금太禁, 사명司命 같은 신이었어요. 이것이 네 번째 유형입니다.

원정元鼎 5년, 황제는 제사관 관서寬舒에게 감천궁甘泉宮에 태일 제단을 지으라 명하고, 류기가 제안한 형식을 모방해 오제에게 바치는 제단을 태일 제단 밑에 삼중으로 둥글게 지었습니다. 그해 동지에 황제가 직접 교외로 나가 태일에게 제사를 지냈어요. 그날 밤 빛이 매우 밝았고 노란색 기운이 하늘로 올라갔다고 합니다. 이것이 태일에 제사지내는 다섯 번째 유형입니다.

입추가 지나 황제는 남월南越 정벌을 준비하면서 다시 태일에 기원했고, 이번에는 '태일삼성太一三星'이 그려진 '영기靈旗'도 만들었습니다. 그래서 이 영기를 '태일봉기太一鋒旗'라고도 부릅니다. 제사 때 태사太史가 이 기를 들고 정벌하고자 하는 국가를 가리킵니다. 이것이 여섯 번째 유형입니다.

마지막으로 원봉元封 5년, 황제는 제남濟南 사람 공옥대公玉帶가 진상한 명당도明堂圖의 구조대로 봉고현奉高縣 남서쪽에 명당을 지었습니다. 명당의 구체적인 형상은 말씀드리기 어려우나, 거기에서 제사지낸 신령은 말씀드릴 수 있습니다. 명당에선 주로 한나라 고조에게 제사를 지냈고, 그와 함께 태일, 오제와 토지의 신인 후사後土에게도 지냈습니다. 이것이 태일에 제사지내는 일곱 번째 유형입니다."

오릉규가 정리한 내용을 들은 사람들은 모두 어떻게 결론을 내야 할지 몰라 멍하게 서로 얼굴만 쳐다봤다.

"말씀드린 제사들은 세 가지로 분류할 수 있어요." 오룽규가 계속 말했다. "우선 세 번째와 네 번째 제사입니다. 두 제사에선 태일의 신분을 확정하기 어렵고 제사 방법 역시 근거가 부족한 듯합니다. 방사가 민간신앙을 뒤섞어서 만든 방법이 아닌가 하는 의심이 들어서, 저도 뭔가 결론을 내기 어렵습니다.

나머지 다섯 유형의 제사는 두 부류로 나눌 수 있습니다. 첫 번째 제사에서 태일은 최고의 천신으로 등장하며 첫 번째, 다섯 번째, 일곱 번째가 거기에 포함됩니다. 이 세 유형의 제사에서 태일은 모두 '오제'와 함께 등장하고 '오제'의 통솔자로 여겨집니다. '오제'는 각 지역의 천신이므로 여기에서 태일은 류기가 말한 '천신 중 귀한 자'임을 알 수 있습니다. 두 번째와 여섯 번째가 해당되는 두 번째 부류에선 태일이 숫자 '삼'과 연계됩니다. 주목을 끌 만한 부분이지요. 여섯 번째 제사의 '태일삼성'에서 태일은 별의 이름임을 짐작할 수 있습니다. 여기에 두 번째 방법을 종합하면 '태일삼성'은 천일, 지일, 태일에 대응할 가능성이 높습니다."

여기까지 말하고 규는 술을 한 모금 마신 후 계속 말을 이었다.

"다음으로 저는 천문 현상의 각도에서 이 문제를 설명하고 싶어요. 두 가지 '태일' 모두 우리 머리 꼭대기 위 별이 빛나는 하늘과 관련이 있다고 생각합니다. 맨 처음에는 관념상 하늘의 군주는 해, 달이고 별들은 지위가 거의 평등하다고 여겨졌어요. 〈홍범鴻範〉에서 말하는 '백성은 오직 별이라庶民惟星'는 바로 그런 뜻입니다.

이후 점칠 때 편의를 위해 '천관天官' 체계가 점차 형성되었어요.

'천관'은 하늘을 중中, 동, 남, 서, 북에 따라 다섯 부분으로 나누고, 이를 다시 인간세상의 여러 사물에 대응시켰습니다. 예를 들어 중관中官은 세상의 왕궁을 상징합니다. 점성가는 이렇게 말합니다. '중관에는 천극성天極星이 있는데 그중 밝은 별 하나는 태일이 상주하는 곳이다. 그 옆의 세 별은 삼공三公인데 천제의 아들들이라 하기도 한다.' 여기에서 천극성은 사실 하늘 정중앙에 있지 않고 북쪽으로 조금 치우쳐 있어서 '북신北辰' 즉, 북극성이라고도 합니다. 공자는 '덕으로써 정치를 함은 북극성은 제자리에 머물러 있고 뭇 별들이 그곳으로 모여드는 것과 같다'고 했는데, 여기서 말한 것도 바로 '천극성'입니다. 천극성은 지위가 특수한지라 '제성帝星'이라 불리기도 합니다. 또 '태일이 상주하는 곳이다'라는 구절에서 천극성이 바로 태일인 것을 짐작할 수 있습니다. 또《춘추공양전》에서 '북극성은 또한 대진이다北辰亦爲大辰'라 한 것은 북극성이 곧 태일성이라는 방증……"

"하지만." 노신이 오릉규의 말을 잘랐다. "규는 조금 전에 '태일'이 세 별 중 하나라고 하지 않았어? 그렇다면 태일은 '그 옆의 세 별' 중 하나가 되어야 맞는 거잖아."

"확실히 노신은 정말 이해가 빠르네. 여기에서 '그 옆의 세 별'이 바로 '태일삼성', 즉 '삼일'이고 각각 천일성, 지일성, 태일성이야."

"그러면 네가 방금 말한 '천극성'은?"

"그것도 태일성이지."

"태일이 어째서 두 개지?" 노신은 왼손 검지로 술을 찍어 상에 큰 별 하나, 작은 별 세 개, 총 네 개의 별을 그리며 말했다.

오릉규는 노신의 손을 잡아 작은 별 세 개 쪽으로 옮기고는 그 둘레에 네모난 틀을 그렸다.

"작은 별 세 개를 합치면 '태일삼성'이잖아. 내 추측으로 세 별은 사실 큰 태일성에서 분열되어 나온 거야." 오릉규가 말했다. "아주 정확한 표현은 아니니 어떻게 표현하면 좋을지 생각해볼게."

"규가 제시한 자료로는 그 정도밖에 설명이 안 될 것 같아. 큰 태일성과 태일삼성의 관계는 여전히 이해하기가 어렵네."

"좋아, 그러면 내가 자료를 보충할게. 유교 예서에서는 이렇게 얘기했어. '무릇 예는 반드시 대일太一을 근본으로 하고 그것은 나뉘어 천지가 됐으며 돌아서 음양이 됐고 변하여 사시四時가 되었으며 늘어서서 귀신이 되었다. 대일이 세상에 내려와 천명을 전하니, 그것은 만물의 주재가 하늘에 있음이라.' 여기에서 '대일'은 태일이고, 여기에서 말하는 '태일'은 천신을 넘어서는 개념인 것 같아. '그것은 만물의 주재가 하늘에 있음이라'는 태일이 하늘을 지배한다는 말이니, 그렇다면 태일이 하늘보다 더 급이 높아야 하니까.

《노자》에선 '무법도無法道'라고 하는데, 이 '태일'이 '도道'의 의미 아닐까? 난 그렇게 이해해도 될 것 같아. '나뉘어 천지가 되었다'는 구절로 알 수 있듯이 천지는 '태일'에서 분열되어 나온 것이고, 따라서 태일은 천지가 쪼개지기 전의 혼돈 상태인 것이 분명해. 온전하고 혼돈 상태인 '태일'이 분열된 후 하늘과 땅이 생겼고, 남은 일부분이 신명으로서의 태일인 거지.

그렇다면 최초의 태일에 대응되는 천체는 큰 태일성, 즉 천극성이고 거기에서 생긴 하늘, 땅, 신은 각각 '태일삼성'의 천일, 지일, 태일에 대응해."*

---

* '태일'과 '태일삼성'의 관계에 관해서는 리링李零의 논문 〈'태일' 숭배에 관한 고고학 연구"太一"崇拜的考古研究〉, 〈'삼일'에 관한 고찰"三一"考〉(《중국방술속고中國方術續考》에 수록)을 참고하였다.

규 옆에 앉은 백지수가 손뼉을 쳤고, 노신도 규에게 존경의 눈빛을 보냈다.

"그런데 오릉 군, 자네의 논증은 내 질문과 별 관계가 없는 것 같네." 관무일은 웃어른으로서 거리낌 없이 지적했다.

"곧 본론으로 들어갈 거예요." 오릉규는 소녀 특유의 말투로 말했다. "그런데 말씀드리기 참으로 부끄럽사오나 제가 살짝 잊어버렸습니다. 질문하신 것이……."

'사실 나도 기억이 안 난다.' 관무일은 이렇게 덧붙이고 싶은 마음이 간절했다. 사실이 그렇기도 했고. 그러나 어른으로서 도저히 그렇게 말할 수는 없었다. 노신도 이점을 눈치챘지만 그 또한 처음에 자기 아버지가 뭘 물어봤는지 기억이 나지 않았다. 소휴는 이 난감한 분위기를 감지했지만 그의 신분으로는 끼어드는 것이 적절하지 않았다.

그럼에도 결국 소휴가 문제를 제기했다.

어떤 때는 혼날 걸 뻔히 알면서도 소휴는 규범에 어긋난 일을 하고 싶을 때가 있었다. 그걸 기회로 삼아 주인의 관심을 끌고 싶은 모양이었다.

"아가씨, 제가 잘은 모르지만……." 소휴는 규의 소매를 잡아당기며 소심하게 말했다. "아가씨께서 아까 말씀하신 '태일'은 북극성인데 그전에 관 대인께서 물으신 것은 '동황태일'입니다. 하나는 북이고 하나는 동인데, 그것들이 정말 똑같은 것입니까?"

"참 말이 많은 아이구나." 규가 몸을 돌려 소휴의 뺨을 꼬집으며 농을 쳤다. "그래도 호기심이 왕성한 것은 날 닮았단 말이야. 《시경》에서 네 이름을 고른 보람도 있고."

"말이 많은 것도 규를 닮은 것 같은데."

노신이 한쪽에서 몰래 웃으며 말했다.

"아가씨는 저처럼 이렇게 말이 많지 않으셔요."

결과적으로 소휴가 노신의 말을 반박한 것이 되었다. 자리에 있는 사람들은 참지 못하고 웃기 시작했다. 소휴는 상황을 보고 수줍어 얼굴이 빨개졌고 고개를 움츠렸다.

"그러면 제 몸종을 위해 한번 특별히 봉사하지요. 온 세상에 저처럼 사람 속마음을 잘 이해하는 주인은 다시 찾을 수 없을 것입니다." 어쨌든 껄끄러웠던 분위기가 풀린 덕분에 규는 사실 속으로 소휴의 행동에 매우 만족했다. 그래서 규는 소휴의 귀에 대고 가장 작은 소리로 말했다. "방에 가서 천천히 혼내주마."

소휴는 묵묵히 고개를 끄덕였지만 사실 무섭지 않았다. 아까 보인 소심함은 많은 사람들 앞에서 얘기하기가 부끄러웠기 때문이었다. 소휴는 규가 이따금 자신을 가혹하게 대하는 것도 주인 티를 내기 위해서라는 걸 알았다.

"지금부터 드리는 설명은 순전히 제 추측이고, 딱히 확실한 근거를 찾을 수도 없을 것입니다. 그러나 문헌을 연구하고 풍속을 살펴봐도 이런 결론만 얻어질 것이고요. 시대가 변하면서 동서남북의 존귀와 비천에 대한 사람의 생각이 바뀌고, 따라서 태일이 거한 방향도 필시 바뀌었을 거라 생각합니다. 그 이유는 아까 이미 제시했고요……."

"그랬나?"

노신은 여전히 이해할 수 없었고, 소휴도 호기심 어린 눈빛을 반짝였다.

"내가 아까 말했잖아. 맨 처음 상고시대 사람들의 관념에서 하늘의 군주는 해, 달이고 뭇 별들은 모두 서민과 같다고. 또 '천관' 체계가 형성된 후 그 관념이 바뀌어서 천극성, 즉 북극성이 하늘의 주재자가 되었다고. 사실 이건 두 개의 신앙 유형이야. 전자는 '태양 숭배'라 할 수 있고 후자는 우리에게 더 익숙한 '별 숭배'지." 규가 설명했다. "이렇게 이해하면 모든 게 분명해. '태양 숭배' 신앙 체계에선 해가 뜨는 동쪽이 가장 존귀해.《역전易傳》에선 '천제는 진방에서 나왔다帝出于震'고 되어 있고 또 '진은 동방이라震, 東方也'라고 되어 있어. 즉 제왕은 동방에서 나왔다는 말이고, 여기에서 '제왕'은 태양을 가리키는 것 같아. 따라서 태양을 숭배한 초나라 사람들에게 최고신으로서의

'태일'은 '동황東皇'인 것이지. 반면 '별 숭배' 신앙 체계에선 별들의 이동을 따르지 않는 북극성이 제왕에 해당하므로 북쪽이 가장 존귀해진 것이고."

"하지만 오릉 군." 곧 이번 제사를 주관해야 하는 관과도 결국 입을 열었다. "초나라 사람이 제사지내는 태양신은 동황태일이 아니라 동군이야. 네 설명은 사실과 모순되는 것 같은데……."

"그렇다면 이런 가능성이 있지 않을까요? 원래 초나라 사람이 제사를 모신 주신은 동군이었는데 이후 태일이 점점 동군의 지위를 대체했고, 그래서 태일에 '동황'이라는 이름 하나가 더 붙었다. 저는 동군의 원래 뜻이 '동황'일 것이라고 생각했어요. 예전에 〈구가〉를 읽을 때, 어째서 앞부분에 〈동황태일〉이 있는데 뒤에서 다시 〈동군〉이 나오는 건지 도통 이해가 안 됐거든요. 지금 생각해보니 이렇게 설명해도 괜찮을 것 같아요."

"어쩌면 네가 말한 대로일지도 모르지. 사실 오랫동안 동군은 종속적인 신으로 취급 받아 동황태일과 함께 제사를 지냈지만 〈구가〉를 자세히 읽어본 뒤로는 나도 그 지위가 원래 더 특별했다는 생각이 들었어." 관과는 이렇게 말하며 〈동군〉 전체를 암송했다.

아침 해가 동쪽에서 떠올라, 부상扶桑나무 난간을 비춘다.

나의 말을 어루만지며 편안히 달리니, 밤이 교교해 서광이 밝아온다.

우레 소리 내는 용 수레를 몰아, 구름 깃발 꽂으니 바람에 휘날린다.

길게 탄식하며 하늘로 오르려니 망설이는 마음 다시 고개 돌려 바라본다.

수레 소리, 색색 깃발 사람들 마음 즐겁게 하니, 보는 이들 편안해져 돌아가길 잊는다.

팽팽한 슬, 북소리에 어우러지고, 힘껏 치니 종이 흔들린다.

대나무 피리를 울리고 생황을 불며 영보靈保, 무당의 현숙함과 아름다움을 생각한다.

물총새처럼 나풀나풀 가벼이 날아, 시를 읊고 모여 춤을 춘다.

음률 따라 박자 맞춰 노래하고 춤을 추니, 신들이 내려와 해를 가린다.

푸른 구름 저고리에 흰 무지개 치마 입고, 긴 화살 들어 천랑성을 쏜다.

내 활을 잡고 반대쪽으로 내려가, 북두칠성을 당겨 계피술을 뜬다.

내 고삐 당겨 높이 날아올라, 아득한 어둠 속 동쪽으로 간다.

暾將出兮東方, 照吾檻兮扶桑.

撫余馬兮安驅, 夜皎皎兮既明.

駕龍輈兮乘雷, 載雲旗兮委蛇.

長太息兮將上, 心低佪兮顧懷.

羌聲色兮娛人, 觀者憺兮忘歸.

縆瑟兮交鼓, 蕭鍾兮瑤虡.

鳴篪兮吹竽, 思靈保兮賢姱.

翾飛兮翠曾, 展詩兮會舞.

應律兮合節, 靈之來兮敝日.

青雲衣兮白霓裳, 舉長矢兮射天狼.

操餘弧兮反淪降, 援北斗兮酌桂漿.

撰餘轡兮高駝翔, 杳冥冥兮以東行.

"좀 이상한 건 '팽팽한 슬, 북소리에 어우러지고, 힘껏 치니 종이 흔들린다. 대나무 피리를 울리고 생황을 불며" 이 구절이야. 〈구가〉에서 동황태일에게 제사지내는 부분에서도 '북채를 들고 북을 두드리며, 생황과 슬 크게 울린다'라

❋ 일부 판본에는 '蕭'가 '簫'(퉁소 소)로 되어 있어 주석가들이 악기로 해석하는 경우가 많은데 오류인 듯하다. 청나라 훈고학자 왕염손王念孫의 《광아소증廣雅疏證》 권3 고증에 따르면 여기에서 '蕭' 자는 동사로 해석해야 하며 부딪친다는 뜻을 나타낸다.

고만 되어 있거든. 즉 〈구가〉의 기술에 따르면 동황태일에게 제사를 지낼 때 북, 생황, 거문고만 사용한 반면, 동군에게 제사지낼 때에는 슬, 북, 종, 대나무 피리, 생황까지 다섯 악기를 사용했어. 이게 뭘 암시하는지 모르겠지만 더 이른 시기에는 동군이 주신으로 제사지내진 것일 수도 있어."

"그런데 고모." 노신이 물었다. "〈구가〉의 기록이 믿을 만한가요?"

"모르겠어. 하지만 그것보다 더 믿을 만한 자료도 없지." 관과가 대답했다. "초나라가 과거 동군에 제사지내던 방식은 이제 전해지지 않아. 〈구가〉 말고 다른 기록도 찾을 수 없고."

"저는 〈구가〉가 믿을 만하다고 생각해요." 오릉규가 말했다. "선조의 해석에 따르면 〈구가〉는 굴원이 추방당한 뒤 원강沅江, 상강湘江 사이를 떠돌 때 지은 거예요. 그쪽 사람들은 무당과 귀신을 믿고 제사를 잘 지내며, 제사 때 반드시 노래와 춤을 곁들여요. 굴원은 그 가사들이 너무 형편없는 것을 보고 〈구가〉를 지었죠. 그래서 저는 굴원이 원강, 상강 사이의 제사 방법을 참고해 지은 것이라 생각해요. 유교에서는 '예를 잃으면 초야에서 찾는다'고 하는데, 제사 방식도 일종의 예이고 도읍에선 제사 방법이 전해지지 않지만 외진 원, 상 일대에선 완벽하게 보존되었을

지 모르는 일이죠. 그래서 〈구가〉의 기록은 믿을 만하고, 최소한 지금 초나라 전통 제사를 고찰하려면 이 문헌을 소홀히 할 수 없다고 생각해요."

"오릉규 같은 사람은 옛날 현명한 무당에 비할 수 있겠어!" 관과가 감탄하며 말했다. "문헌 기록을 상세히 알고, 예의 근거도 제대로 공부했구나. 그에 비해 나는 너무 자격 없는 무속인이야. 가능하다면 노신이 너를 따라 여러 지역을 돌아다니며 네게 제사에 대한 지식을 배우게 하고 싶구나."

"고모, 무슨 말씀을 하시는 거예요? 저는……."

노신은 말을 뱉긴 했지만 끝을 맺지는 못했다. 어쨌든 노신의 본심은 사실 규를 따라 운몽을 떠나는 거였으니까.

"저도 노신과 함께 하고 싶어요." 규가 솔직하게 말했다. "가능하면 장안에 노신을 데리고 가고 싶어요."

"규……."

노신이 전혀 예상하지 못한 답이었다. 그러나 아버지가 끝내 승낙하지 않을 터였다.

노신은 시선을 관무일에게 돌렸다.

"시간이 늦었으니 연회를 파해야지. 오늘은 여기까지 하지요. 계속 하다간 오히려 여러분의 흥취만 망치겠습니다." 일어서며 이렇게 말하는 관무일의 얼굴엔 불쾌한 기색이 역력했다. "나는 백 선생님을 모시고 손님방으로 갈 테니 너희들도 알아서 하거라."

백지수는 눈치 있게 일어났다. 두 사람은 함께 본채를 나섰다.

아버지의 뒷모습을 보며 노신은 목이 메도록 통곡하며 규를 등지고 소휴 쪽으로 쓰러졌다. 고고한 오릉규에게 그런 꼴을 보이고 싶지 않은 듯했다.

"노신 언니가 아가씨와 함께 갈 수 있으면 좋겠어요. 저는 일개 하인이라 할 수 있는 거라곤 청소하고 자리 까는 게 다지만요. 사실 저는 아가씨가 행복하시다면 주인 한 분 더 모시는 것도 상관없어요. 힘들긴 하겠지만…… 언니와 함께한 시간은 짧지만, 언니와 함께 있을 때 아가씨가 아주 즐거워하시는 걸 알겠고, 저도……."

소휴는 말하며 노신의 머리카락에 눈물을 떨궜다.

"이 일은 내가 방법을 생각해볼게. 둘 다 울지 마. 내 기억이 틀리지 않다면 오후에 노신은 이미 한 번 울었어. 나쁜 일이 아닐 수도 있어.《역경》에선 '먼저 큰 소리로 울고 후에 웃는다'고 했거든. 울고 나면 일이 전환될 기회가 생길 수도 있어." 규가 한숨지으며 말했다. "약영 언니가 자는지 모르겠네. 아까 언니에게 이상한 얘기를 해서 사과하고 싶어. 괜찮으면 노신이 길을 좀 안내해줄래?"

노신은 소휴의 부축을 받아 일어났다. 눈물자국으로 범벅이 된 얼굴에 옷 자국이 남아 있었다.

"규는 왜 그렇게 조급해? 내가 다 울 때까지 기다릴 수 없어?"

"소휴도 같이 가자." 규는 노신의 말을 무시하고 계속 얘기했다. "정말 죄송해요. 저희 먼저 일어날게요."

"가봐. 내 대신 약영에게 안부 전해주고. 참 가여운 아이야." 관과가 말했다. "약영은 운몽택을 떠나지 못할 거야. 노신, 장안은 괜찮은 곳이야. 여기를 떠난 후 난 늘 행복했어. 마음으론 운몽을 놓을 수 없지만 그렇다고 평생 이곳에서 늙고 싶지는 않았어. 내가 어떻게든 네 아버지를 설득해볼게. 조금 완고하긴 해도 말은 통하는 분이니 딸의 행복을 위해 생각을 안 하실 리 없어."

"고마워요, 고모. 하지만 그러실 필요 없어요. 저는 아버지 뜻을 따를 생각이에요. 저는 아무 장점도 없고 정말 좋아하는 것도 없어서, 효를 다하는 것 말고는 할 수 있는 게 아무것도 없거든요. 공자께선 '백성에게 사랑을 가르침에 있어 효도보다 좋은 것이 없고, 백성에게 예와 순종을 가르침에 있어 공경보다 좋은 것이 없으며, 낡은 풍속과 습관을 고침에 있어 음악보다 좋은 것이 없고, 백성을 안정시키고 다스림에 있어 예법보다 좋은 것이 없다'고 하셨

어요. 강리 언니는 음악에 능하고 약영 언니는 제례에 정
통하지만 제가 할 수 있는 거라곤 효도와 공경밖에 없어
요! 이게 제가 세상에 사는 유일한 가치예요!"

규는 여기까지 듣고 노신의 뺨을 한 대 갈긴 후 아무
말 없이 노신을 끌고 본채를 나섰다.

"죄송해요. 저희 주인님은 늘 이런 식이에요. 앞으로도
고치지 못할 거예요."

소휴는 뿌듯해하며 관과에게 말하고는, 말을 마치자마
자 빠른 걸음으로 나갔다.

관과는 그저 웃으며 고개를 흔들었다. 요즘 세대 젊은
이들의 마음은 이해할 수 없음을 잘 알았다.

4

세 소녀는 달빛 아래, 이슬 위를 발길 가는 대로 걸었다.

겨울이나 여름에 비해 봄날 별이 총총한 하늘은 더 고
요한 듯했다. 풀벌레도 소곤소곤 세 사람의 걸음에 어우
러졌지만 좀처럼 가락을 이루진 못했다.

4년 전, 한 사람을 제외하고 일가가 전멸한 사건이 있
은 후 관무일은 더 깊숙한 골짜기로 온 집안을 이사시켰

다. 가족이 함께 모여 살며 겨울이면 마당에 모닥불을 피웠고, 때때로 산에서 내려와 사냥에 나서는 맹수를 방어하도록 가족들에게 쇠뇌 사용법을 익히게 했다. 그 이후로 산에서 나오는 길은 딱 하나만 남았다.

폭설이나 장마가 내리면 그 길도 막힌다.

규는 관씨 집안이 어떻게 생계를 유지하는지 알 수 없었다. 오후에 노신에게 물어봤지만 노신도 몰랐다.

규는 아마 산 밖에 조상이 물려준 산업이 있고, 다른 사람에게 운영과 관리를 맡겼지만 대부분 수익은 관무일에게 보내질 거라 추측했다. 관씨 가족이 한적한 곳에서 쓸쓸히 거하는 이유에 대해 노신은 조상이 '옛 은거자'를 추모해 진나라로 가서 관리가 되길 원치 않아 산림에 은거하게 되었다고 했다. 자손 대에 이르러서는 사실 더 이상 은거할 이유가 없지만, 초나라 귀족의 후대는 한나라 세상에서 몸 둘 곳이 없기도 하므로 백여 년간 적장자 일가는 계속 거처를 옮기긴 했다. 어쨌건 소란하고 복잡한 속세에서 점점 멀어졌다. 반면 갈라져 나간 다른 가족들은 계속 운몽에서 멀리 떨어진 곳으로 이사했다.

"아버님이 젊으실 때 한 가닥 하셨다고 하던데, 틀림없이 여러 번화한 도시에 가보셨을 거야." 오릉규가 말했다. "그에 비해 그 딸은 17년을 살면서 강릉도 가보지 못했다니, 좀 심하다. 내가 유교 경전 읽는 걸 좋아하긴 하지만, 그래도 네가 '효'라는 추상적인 개념을 위해 자신의 행복을 희생하는 건 보고 싶지 않아."

"그래서 날 때린 거니?"

"그래. 이제 어른들도 안 계시니까 편하게 막 말할 수 있겠다. 노신, 난 오릉 집안의 자녀로 태어나 남들이 상상할 수 없고 탐낼 엄두를 내지 못하는 많은 것들을 얻었어. 그래서 보통사람의 행복 좀 잃었다고 아까워하지 않아. 보통사람이 보기엔 사치품인 것이 내게는 특이할 것 없이 평범하거든. 대학자에게 학문을 배우고 악부 관원에게 음률을 배우고 오릉 집안 상단과 함께 여행을 하고, 이런 일들도 내 특권이야. 금기를 깨고 일반인의 행복을 추구한다면 나 혼자만 누릴 수 있는 이런 행복들을 버려야 한다는 걸 의미해. 그래서 나 또한 균형을 잡아가며 지금의 생활방식을 선택했어. 하지만 너에게 몰래 얘기할게. 언젠가 이 모든 것에 싫증나면 내 가족을 배반할지도 몰라."

"아가씨, 진심이세요?"

두 사람 뒤에서 걷던 소휴가 끼어들었다.

"흥, 내가 진심이든 아니든 소휴는 물어볼 권리가 없거든. 내가 앞으로 얼마나 막 나가든, 경전의 말씀에서 벗어나 도리를 어기거나 불효자처럼 죄를 짓더라도 너만은 반드시 내 편에 서야 해. 그게 몸종의 본분이야."

"하지만 아가씨도 무녀로서의 본분을 잊으시면 안 됩니다."

"너도 뺨 한 대 맞을래?"

규는 주먹을 문지르고 손을 비비면서 말했다. 사실 속으로는 소휴가 순전히 자신을 걱정해 그런 말을 하는 것을 잘 알았다. 소휴도 제나라 땅 출신인지라 무녀가 금기를 깨면 불행해진다는 전설을 믿는 것 같았다.

"아가씨, 저는 잘 모르겠어요." 소휴가 진지하게 말했다. "아가씨 형제들은 평소에 늘 '옛날 충신효자'를 입에 달고 살잖아요. 작은 아가씨도 '옛날 숙녀'라며 허풍을 떠시고, 아까 아가씨도 '옛날 현명한 무당'에 비유되셨고요. 그러니까 모두가 본받을 만한 대상이라는 거죠. 그런데 저는 어떻게 해야 좋을지 모르겠더라고요. 저는 아가씨가 지도해주신 대로 《효경》, 《논어》를 읽었지만 저 같은 신분의 사람에 대한 기록은 발견하지 못했고, 다른 책에도 그런 내용이 있는지 없는지 모르겠어요. 하지만 저는 몸종처럼 비천한 신분은 성현들의 책에 기록될 수 없다는 생각은 했어요. 그래서, 그래서……."

"그래서?"

"제가 어떻게 해야 하는지 알려주세요. 아가씨가 해서

는 안 될 일을 하실 경우 저는 대체 어떻게 해야 하는지, 무조건 아가씨를 지지해야 하는지 아니면 맞을 것을 각오하고 솔직하게 간언해야 하는 건지요?”

“그건 네가 알아서 판단해야지.”

“사실 나도 모르겠어.” 노신이 말했다. “내가 대체 어떤 사람이 되어야 할지를…….”

“그런 건 스스로 생각해.”

“규, 넌 네 자신에게 어떤 기대를 걸고 있어?”

“그런 질문에는 말로 대답할 수가 없어.” 오릉규는 엄숙하게 말했다. “내가 행동으로 보여줄게. 계속 날 주시하면 반드시 보게 될 거야. 사실 네가 날 처음 만난 순간부터 내 모든 행동이 너의 질문에 대답하고 있었어. 노신, 그거 알아? 빈말만 늘어놓는 것보다 직접 행동으로 실천하는 게 더 나은 일들이 많아.”

“하지만…….”

“네가 원한다면 지금 바로 여길 떠날 수 있어. 아무도 날 오라 가라 할 사람이 없고, 다른 사람을 오라 가라 할 수 있는 건 나밖에 없거든. 하지만 오늘은 특별히 네가 내게 명령을 내리도록 허락할게. 기회는 딱 한 번뿐이고, 내용은 ‘당장 날 데리고 운몽택을 떠나줘’로만 한정할게. 그 외엔 일체 받아들일 수 없어. 밤길을 가는 게 겁나면 내일 일찍도 괜찮고. 어쨌든 네가 그렇게 요구하면 난 기필코 널 위해 해낼 거야."

오릉규의 말속에 결단력이 엿보였다.

"미약하지만 저도 힘을 보탤게요." 소휴도 거들었다.

"미안해, 생각 좀 해볼게."

"생각할 시간 줄 수 없어. 지금 대답해. 그래야 네 본심이 대체 뭔지 알 수 있지."

"그러면 거절할 수밖에 없겠다." 노신이 침울하게 말했다. "내가 운몽 밖의 세상을 갈망하는 건 맞지만 이곳에도 포기할 수 없는 것들이 많으니 난 아무래도 여기 남아야겠어. 그리고 우리가 그런 일을 저지르면 규의 명성에 오점이 생길 게 분명해. 그러면 네가 기대하는 것도 이룰 수 없을 거고, 넌 네 행동으로 내 질문에 대답을 해줄 수도 없어. 그러니까 이걸로 됐어. 강리 언니와 약영 언니가 떠나면 난 여기에 남아 관씨 가문의 혈통을 이을래."

"그것도 괜찮은 선택일 수 있어. 최소한 아무런 위험이 없으니까. 어떤 때는 세상살이가 참 성가신 일이라는 생각이 들거든. 젊을 때 만회할 수 없는 일을 저지르면 훗날 후회하지만, 저지르지 않아도 똑같이 후회할 거야. 따라서 어떤 선택을 하든 얻는 것도 있고 잃는 것도 있어."

"미안해, 이렇게 네 제안을 거절해서."

"칫, 방금 한 말 농담이야." 규가 웃으며 말했다. "난 너에게 이번만 기회를 줄 만큼 잔인하지 않아. 제사 전까지 계속 운몽에 있을 거니까 마음이 바뀌면 받아줄게. 그래도 최대한 빨리 결정하는 게 좋아. 나와 소휴도 미리 준비할 수 있으니까."

"날 데려가면 소휴에게도 좋을 게 없을 텐데. 나처럼 장점이라곤 하나도 없는 사람은 폐만 끼칠 거야."

"그럼 비밀 하나 알려줄게." 규가 말하며 달빛이 닿지 않는 쪽으로 얼굴을 돌렸다. "사실 오릉 집안은 처음에 인신매매로 가세가 번창했어. 그래서 지금까지 오릉 집안 자녀들은 모두 무지한 소녀를 속여야 하는 책임을 짊어지고 있고, 매년마다 목표를 완수해야만 해. 과거 초나라 사람은 4월을 정초로 삼았다고 들었는데, 오릉 집안도 매년 4월에 정산을 해. 솔직히 말하면 올해 난 임무를 완수하지 못해서 노신처럼 우둔할 만큼 천진난만한 여자아이 하나를 속여 장안으로 데려가 팔아야 해. 그러니 꼭 나와 같이 장안으로 가줘."

"소휴도 그렇게 속아서 오릉 집안으로 간 거야?" 노신은 일부러 규에게 대꾸하지 않고 소휴에게 물었다.

"아가씨가 농담을 하신 거겠지요. 제가 기억하기론 저는 계속 오릉 집안에서 살았습니다. 아가씨를 만나서 참

다행이고요. 아가씨가 제게 엄격하긴 하시지만 많은 걸 배우게 하신 덕분에 보통사람은 평생 접하지 못할 것들을 경험했어요. 아가씨와 함께라면 매일 마음 졸이며 살아도 괜찮아요." 소휴가 여전히 진지한 표정으로 말했다. "그래서 제 생각엔 아가씨에게 팔리는 것도 괜찮을 것 같아요. 노신 언니, 아가씨의 호의를 저버리지 마셔요."

"응, 소휴가 그렇게 말해주니 마음이 놓여. 넌 참 성실한 아이란 느낌이 들거든. 어떤 사람과 달리……."

노신이 여기까지 말했을 때 세 사람은 목적지에 다다랐다.

약영은 강리와 같은 뜰에 살았다. 서쪽 담장 밖에는 우물이 하나 있었다.

이 마당은 이사 오면서 특별히 약영을 위해 만든 것이었다. 뜰 제일 바깥쪽은 안채고, 두 사람이 거하는 장소다. 안채를 건너면 3장^{약 10제곱미터} 크기의 작은 정방형 정원이 나오고, 뜰 가장 깊은 곳에 있는 침실로 통한다. 이곳으로 이사 올 때 관기의는 이미 앓아누운 상태였다. 약영은 사랑하는 사촌 언니를 보살피기 위해 기의에게 여기에서 지내라 부탁하고, 강리와 돌아가며 밤낮으로 기의곁을 지켰다. 기의가 세상을 떠난 후 약영은 슬픔을 견디지 못해 한바탕 중병을 앓았다. 그때부터 강리가 이 뜰로 옮겨 왔다. 두 사람은 매일 안채에서 마주 앉아, 약영은 책을 읽고 강리는 금을 켰다. 속세와 별개로 뚝 떨어져 있었지만 쓸쓸하다고 생각하지 않았다.

무늬가 새겨진 창으로 등불이 비쳐 안채 밖 잡초의 형상을 하나하나 그려냈다.

소휴가 주인 대신 방문을 가볍게 두드렸고, 관강리가 문을 열어주러 나왔다. 안채를 둘러보니 약영이 없었다. 맞은편 벽의 창으로 뜰 깊숙한 쪽을 바라보니 뒷방에선 새어나오는 빛이 없었다. 그래서 노신은 약영 언니가 잠들었을 거라 추측했다. 바로 그때 규가 강리에게 그곳에 온 목적을 설명했다.

"참 공교롭게 됐네. 약영은 술을 마셔서 잠들었어."

강리는 말하며 방으로 들어오라고 세 사람을 불렀다. 안에는 소박한 돗자리가 깔려 있었다. 규와 노신은 돗자리 위에 앉고, 소휴는 공손하게 규 뒤에 앉았다. 방 정가운데에 작고 정교한 탁자 두 개가 놓여 있고, 탁자 위에는 붓, 벼루와 서책이 있었다. 동쪽, 서쪽 벽에 각각 옷걸이가 하나씩 있고, 사촌 자매가 평소 바꿔 입곤 하는 옷가지가 걸려 있었다. 서쪽 벽 옷걸이 밑에는 금과 슬도 놓여 있었다.

"여기에 피운 향이 뭔지 모르겠네요. 맡아본 적이 없는 향이네요.”

“오릉 군은 농담도 잘하네. 내가 여기에서 언제 향을 피운 적이 있다고. 마당에 있는 화초 향기지.” 강리가 웃으며 말했다.

“그냥 규라고 부르시면 돼요. 무슨 향초인지 물어봐도 돼요? 초사楚辭를 좋아하긴 하지만 초나라 땅 식물에 대해 알 기회가 없었거든요. 그래서 이름만 알고 앞에 두고도 모르는 향초가 허다해요.”

“궁궁이라는 건데, 사실 초나라 땅에서만 나는 건 아니야. 꽃이 피기 전에 향기가 나서 초사에서는 향초로 등장하지. 그것 말곤 특별한 게 없어. 늦여름에 작은 흰색 꽃이 피는데 너무 평범해서 시선을 끌지 못해. 사람들이 미처 알아채기 전에 꽃을 피우지. 그런데 이렇게 재미없는 식물을 약영이 좋아해서, 내가 약영과 같이 마당에 몇 그루 심었어.”

“약영 언니에게 궁궁이가 특별한 의미가 있나요?”

“굳이 꼽으라면 아마 이름 때문일 거야.” 강리가 쓴웃음을 지으며 말했다. “하필 궁궁이 별칭이 ‘강리’거든.”

“두 분 사이가 정말 부러워요. 저와 노신도 앞으로 그렇게 되면 좋겠어요.”

“또 이상한 소리 하네.”

노신이 결국 못 참고 말참견을 했다.

"내 말은, 나도 나중에 마당에 산초나무를 가득 심고 네가 생각나면 몇 개 잘라서……."

"아서라. 나랑 너는 오늘 겨우 알았고, 강리 언니와 약영 언니는 어릴 때부터 함께 자랐어. 비교가 안 되지."

"노신, 목소리 좀 낮춰. 약영 깨겠다." 강리가 정색하고 말했다. "사실 나와 약영도 예전에는 사이가 좋지 않아서 거의 매일같이 서로 헐뜯고 모함했어. 여러 사건을 겪고 나서야 지금과 같은 관계가 되었지. 또래 여자 둘이 같이 있다 보니 상대에게 지고는 못 배기고 서로 질투도 심해서 어떤 일이든 양보하려 들지 않았거든. 예전에 난 속으로 여러 번 약영을 저주하면서 약영이 불행해지길 바랐어. 그런데 비참한 사건이 정말 일어나니까 그냥 무섭기만 하더라. 무서우니까 예전의 칙칙한 감정들이 보잘 것 없이 느껴지고. 약영이 정말 모든 걸 잃으니 내 전부를 약영에게 주고 싶었어. 어떤 때는 나와 약영이 어릴 때부터 함께 자라지 않고 마음이 어느 징도 성숙했을 때 만났더라면 두 사람에게 훨씬 좋지 않았을까 하고 생각해. 몇 년 전에 난 약영에게 잔인한 짓을 여러 번 했고, 그건 내 평생 지울 수 없는 가장 아픈 기억이거든."

"하지만 노신의 마음이 성숙했다고 말할 수 있을까

요?”

규가 팔꿈치로 노신의 옆구리를 찌르며 말했다.

“남한테 이런 행동을 하는 규야말로 어린애 아니야?”

노신은 몸을 돌려 반격하려 했지만 오히려 스스로 걸려 넘어져, 비틀비틀 탁자로 고꾸라졌다. 다행히 벼루는 뒤집어지지 않고, 토끼털 붓과 목판 하나만 바닥에 떨어졌다. 소휴는 서둘러 가서 노신을 부축하고, 몸을 굽혀 붓과 목판을 주워 습관적으로 자기 주인에게 건넸다. 규는 다시 그것을 강리에게 전했다. 방문한 세 소녀는 목판에 쓰인 글자를 힐끗 보았다.

푸른 저고리, 푸른 저고리에 황색 안감綠兮衣兮, 綠衣黃裏. (제1행)

마음의 근심, 언제 사라지나心之憂矣, 曷維其已. (제2행)

푸른 그대 옷깃, 아득한 내 마음靑靑子衿, 悠悠我心. (제3행)

나 비록 가지 못하나, 그대는 어찌 소식을 끊었는가縱我不往, 子寧不嗣音. (제4행)

첫 두 행은 필법이 같고, 뒤의 두 행은 필적이 일치하는 것으로 보아, 두 사람이 쓴 것 같았다. 3행의 ‘내我’와 ‘마음心’ 사이에는 지운 흔적이 있어, 한 글자를 잘못 쓴 걸 알고 지운 것 같았다. 노신과 소휴는 《시詩》《서書》를 읽지 않아 이 글귀의 출처를 몰랐지만, 규는 봐서는 안 될 것임을 알았고 아무 말도 하지 않았다. 강리는 붓과 목판을 받아 탁자에 다시 갖다 놓고, 작은 소리로 노신을 혼냈다. 노신은 자신이 잘못한 걸 알면서도 억울해서 맘속으론 규에게 어떻게 보복할까만 생각했다.

"시간이 늦었네, 우리 이만 인사하고 가자." 규가 말했다. "원래 약영 언니에게 사과하러 왔는데, 지금은 강리 언니에게 사과를 해야겠네요."

"오릉 군…… 규 군은 잘못한 것 없어. 다 우리 노신 잘못이지. 부끄러울 짓을 했네. 내가 제안 하나 할게. 너희가 받아들일지 모르겠지만. 내일 날씨가 좋으면 약영을 불러 넷이 함께 냇가에 가서 머리를 감자. 규 군이 흥미가 있을지 모르겠네?"

강리가 말한 네 사람에 당연히 신분이 낮은 소휴는 포함되지 않았다.

"초나라 지역 여자들은 이른 아침에 머리 감기를 좋아한다는 말을 들었는데, 소문이 진짜인가 보네요. 저 관심 많아요. 꼭 껴주세요."

"강리 언니 말인데 나도 거절할 수 없지."

노신도 동의를 표했다.

"그런데 약영은 아침에 침상에서 일어나지 않고 늑장부

리는 걸 좋아해서, 아무리 나라도 깨우지 못할 수도 있어. 내일 노신이 먼저 규 군을 데리고 냇가로 가고, 나와 약영은 조금 늦게 갈게.”

“알았어.”

이렇게 세 사람은 안채를 떠나고 강리는 그들을 문밖까지 배웅했다.

“목판 일은 비밀 지켜줘.” 마지막에 강리가 부탁했다. 규와 노신은 물론 그러겠다고 했다.

하지만 소녀들은 돌아가는 길에 방금 한 약속을 잊어버렸다.

“규, 규, 아까 그 목판에 쓰인 내용은 어디에서 나온 거야?”

“대답하기 쉬운 문제인데, 그전에 먼저 하나 얘기해줘.” 규는 일부러 비밀스럽게 말했다. “너 그 글씨체 알아보겠어? 앞 두 행과 뒤 두 행 각각 누가 쓴 거야?”

“어릴 때부터 접해 온 사람이 얼마 안 돼서, 그 두 글씨체를 알지. 음, 앞에 두 행은 사촌 오빠 전시의 글씨고, 뒤에 두 행은 강리 언니가 쓴 거야.”

“그렇구나. 알겠어.”

규는 웃으며 더 이상 말하지 않았다.

“이제 네가 내 질문에 대답할 차례야. 그거 어디에서 나온 거야? 문장이 어렵고 운문이니까, 두 사람이 직접 쓴 게 아닐 텐데……."

"넌 정말 머리를 전혀 쓰지 않고 무위도식하는구나."

"그렇지 않으면 너처럼 가르치길 좋아하는 애랑 어떻게 친구를 하니?"

"정말 못 말린다." 규가 말하며 고개를 절레절레 흔들었다. "그건 《시경》에 나오는 문장이야. '綠兮衣兮녹혜의혜' 등으로 시작하는 앞의 두 행은 〈패풍·녹의邶風·綠衣〉에 나오는 거고, '靑靑子衿청청자금' 등으로 시작하는 뒤의 두 행은 〈정풍·자금鄭風·子衿〉에 나오는 거야."

"그럼 뜻은 뭔데? 전시 오빠와 강리 언니가 왜 그 시를 썼을까?"

"둘 사이에 무슨 일이 있었는지 내가 어찌 알아?" 규가 불만스럽게 말했다. "아마 두 사람이 주고받은 서신인 것 같아. 앞 두 행은 종전시가 강리에게 쓴 거고, 뒤 두 행은 강리의 답장이고. 다른 사람의 편지에 회신할 때 받은 편지 아래에 바로 써서 그걸 보낼 때가 있잖아. 아까 본 목판도 그런 식인 것 같아. 내용에 대해선, 난 《시》 3백 편 전문을 암송할 순 있지만 사람마다 해석이 제각각이고, 나 역시 시에는 정확한 훈고가 없다고 생각하거든. 그래서 그 두 시의 글귀가 무슨 뜻인지 말해주기 어려워. 하지만 '녹의'는 소휴와 약간 관계가 있지."

"무슨 관계?"

"유교에서 황색은 순수한 색인 정색正色이고 푸른綠색은 색이 혼합된 불순한 간색間色이라고 여겨. 그래서 '녹의綠衣', 즉 푸른 옷은 고귀한 사람이 입으면 안 되고, 소휴 같은 사람이 입으면 딱 맞지."

"아가씨, 또 저 가지고 놀리시네요." 소휴가 토라져 말했다.

"하지만 그 시는 하녀를 묘사한 건 아니야. '푸른 저고리 황색 치마綠衣黃裳'라고 바로 뒤에 나오거든. 황색은 고귀한 색깔로 하녀가 입어선 안 돼. 이런 해석이 있어. '푸른 저고리 황색 치마'는 고귀한 색이 아래에 있고 비천한 색이 위에 있어서, 시집갈 때 데리고 간 하녀나 첩의 지위가 정실보다 높다는 뜻을 표현한 거래. 내 생각엔 이 해석도 조금 편파적이야. 우리는 시인이 살던 시대와 너무 멀리 있어서, 여러 해석들을 다 믿을 수 없어."

"그럼 규는 그 시가 대체 뭘 얘기하는 것 같아?"

"《시》학에는 '기흥起興'이라는 개념이 있어. 관계가 없어 보이는 곳에서 얘기를 시작해 정말 얘기하고자 하는 말을 끌어내는 거야. 이 시도 그렇게 해석할 수 있을 것 같아. 내 추측으론, 종전시가 정말 말하고 싶었던 건 '마음의 근심, 언제 사라지나'야. 너도 이해할 수 있는 말로 번역하면 '나 정말 마음이 아프다, 어떻게 해야 마음이 아프지 않을 수 있을지 모르겠다'가 되지."

"그럼 〈자금〉에서 얘기하는 건 뭔데?"

"음, 사실 노신도 정말 그 문제에 관심이 있는 건 아닐 거야. 네 지혜로는 내가 지금 해석해줘도 내일이면 싹 까먹을걸. 안 그래? 네가 정말 〈자금〉의 의미를 이해하고 싶다면 내일 백지수 선생님께 가서 여쭤봐. 다만, 아마 내일이 되면 넌 그 시구를 절대 기억하지 못할 거고, 그분께 가서 여쭙지도 못하겠지."

아픈 곳을 찔린 노신은 이 말을 듣고 입을 다물었다. 아닌 게 아니라 노신은 내일 백지수를 찾아가 〈자금〉의 뜻을 가르쳐달라고 부탁할 것을 자신이 기억할지 장담할 수 없었다. 노신은 낙천적이고 건망증이 심하며 변덕이 심한 사람이었다.

"아가씨, 다 왔어요."

소휴가 적시에 말해 일촉즉발 언쟁의 싹을 잘랐다.

관가는 오릉규와 백지수에게 각각 작은 뜰을 마련해주었다. 강리, 약영이 거하는 곳과 비슷했으나 우물이 안채와 침실 사이에 있어 사용하기 더 편했다. 관가의 다른 뜰들도 마찬가지였다. 규의 짐이 안채 서쪽에 놓여 있고,

동쪽은 활동 공간으로 남겨져 있었다. 소휴는 안채에서 잘 예정이었다. 이날 밤, 노신은 규의 침실에서 묵을 것이었다. 두 사람은 늦게까지 수다를 떨 것이고, 대화 과정에서 규가 계속 노신을 비꼬고 놀려도 노신은 반격할 기회가 없을 것임을 짐작할 수 있었다.

"소휴도 오늘 밤에는 같이 방에서 자자." 노신이 제안했다. "네 주인과 단둘이 같이 있는 건 조금 마음이 놓이지 않아."

"부결." 규는 소휴가 사양하는 말로 노신의 제안을 거절하기도 전에 딱 잘라 말했다. "소휴, 오늘밤 노신이 아무리 구해달라고 해도 건너오면 안 돼. 이건 명령이야."

"알겠어요."

두 사람이 농담하는 와중에도 소휴는 여전히 진지한 표정이었다.

3장

천지의 무궁함을 생각하며 인생의 어려움을 슬퍼하네

나는 옛 일을 쫓을 수 없고 미래 일도 알 수가 없네

惟天地之無窮兮, 哀人生之長勤

往者余弗及今, 來者吾不聞

- 굴원, 〈원유遠游〉 중에서

1

봄이 끝나가고 여름을 맞이하는 해가 떴다. 우듬지에 선 꾀꼬리 울음소리가 끊이질 않았다. 노신은 규의 오른손을 끌고 규를 냇가로 안내했다. 자기 오른손에는 정교한 대야를 쥐고 있었다. 대야에는 나무빗과 참빗 그리고 머리를 말리는 천이 들어 있었다. 소녀들은 돌을 가슴에 안고 물에 뛰어들어 자살하러 가는 것도 아니었고,[*] 뽕을 따러 가는 것도 아니었다. 그냥 머리를 감기로 한 약속 장소로 가는 것뿐이었다.

〈이소〉에 '아침에 유반강 물로 머리를 감았다'는 말이 나온다. 여신 복비宓妃의 생활에 관한 내용이지만 초나라 땅의 풍속도 엿볼 수 있다.

---

* 굴원은 억울하게 파직된 뒤 초나라가 패망했다는 소식을 듣자 돌을 가슴에 안고 멱라강에 투신자살했다.

두 사람은 협곡 사이를 가로질러 계속 서쪽으로 걸어
갔다. 협곡은 때때로 구불구불했지만 전체적으로 동서향
이었고, 서쪽 끝에 시냇물이 흐르고 있었다. 이 시내와 그
상하류는 폭포로 막혀 있어서 물이 돌아 산 밖으로 나갈
수 없었다. 따라서 길에서 또는 머리를 감을 때 외부인을
만날 걱정을 할 필요가 없었다.

"규, 소휴에게 같이 가자고 하지 않아도 정말 괜찮아?
너 머리 어떻게 감는 줄 알아?"

노신이 물었다. 둘이 문을 나설 때 소휴는 방에 남았다.

"네가 가르쳐주면 되지."

"난 가르쳐주기 싫어. 내가 네 몸종도 아니고 말이야."

"그럼 부탁이니 머리 감는 것 좀 도와줘."

"규는 부끄러운 게 뭔지 알아?"

"당연히 알지. '군자는 염치없이 행동하지 않으며 형벌
을 받은 자를 가까이 하지 않는다.' 난 네가 염치없는 사
람은 아니라고 생각해서 너에게 맡기는 거니까 영광스럽
고 즐겁게 생각해야 해."

규는 되지도 않는 이유를 대며 억지를 썼지만, 안타깝
게도 어리벙벙한 노신은 어떻게 반박해야 할지 도무지 알
수 없었다. 그래서 토라져 잠자코 있었지만 규의 손은 놓
지 않았다.

두 사람은 도중에 판자를 양쪽에 대고 그 사이에 흙을 넣어 담을 쌓은 구조의 집을 지나쳤다. 문 앞엔 잡초가 자라 있었다.

규는 노신에게 그 집의 용도를 물었다. 노신은 아직 화가 풀리지 않아 대답하고 싶지 않았다. 규가 노신의 귓가에 대고 묻고 또 묻자, 노신은 귀찮아서 결국 알려주었다.

"악기와 쇠뇌를 보관하는 창고야."

규는 그 집을 유심히 관찰했다. 흡사 절벽에 박혀 있는 듯했다. 문은 두 짝이었고 단단히 닫혀 있는 걸로 보아, 안에 귀중하고 큰 악기가 보관되어 있는 것을 짐작할 수 있었다. 집 동쪽과 절벽 사이에는 우물도 하나 있었다. 우물 위에는 물을 긷는 도르래가 있었다. 벽돌을 쌓아 만든 우물 난간에 밧줄 하나가 드리워져 있고, 우물 난간 옆에는 나무통이 하나 놓여 있었다.

다시 서쪽으로 3백 걸음 정도를 가니 눈앞이 확 밝아졌다. 두 산 사이에 10장丈, 약 33미터 폭의 시내가 끼어 있었다. 물이 얕은 곳은 매끈하고 자잘한 돌 천지였다. 물가의 경사진 땅에는 백지, 혜초, 게거揭車, 두형杜衡, 조개풀, 네가래, 큰메꽃, 자열紫莂, 쑥, 두약杜若이 자라고 있었고, 물속에는 부들과 백번白蘋이 있었다.

맞은편 기슭 산은 벽려薜荔로 덮여 있고, 물총새가 두

산 사이를 맴돌고 있었다.

　노신은 물가에 대야를 놓고 옥비녀를 빼서 그 안에 넣었다. 규도 긴 머리를 풀어 얼굴을 덮고선 노신 앞으로 갔다. 노신은 처음엔 깜짝 놀랐지만 이 순간 상대의 시야가 가려져 있어 그야말로 기습을 가할 좋은 시기임을 깨닫고 위치를 가늠해 규의 이마를 세게 때렸다.

　"야, 너 애냐?"

　"너야말로 애지……." 노신이 반박했다. "이렇게 염치없는 짓으로 사람을 놀래고."

　"놀라게 한 거 아니거든." 규가 말하며 머리를 정리했다. "난 그냥 '해가 밤까지 이어져 시간이 멈추지 않길'을 생각하고 있었어. 근데 우리는 깊은 밤이 영원히 끝나지 않고 아침이 영원히 오지 않길 바랄 때도 있지. 사랑하는 사람과 함께 보내는 밤은 늘 너무 짧은 법이거든. 그래서 《시경》에 '아내는 닭이 운다 하고 남편은 아직 날이 밝지 않았다 하네'란 글귀도 있잖아. 만약 나라면 대낮이 이미 왔다는 사실을 말살하기 위해 세상의 모든 닭을 없애는 것도 불사할 거야. 그래서 밤이 계속 이어지게 하는 거지……."

　"그게 네가 방금 한 짓과 무슨 관계인데?"

　"관계가 있지. 방금 생각해보니 그 외에는 밤이 계속되게 할 다른 방법이 없더라고. 그래서 머리카락을 풀어헤쳐서 얼굴에 헝클어뜨려 눈을 가리면 긴 밤이 끝나지 않을 거라 생각했어.”

“무슨 말을 하는 건지 도무지 모르겠다…….”

“노신, 이해하려 노력 좀 해.” 규는 이렇게 말하며 노신의 긴 머리를 얼굴 앞에 풀어 노신의 눈을 가렸다. “이러면 우리는 영원히 함께 있을 수 있어!”

그러곤 노신을 물속으로 밀어넣었다.

노신은 발버둥치며 일어났고, 입에서 소녀가 하기 부적절한 말을 끊임없이 뱉어냈다. 규는 멀리 도망가서 노신의 말이 들리지 않는 척하며 계속 머리카락 끝을 가지고 놀았다. 노신은 규를 당해낼 수 없음을 알고 기분이 꿀꿀하면서도 어찌할 방법이 없어, 우선 축축하게 젖은 옷부터 말리고 다시 계획을 세워야겠다고 생각했다.

근처에 자목련이 있었고, 가장 낮은 가지는 옷을 말리기에 딱 좋았다. 노신은 물에 빠져 묵직해진 옷을 끌고 자목련 밑으로 갔다 올해의 꽃이 이미 피어 있었고, 가지 끝엔 초록색 잎이 무성했다. 노신은 겉옷을 벗어 물기를 짜고 가지에 널었다.

규가 노신에게 도움이 필요하냐고 물었지만 노신은 대꾸하지 않았다.

노신 몸에는 달라붙는 마지막 내의만 남았다.

'이왕 이렇게 된 거, 머리만 감을 순 없지.' 노신은 이렇게 생각하며 물가로 가서 내의를 벗어 큰 돌에 널어놓고, 나막신도 벗고 한 걸음씩 시냇물로 들어갔다. 규는 상황을 보고 천천히 돌 쪽으로 와서 노신의 몸을 감상하며, 맘속으론 노신의 내의를 어떻게 몰래 가져갈지 궁리했다.

바로 그때 협곡 쪽에서 얘기하며 웃는 소리가 들려왔다. 뒤이어 관강리와 종회무가 모습을 드러냈다.

노신도 두 사람을 발견했지만 물이 겨우 무릎을 덮는 정도였다. 부끄러움을 견딜 수 없는 노신은 갑자기 물속으로 뛰어들어 전신을 물에 담그고, 머리만 밖으로 내밀어 숨을 쉬었다.

"노신 왜 저래?"

강리가 다정하게 규에게 물었다.

"그게 말이죠, 여기 온 후 노신은 비록 짧은 일생이지만 여러 부끄러웠던 일을 회상하고 창피한 나머지 쥐구멍에라도 들어가고 싶은 마음에 목숨을 버릴 생각을 품더라고요. 같이 죽지 않겠냐고 제게 묻지 뭐예요. 저는 아직 어리고 못 다 이룬 원대한 꿈이 있어 거절했어요. 그랬더니 노신이 '어찌 깨끗한 몸으로 더러운 것을 받아들일 수 있는가' '죽음을 피할 수 없음을 아네' 하며 발가벗고 물속으로 뛰어들어 빠져 죽으려고 하잖아요……."

“노신, 그런 거야?”

강리가 물었다. 강리의 말이 떨어지기도 전에 규는 손가락 두 개로 노신의 내의를 들어올린 후 두 손으로 양쪽 끝을 잡고 찢는 시늉을 하며, 노신이 죽으려고 물에 뛰어들었다고 시인하도록 협박했다.

“그런 거 아니야. 실은 규가……”

찍, 찍, 찍, 오릉규의 손에서 소리와 함께 옷이 찢겼다.

“오, 릉, 규!”

노신은 끝내 폭발했다. 물살의 저항을 무릅쓰고 성큼성큼 물가로 걸어 나왔다. 이어서 수치심이나 봄 끄트머리의 추위 따위는 아랑곳없이 돌진해 정교한 규의 코를 향해 주먹을 휘둘렀지만 강리에 의해 저지당했다.

“노신, 무례하게 굴지 마!”

동생 머리에 언니의 손바닥이 떨어졌다. 규 뒤에 서 있던 종회무는 이 장면에 놀라 몇 걸음 물러섰고 ‘보지 말아야 할 걸 본 거 아냐?’라며 속으로 중얼거렸다.

“왜 강리 언니까지 내 편이 아닌 거야!” 노신이 울며 소리쳤다. 표정이 일그러지며 이마의 손바닥 자국도 따라서 빨갛게 오그라들었다. “그러면, 그러면 내가 죽는 걸 보여주는 수밖에 없지!”

노신은 이렇게 말하며 물가에서 적당한 크기의 돌을 안

고 빠른 걸음으로 시냇물로 뛰어들었고, 노신의 머리도 함께 물속에 잠겼다. 하지만 밖에 있던 세 사람 모두 물에 들어가 노신을 구할 뜻이 없었다. 한참 지나 물위로 기포가 뽀글거렸다. 그곳을 보고 규는 입고 있던 홑옷을 벗어 손에 들었다.

사실 노신은 입수한 후 실수로 손을 놓는 바람에 돌은 이미 물밑으로 가라앉았다. 결국 노신은 수중 세계를 견디지 못하고 물 위로 머리를 내밀었다.

그래서 규는 홑옷을 다시 입고 강리 앞으로 가서 살짝 고개를 숙였다.

"강리 언니, 제가 너무 심했나 봐요. 반성하고 있으니 노신에게 그렇게 하지 마세요……."

"규의 그 입이 조만간 화를 부를 거야."

강리는 말하며 손가락으로 오릉규의 뺨을 당겼다. 규도 평상시와 백팔십도 다르게 순종적으로 모욕을 감내했다.

"노신, 내가 규를 혼냈으니 너도 제멋대로 굴지 말고 얼른 올라와!"

"하지만 내 옷이……."

노신은 규가 이미 자신의 내의를 찢은 걸 생각하니 조금 전 가라앉았던 화가 다시 치밀었다.

"노신의 옷이 아직 마르지 않았으니 좀 더 물에 있으라고 하죠. 제가 가서 노신의 옷을 볼게요."

규는 해명하며 자목련 쪽으로 걸음을 내디뎠다.

"규가 내 겉옷도 찢으려는 건 아니겠지?"

"좀 더 기다려야겠는걸." 규는 나뭇가지에서 말리고 있는 노신의 옷을 만지며 말했다. "참, 약영 언니는 왜 안 왔어요?"

"아침에 간신히 깨워 약영도 함께 냇가에 가서 머리를 감겠다고 했는데, 골짜기 입구에 도착하기 전 전시 오빠와 회무를 만났어. 약영이 갑자기 전시 오빠에게 물어볼 게 있다고 해서 회무만 데리고 왔지. 약영은 거기서 날 기다리겠대. 둘은 지금도 협곡 저쪽에 있을 거야."

"약영 언니를 보지 못해 조금 쓸쓸하긴 하지만 종씨댁 동생을 만난 것도 뜻밖의 수확이네요." 규는 신나서 종회무에게로 가, 상대방 뜻은 무시하고 회무의 두 손을 잡았다. "네 노랫소리가 참 좋아. 이렇게 어린데 〈청양〉처럼 복잡한 곡도 부를 줄 알다니, 정말 탄복했어."

"뭘…… 난 평범해요…… 오빠랑 비교가 안 되지요…… 그건 강리 언니도 부를 줄 알고요……." 종회무는 낯가림이 심한 아이인데 노래할 때만 용감해졌다. "근데 오릉군…… 그 노래 제목을 어떻게 알아요?"

"그러게, 어떻게 알까?" 규는 눈치 있게 회무의 손을 놓고 계속 말했다. "장안에 있을 때 운 좋게 들었어. 이미 작고하신 협률도위協律都尉 이연년李延年 대인을 우연히 몇 번 뵌 인연도 있고. 그리고 그 노래 가사는 사마상여의 유작으로 장안에 널리 퍼져 있어. 난 전부터 사마상여의 사부辭賦*를 좋아해 사마상여의 대부분 작품을 수집했지. 따라서 가사만으로도 그것이 〈청양〉이라는 걸 판단할 수 있어."

원래 국가 최대 규모 제사에선 노래와 춤을 사용하지 않았다. 원정 6년 때 황제는 민간 제사에 늘 있는 노래와 춤이 국가 최고 제사엔 없는 것을 도리에 어긋난다 여겨 음률에 능해 총애하던 이연년을 협률도위로 봉하고 야외 제사 때 쓸 음악을 만들도록 명했다. 그때 사마상여는 이미 세상을 떠난 뒤였으나, 그가 생전에 쓴 〈교사가〉 가사들을 이연년이 채택했다. 황제는 여전히 부족하다 여겨 다시 어용문인御用文人 십수 명에게 추가로 가사를 짓게 해 마침내 오늘날의 〈교사가〉 19수가 만들어졌다. 어젯밤 종회무가 연회에서 부른 〈청양〉이 그중 하나였다.

"에이." 관강리가 한숨 쉬며 말했다. "규가 못하는 건 뭐니? 너 같은 사람이 존재한다는 사실 자체가 나처럼 평범

---

* 중국 고전 시가 중 하나로 초나라의 초사에서 비롯되어 한漢, 위魏, 육조시대六朝時代에 걸쳐 성행했다.

한 사람에겐 위협이고 희롱이야."

"못하는 것도 있어요." 규가 침울하게 말했다. "말하기 조금 창피하지만 사실이 그래요. 제가 제일 부족한 부분은 아마 '인정'일 거예요."

"'중국의 군자는 예의는 잘 아나 사람의 마음은 모른다' 더니, 규 같은 사람을 말하는 거네." 강리가 온백설자^{溫伯雪子}의 명언을 인용해 오릉규의 아픈 곳을 바로 지적했다. "하지만 이 세상엔 예의도 모르고 사람 마음도 모르는 사람이 많아. 그러니 규도 그걸 마음에 둘 필요는 없어. 나이가 좀 더 들면 자연스럽게 알게 되는 일이 많아질 거야."

"그랬으면 좋겠어요. 저라는 사람은 사실 매일 현실감 없게 살거든요. 아마 생계 걱정할 일이 없어 눈앞의 것에 신경 쓰지 않고 어떻게 하면 책을 통해 옛사람을 만날까만 생각하는 것 같아요."

"현대인에겐 옛사람이 대체할 수 없는 나름의 가치가 있어. 규는 이 점을 반드시 기억하렴." 강리가 정색하며 말했다. "나와 약영은 오랫동안 사이가 좋지 않았지만 우리 둘에겐 공통의 신념이 있었어. 바로 우리가 사람을 고무시키기도 하고 절망시키기도 하는 시대에 살고 있다는 거야. 50년간 세상은 그전 수백 년보다 훨씬 격하게 급변했어. 우리는 다행히 또 불행히 이 시대에 살고 있고, 아무것도 하지 않는다고 죽을 수는 없어.

지금은 남자도 어떤 사업을 이룬다는 보장이 없는데 우리 여자들은 어떻겠니. 나는 경전들을 두루 읽고 제자諸子의 책을 많이 보지만, 결국 독서하며 스스로 즐기는 것뿐이지 공부한 것을 어디에 쓰겠다는 생각은 해보지 않았어. 어쨌든 방법이 있을 거야. 기의 언니가 세상을 떠난 후 나와 약영은 계속 한 가지 문제를 탐구했어. 어떻게 평범한 인생을 벗어나는가라는 문제지.”

“그런 일을 정말 할 수 있을까요?”

규는 망연자실하게 물었다. 마음속으론 답을 알고 있었다.

“하지 못하면 차라리 죽는 게 낫지.”

강리는 웃으며 말했지만 말투에는 웃음기가 없었다.

“너희가 바라는 뜻을 이루도록 꼭 끝까지 노력해. 그러면 설령 내가 못 하더라도, 또 할 용기가 없더라도, 내 또래 여자들이 그렇게 원대하고 까마득한 것을 추구하는 사실을 아는 것만으로도 난 평범한 내 자신과 옆 친구를 견디며 계속 살아갈 수 있어. 규는 평범한 사람도 아니잖아. 아직 자신이 가고자 하는 길을 찾지 못했을 뿐이지.”

물속에서 그들의 대화를 듣던 노신은 마음이 점점 무거워졌다.

노신은 어젯밤 규가 자신에게 "빈말만 늘어놓는 것보다 직접 행동으로 실천하는 게 더 나은 일들이 많아"라고 했던 것이 떠올랐다. 어쩌면 규도 자신에 대한 기대가 매우 높아, 아직 일생의 목표를 찾지 못했을 뿐일 거다. 규처럼 부지런하고 슬기로운 사람은 어떤 일이든 할 수 있을 거다. 그에 비해 자신은 정말 잘하는 게 하나도 없었다. 규를 접할 때마다 열등감과 자기혐오만 깊어졌다.

"나 돌아갈래."

가슴 앞에 두 팔을 교차시키고 물속에서 일어선 노신은 뭍으로 나와 나막신을 밟고 대야에 넣어두었던 천으로 몸을 닦은 후, 찢어진 내의를 개어서 대야에 넣었다. 조심스럽게 그 위를 천으로 덮고는 자목련 밑으로 가서 규를 밀치고 덜 마른 옷을 걸어 입었다. 그 후 다시 몸을 돌려 물가로 가선 대야를 들고 협곡 입구 쪽으로 걸어갔다.

강리는 노신을 막지는 않고 규에게 눈짓을 했다. 규는 뜻을 깨닫고 살짝 고개를 끄덕인 후 협곡 입구 쪽으로 향했다.

"회무, 우리 머리 감자." 강리는 두 사람의 뒷모습을 바라보고 있는 종회무를 적절한 시기에 물가로 끌어왔다.

한편 토라져 자리를 떠난 노신은 규가 뒤에 따라오는 것을 알고 더 울컥해서 걷는 속도를 빨리했다. 하지만 규의 체력이 한 수 위인지라, 곧 따라잡혔다.

"따라오지 마!"

노신은 이 말을 몇 번이나 되풀이했지만 규는 아랑곳하지 않았다.

결국 노신은 답답한 마음이 다시 쌓여 분노가 치밀었다. 노신은 옷자락을 걷어올리고 달리기 시작했다. 규는 원래 옷을 가볍게 입고 왔고 손에 든 것도 없어서 힘 들이지 않고 노신을 쫓아갈 수 있었다. 두 소녀는 각자 침묵을 유지하며 서쪽에서 동쪽으로, 마침 떠오르고 있는 태양을 향해 달렸다.

악기 보관 창고를 지날 즈음 노신은 체력이 다해 걸음이 느려지기 시작했고 호흡도 많이 거칠어졌다. 게다가 내의도 입지 않고 있어서 수치감과 불편함을 참고 있었다. 대야 안의 빗, 참빗이 밖으로 떨어지지 않도록 신경 쓰느라 어느새 규가 노신 앞에 달리고 있었다.

기왕 이렇게 된 거…….

노신은 걸음을 멈췄다.

'이렇게 된 거 규가 멀찍이 가도록 놔두고, 난 심보 나쁜 규와 거리를 벌릴 생각이나 하자.' 이런 생각을 할 때 노신은 앞에 가는 규도 발걸음을 멈춘 것을 보았다. 이어서 규가 놀라 외치는 소리가 들렸다.

"노신, 노신!"

규는 언거푸 짝꿍의 이름을 불렀다. 노신은 여태껏 규가 그렇게 호들갑 떠는 것을 본 적이 없었다.

"저기, 저기!"

규는 손을 뻗어 앞쪽 풀숲을 가리키며, 마침내 곁으로 온 노신에게 자신이 왜 그렇게 놀랐는지 얘기했다.

노신은 핏자국을 보았다.

새빨간 피가 창고 문 앞 풀밭에 흩뿌려져 있었다. 새로 돋은 연한 풀이 얼룩얼룩 선홍색으로 물들어 있었다.

두 사람은 남향으로 지어진 그 창고의 굳게 닫힌 문으로 다시 시선을 옮겼다. 규는 조심스럽게 핏자국을 피해 돌아가 심호흡을 하고 문을 밀었다. 문이 흔들거리며 어둠 속으로 물러났다. 창고 안으로 들어간 햇빛이 먼저 규의 그림자를 바닥에 드리웠고, 이어서 죽은 자의 몸을 비췄다.

규는 어둠 속에 죽어 있는 사람을 똑똑히 봤다. 어젯밤 연회에서 웃으며 말하던 관과였다.

2

문에서 실내로 들어오는 빛을 통해 규는 관과의 시신

을 살펴봤다.

시신은 반듯이 누워 있었고 얼굴 반쪽은 창고 깊은 곳의 그늘에 가려 있었으며, 두 다리와 문 사이의 거리는 2척약 1미터이 채 되지 않았다. 칼로 인한 상처가 목에 가로로 그어져 있었다. 깊게 찔려 치명상이었을 게 분명했다. 관과의 흰색 옷이 피로 붉게 물들어 있었다. 바닥에는 핏자국이 많지 않은 걸로 보아, 살인 현장은 실내가 아니라 문밖의 풀숲 쪽인 것 같았다.

"악!" 규 뒤에 선 노신이 놀라 소리치며 몇 걸음 물러났다.

"가서 너희 아버지 불러와."

"그렇지만 아버지는 오늘 아침 백 선생님과 함께 산에 가신다고 어제 그러셨어……."

"아버지를 찾아서 반드시 모셔 와야 해. 아니면 우선 네 사촌 오빠에게 도와달라고 해. 만약 오빠가 아직 협곡 입구에 있다면. 그래도 이 일은 최대한 빨리 너희 아버지께 알리는 게 좋아."

노신은 그러겠다고 하고 돌아서서 협곡 입구를 향해 달렸다.

규도 문밖으로 나왔다. 죽은 사람과 홀로 마주하고 싶지 않았다. 바로 그때 시냇가 쪽에서 걸음 소리가 들려왔다. 노신의 비명을 듣고 서둘러 온 관강리와 종회무였다.

두 사람이 창고 앞까지 오자 규가 말했다.

"강리 언니는 나와 잠깐 들어가고, 회무는 밖에 있어."

"대체 무슨 일이에요?"

회무가 물었다.

"너희 어머니가 사고를 당하신 것 같아."

규는 최대한 차분한 말투로 이 말을 뱉었다.

"어떻게……."

"됐어, 우리 같이 들어가자."

그래서 강리와 회무는 규의 뒤를 따라 창고로 들어갔다.

"어머니…… 왜……."

종회무는 바닥에 털썩 주저앉아 정신을 놓고 울부짖었다.

뒤이어 문밖에 새로운 발소리가 들렸다. 규가 문밖을 살펴보니 종전시와 관약영이 협곡 입구에서 뛰어오는 모습이 보였다. 전시는 창고로 뛰어들어와 슬픔을 감당하지 못하는 여동생을 안고 이미 죽은 어머니에게 시선을 집중했다. 약영은 안으로 들어오지 않았고, 심지어 피로 물든 풀밭을 건너지도 않은 채 문에서 3~4장^{10~14미터} 떨어진, 맞은편 산 인접한 곳에 서 있었다. 약영은 자신이 이런 장면을 감당할 수 없음을 잘 아는 듯했다.

"왜 회무를 들어오게 했어?"

전시가 물었다. 회무를 창고에 같이 있게 한 강리와 규를 질책하는 게 분명했다.

"내 잘못이에요. 미안해요, 내가 좀 정신이 없었어요……."

규가 나서서 책임을 떠안았다.

"얘는 아직 애라고!"

전시는 계속 얘기하면 자신도 눈물이 날 게 분명해 더 이상 말하지 않았다. 하지만 지금은 울 때가 아니었다.

"그럼 노신 혼자 산으로 아버님을 찾으러 간 건가요?"

규가 노신의 안위를 걱정하며 물었다.

"그냥 내게 어머니가 사고를 당하셨으니 여기로 가야 한다고만 얘기하곤 뛰어갔어."

'역시 노신이 생각한 방안이 더 꼼꼼하네. 내가 아까 한 제안은 종전시의 감정을 조금도 고려하지 않은 거였어.'

규는 속으로 자책했다.

그들이 대화를 나눌 때 태양이 조금씩 동쪽에서 서쪽으로 옮겨가 실내의 빛과 그림자도 따라서 움직였다. 그러더니 피로 물든 서도書刀 하나가 햇빛에 드러났다. 당시 사람들은 실수로 죽간에 글자를 잘못 새기면 한 자 남짓 길이의 서도로 잘못된 부분을 깎아내고 다시 새겼다. 그래서 서도는 지식인이나 문관의 주머니, 탁상 위에서 흔히 볼 수 있었고, 몸에 휴대하고 다니는 사람도 있었다. 흉기를 본 순간 규는 이 사건이 까다로울 거라고 단정했다. 당시 관부에선 살인범을 추적해 붙잡을 때 흉기가 무엇인지부터 수사에 착수했다. 흉기가 현장에 남아 있으면 곧 진범을 잡을 수 있는 경우가 많았다. 아무리 한나라가 전성기라 해도 농기구 외의 금속 제품은 민간에선 흔치 않았다.

그런데 서도는…….

여행 중인 자신만 해도 짐에 몇 개 들어 있었으니, 여기에 정착해 시를 읽고 예교를 숭상하는 관씨 가문은 더 말할 것도 없었다.

서도 옆에 등롱도 하나 있었다. 관과가 가져온 것이 분명했다.

햇빛이 비치는 각도가 변하면서 사람들 눈에 들어온 건 서도와 등롱만이 아니고, 편종編鐘*도 있었다. 그건 전국시대부터 내려온 유물로, 초나라 왕이 관씨 선조에 하사한 것이었다. 두 층의 종이 나무 순자笋子**에 걸려 있었다. 위아래 각 열두 개씩 총 24개였다. 위층은 작은 크기의 뉴종鈕鐘으로 무늬 장식이 없었다. 아래층은 조금 크고 긴 용종甬鐘으로 표면에 상감기법으로 봉황 무늬가 새겨 있고,

* 음률이 다른 16개의 작은 종을 두 층으로 나란히 매달아 만든 옛날 타악기.
** 한 부재의 구멍에 끼울 수 있도록 다른 부재의 끝을 가늘고 길게 만든 부분.

그 위에 1촌약 3센티미터 길이의 작대기 세 줄이 있었다. 옻칠이 되어 있고 채색 문양이 그려진 순자는 구리로 된 좌우 두 기둥에 걸려 있었다. 기둥은 6척약 2미터 정도로 역시 표면에 상감기법으로 기봉夔鳳 무늬가 새겨 있고, 구리로 된 받침에 고정되어 있었다. 받침에는 몸을 서리고 있는 용과 이름 모를 꽃잎이 새겨져 있었다.

편종 뒤에는 쇠뇌 몇 개와 약간의 화살 등 잡동사니가 있었지만 사람이 숨을 만한 공간이 있진 않았다.

바로 그때 밖에서 약영의 소리가 들렸다.

"……오릉 군은 안에 있어."

규가 문밖으로 나와 보니 소휴만 약영 옆에 있어 그쪽으로 갔다.

"……고모는?"

규가 오는 것을 보고 약영이 물었다. 규는 그저 말없이 고개만 저었다.

"아가씨, 상심하지 마세요."

"그 말은 약영 언니에게 해야지." 규가 잠시 멈췄다 계속 말했다. "그런데 소휴가 왜 여기에 있어?"

"아가씨가 가신 지 오래되어 조금 걱정이 돼서요. 혹시 무슨 분부라도 있을까 봐……."

"소휴가 올 때 누가 반대 방향으로 가는 거 못 봤어?"

"반대 방향이라면?"

"서쪽에서 동쪽으로, 그러니까 이쪽에서 네가 온 쪽으로 가는 거지."

"아무도 못 봤어요."

"그럼 약영 언니는요? 종전시와 계속 협곡 입구에 서 있었어요?"

"응, 강리와 헤어진 후 우리는 계속 거기에 있었어."

"그동안 누가 지나가는 거 못 봤고요?"

"못 봤어. 나중에 노신이 뛰어와 고모가 사고를 당했다고 해서 난 전시 오빠와 이리로 뛰어왔고, 길에서도 지나가는 사람은 못 봤어."

'그러면 이상한데.' 규는 마음속으로 설명할 방법이 찾아지지 않았다.

"그럼 여기에 서 있는 동안은요?"

규는 약영의 발밑을 가리키며 물었다.

"아무도 못 봤어." 약영이 말했다. "소휴만 이쪽으로 왔고, 가는 사람은 본 적이 없어. 방금 뒤에서 발걸음 소리가 들려서 돌아봤더니 소휴였어. 소휴가 내게 오릉 군이 어디에 있냐고 물어서 말해주었고, 오릉 군이 바로 문으로 나왔지."

'하지만 그러면 이상한데. 살인범은 대체 언제 간 거지?'

규는 생각이 막혔다.

'아니면 살인범은 애초에 여길 떠나지 않은 건가?' 규는 이렇게 생각하며 창고 서쪽으로 돌아갔다. 창고는 산에 바짝 붙어 있어, 뒤쪽에는 사람이 통과하거나 숨을 만한 공간이 아예 없었다. 또 창고 서쪽에는 몸을 가릴 만한 나무나 큰 돌도 없었다. 규는 곧바로 창고 동쪽으로 갔다. 그곳에는 우물이 하나 있었고, 우물 난간 뒤쪽은 한 사람이 숨기에 딱 알맞았다. 하지만 그곳은 텅텅 비어 있었다.

그래서 규는 약영과 소휴가 있는 곳으로 갔고, 노신이 관무일과 함께 동쪽에서 급히 뛰어오는 모습을 봤다. 관무일은 핏자국을 피해 창고로 들어가 강리에게 종회무를 문밖으로 보내라고 하고, 종전시에겐 자신을 도와 관과의 시신을 관가 본채로 옮기자고 했다.

"오릉 군은 계속 노신과 함께 있었다고 노신에게 들었다. 오릉 군은 혐의가 없는 것을 잘 알아. 이런 사건에 말려들게 해서 미안하구나. 사실 난 젊었을 때 친구의 복수를 위해 맨손으로 몇 사람 때려죽인 적이 있어. 만약 이 일을 관부에 신고하면 옛날 사건이 다시 거론될까 겁나는구나. 그래서 난 관부를 시끄럽게 하지 않고 진범을 찾았으면 하고, 나만의 방식으로 관과를 위해 복수할 것이다.

어젯밤 네 변론을 눈여겨봤고, 네가 이 사건을 조사해주면 좋겠구나. 노신, 염습이나 반함飯唅, 염습할 때 죽은 사람의 입 속에 구슬과 쌀을 물리는 일 같은 일은 네가 할 수 없으니 여기에 남아 오릉 군을 돕거라.”

관무일은 결단력 있게 말했고, 규도 그러겠다고 했다.

관무일과 종전시는 조심스럽게 관과의 시신을 들고 나갔다. 강리는 종회무를 부축하고 그 뒤를 바짝 따라갔다. 약영은 그들과 약간의 거리를 두고 관가 본채 쪽으로 걸어갔다. 규는 약영이 서 있던 위치에 계속 남아 있었고, 노신과 소휴는 그 곁에 있었다.

“노신, 아주 잘했어.”

“고모가 나한테 그렇게 잘해주셨는데 난 고모를 위해 할 수 있는 게 이런 거밖에 없네.”

“이미 충분해.” 규가 말했다. “생각보다 훨씬 빨랐어.”

“아버지와 백 선생님이 그 무렵 산에서 돌아오셨거든.”

“그럼, 당시 다른 사람은 뭘 하고 있었어? 너희 어머니와 집안 하인들은?”

“다들 본채에 있었고, 아침 내내 거기를 떠난 적이 없어. 아침에는 잡다하게 해야 할 일이 많으니까.”

“알겠어. 이제 우리 함께 범인을 찾아서 종 부인의 혼령을 위로하자.” 규가 침착하게 말했다. “이 사건은 분명 타인의 소행이고, 종 부인은 절대 자살한 게 아니라고 확신해. 종 부인이 밖에 있는 풀숲에서 자결했다면 창고 안까지 올 수 없었을 테니까. 일반적으로 사람은 중상을 입으면 기어갈 수는 있지만, 그러면 바닥에 핏자국이 한 줄로 남게 되고 시신은 결국 바닥에 엎드려 있는 상태가 되어야 하거든. 헌데 종 부인은 발견 당시 바닥에 똑바로 누워 있었고, 그건 누군가가 범행 후 그곳으로 끌고 갔다는 뜻이지.”

“나도 동의해.” 노신이 말했다. “그런데 왜 흉기가 창고에 있었을까? 범인이 시신을 옮기려 했다면 흉기를 버렸어야 하는데.”

“그전에 문제가 하나 더 있어. 왜 범인은 종 부인의 시신을 창고로 옮겼을까?”

“시신이 발각될 시간을 늦추려고 그런 거 아닐까?”

“그렇다면.” 규가 계속 의문을 이어가려는 노신의 말을 잘랐다. “발각 시간을 늦추려 했다면, 왜 문밖의 핏자국을 깨끗이 치우지 않은 거지? 봐봐, 창고 옆에 우물이 있거든. 범인이 핏자국을 없앨 마음이 있었다면 바로 나무통에 물을 길어서 풀밭에 끼얹기만 하면 가능했을 텐데, 왜 범인은 그렇게 하지 않은 걸까?”

“시간이 없었겠지. 아니면 뭔가 인기척이 들려서 누군가

다가오는 걸 눈치챘을 수도 있고.”

“다음 문제가 있어. 종 부인과 범인은 언제 여기에 왔을 까?”

“우리가 처음 이곳을 지나간 후겠지.”

“내 생각도 그래. 그리고 강리 언니와 회무가 오기 전이 었을 거야. 그 이후라면 당시 협곡 입구에 있던 약영과 종 전시가 봤을 테니까. 약영에게 물어봤는데, 누가 지나가는 걸 보지 못했대.”

“근데 그렇다면.” 노신이 어리둥절해하며 물었다. “강리 언니와 회무는 이쪽에 올 때 왜 고모를 못 봤을까?”

“창고 안에 등롱이 하나 있었잖아. 내 생각에 그건 종 부인이 가져오신 거야. 부인은 부싯돌도 가지고 계실지 몰라. 강리 언니와 회무가 창고를 지날 때, 종 부인은 안 에서 뭔가를 찾거나 살피고 계셨을 거야.”

“범인과 같이?”

“아마도. 당시 범인은 창고 옆 우물 난간 뒤에 숨어 있 었을 수도 있고. 두 가지 가능성 모두 손재해.” 규는 이렇 게 설명했지만 이내 곤혹스런 표정을 드러냈다. “그럼 마 지막 문제가 있어. 내내 이해하기가 어려운 부분이기도 하 고. 범인은 언제 이곳을 떠났을까?”

“잠깐, 규, 말이 너무 빨라. 단숨에 몇 단계를 뛰어넘으니 내가 따라갈 수가 없잖아. 왜 그 문제가 곤혹스러운 건데?”

“노신은 이상하지 않아?” 규가 미간을 찌푸리며 말했다. “우리가 알고 있는 정보로 추리하면 범인은 이곳을 떠날 기회가 아예 없어. 좋아. 오늘 이곳에서 일어난 일을 처음부터 정리해볼게.

먼저 나와 노신, 우리 둘이 맨 처음 이곳을 지났어. 그때 문 앞에는 핏자국이 없었고. 우리 다음에 종 부인과 범인이 이곳에 왔어. 종 부인은 창고로 들어갔고, 범인은 종 부인과 함께 들어갔거나 아니면 우물 난간 뒤에 숨어 있었어. 또 시간이 얼마 지나 강리 언니와 회무 동생도 이곳을 지났어. 아무 일 없는 듯이 냇가로 왔으니 두 사람도 핏자국을 보지 못했다는 뜻이지. 이어서 나와 네가 돌아왔고 핏자국을 봤어. 따라서 사건은 강리 언니와 회무가 지나간 후, 너와 내가 이곳으로 돌아오기 전에 발생했다고 추측할 수 있어. 범행을 저지르기에 충분한 시간이지.

하지만 사방을 둘러보면 알 수 있다시피, 이 협곡은 산세가 험준하고 식물도 거의 덮여 있지 않아서, 평소 사람이 오르기 어렵거든. 다시 말해 범인이 살인 현장을 떠나려면 갈 수 있는 길이 두 개밖에 없어. 하나는 서쪽으로, 시냇물 쪽으로 가는 거야. 거기는 막다른 길이고, 범인이 그쪽으로 갔다면 우리랑 맞닥뜨렸겠지. 두 번째는 동쪽, 그러니까 관씨 가족이 살고 있는 방향으로 가는 건데 당시 약영 언니와 종전시가 협곡 입구에 있었고, 두 사람은 나중에 이쪽으로 왔어. 범인이 그쪽으로 갔다면 두 사람과 맞닥뜨렸을 거야.

그럼에도 우리 모두 범인을 만나지 않았어. 그래서 난 이 문제가 특히 이해할 수 없는 거지. 범인은 언제 떠났을까?”

“범인이 아직 이 근처에 숨어 있는 거 아닐까?”

“그건 불가능해. 창고 안엔 몸을 숨길 만한 장소가 없고, 밖에도 몸을 가릴 만한 곳은 우물 뒤밖에 없어. 그런데 너와 너희 아버지가 오기 전에 내가 그쪽을 살펴봤지만 아무도 숨어 있지 않았어.”

“그럼 우물 안은?”

“우물……안?”

“응. 범인이 살인을 저지른 뒤에 도망칠 수 없음을 알고 우물에 뛰어들어 죽음으로 일단락을 지은 거지.”

“정말 노신답게 소극적인 방법이네.” 규가 한숨을 쉬며 말했다. “그러면 묻자. 외부인은 이곳에 오기가 어려워, 맞니?”

“맞아. 어머니와 하인들도 본채에 있었으니, 그들을 놀라게 하지 않고 이곳으로 오는 건 아주 어렵지."

"그러면, 네 주변 사람 중에 보이지 않는 사람이 누구야?"

"네 질문의 뜻을 모르겠어……."

"외부인은 이곳에 오기 어려우니까 범인은 너와 내가 모두 알고, 어젯밤 이곳에 있던 사람임이 대체로 확실하잖아. 네 가설대로 그 자가 범행을 저지른 후 우물에 뛰어들어 자살했다면, 우리 주변 사람 중 하나가 안 보여야 하고. 안 그래? 근데 네가 아까 너희 어머니와 관가 하인들, 백 선생님 모두 관가 본채에 있고 아무도 실종되지 않았다고 했잖아. 나머지 사람은 사건이 일어난 후 모두 이곳에 나타났고. 실종된 사람이 없으니 범인이 우물에 뛰어들지 않았음을 추측할 수 있고, 따라서 네 가설은 성립하지 않아."

규는 차분하게 노신의 의견에 반박했다.

"그러네. 네 말이 일리가 있어." 노신은 말하면서 안색이 점점 어두워졌다. 어쨌건 이 사건은 십중팔구 자기네 가족 내부에서 일어난 일인 것이다. 노신의 시선이 창고 양쪽을 떠돌다 그 우물에서 멈췄다. "참, 규는 대체 언제 저 우물을 살펴본 거야? 전시 오빠와 약영 언니가 온 후에?"

"맞아."

"그렇다면 그런 거 아닐까? 범인은 원래 우물 난간 뒤에 숨어 있다 전시 오빠와 약영 언니가 창고에 들어간 후에 거기에서 나와 동쪽으로 도망쳤고, 나와 아버지가 협곡 입구에 다다르기 전에 이 협곡을 떠났다면?"

"잠깐, 네가 아주 중요한 문제를 빼먹은 것 같은데." 규가 가차 없이 지적했다. "그때는 협곡 밖에 있는 사람이 단독으로 범행을 저지를 가능성이 없어. 너희 어머니와 하인들은 같이 있었으니까, 그들이 작당을 하지 않는 한 종부인을 살해할 수 없어. 너희 아버지와 백 선생님은 산에 가셨다가 네가 부르러 갈 즈음에야 본채로 가셨고, 그전에는 협곡 쪽으로 오신 적이 없었어. 다시 말해 네 가설이 성립된다 해도 용의자를 찾기는 어려워."

"사실, 용의자라면 아직 있는데?"

노신이 이렇게 말하자 두 사람은 약속이나 한 듯 소휴에게 시선을 돌렸다.

"잉? 아가씨와 노신 언니는 왜 절 보시는 거예요…… 설마 절 의심하시는 거예요?"

소휴가 불안하고 당혹스러워하며 말했다.

"용의자를 논한다면 정말 딱 소휴밖에 없네." 노신이 말했다. "네가 당시 우물 난간 뒤에 숨어 있었다가 약영 언니네가 창고로 들어간 후 숨어 있던 곳에서 나와 떳떳하게 사람들 앞에 나타난 거지. 음, 그렇게 할 수 있는 건 소휴밖에 없어. 말은 이렇게 했지만 넌 고모를 살해할 동기가 전혀 없는 것 같은데.”

“노신, 네가 한 가지 오해한 것 같아. 아까 넌 여기에 없어서 모를 거고, 내가 얘기하는 걸 깜박했어. 사실 아까 약영 언니는 안으로 한번도 들어오지 않고 계속 여기에서 있었어.” 규가 말하며 자기 발밑을 가리켰다. “네가 한번 해봐. 북쪽을, 그러니까 창고 쪽을 바라봐.”

“난 원래부터 그쪽을 보고 있었는데…….”

순간 노신은 규의 뜻을 이해했다. 아까 약영이 서 있던 위치에서 그 우물을 완벽하게 볼 수 있었다. 누군가 우물 난간 뒤에서 나왔다면 약영이 봤을 것이다.

“약영 언니는 먼저 소휴의 걸음 소리를 들은 다음 소휴를 봤다고 했어. 따라서 소휴가 우물 난간 뒤에서 나타난 게 아님을 알 수 있지. 그렇다면 소휴는 혐의에서 깨끗이 벗어나게 되고. 즉 현재 상황이 점점 까다로워지고 있어. 범인이 언제, 어떻게 떠났는지가 가장 주된 문제가 아니라, 사실상 우리 추리는 이미 막다른 골목에 다다랐어. 왜냐하면…….”

규가 다시 한숨을 쉬고 계속 말을 이었다.

“이 사건에서 범인은 사람들의 감시 속에 사라졌어. 또

한 혐의가 있는 사람은 사건 발생 내내 다른 사람들과 함께 있어서 혼자 범행을 저지를 기회가 없었어."

"그러면 두 명 내지 여러 명이 결탁해 범행을 저질렀을 가능성을 고려해야 하나?"

"지금은 계속 추리하는 게 바람직하지 않아." 규가 노신의 말을 자르고 찝찝해하며 말했다. "일단 공범의 가능성을 얘기하기 시작하면 여러 조합을 따져봐야 하기에, 당분간 사건을 철저히 규명할 수 없어. 이런 때는 새로운 증거가 나타나길 기다리는 게 나아. 최대한 빨리 진상을 밝히려면 우리는 나눠서 움직이는 게 좋겠어. 아까 창고 안은 자세히 살피지 않아서 증거를 놓쳤을 수도 있거든. 그래서 여기에 남아서 현장을 다시 답사하려고. 소휴도 남아서 도와줘."

"아가씨 절 의심하지 않으세요?"

"약영과 결탁하지 않은 이상 넌 절대 범행을 저질렀을 가능성이 없어. 하지만 너와 약영이 뭔가 함께 얻을 것이 있다는 게 상상이 안 되고, 네가 종 부인을 살해했을 이유도 떠오르지 않아. 그러니 널 의심하지 않지."

"그런 거군요……."

소휴는 실망한 기색을 드러냈다. 주인이 자신을 용의자 후보에 넣지 않은 것은 자신을 믿어서가 아니라 냉정한 추리를 통해 얻어낸 결론에 불과했기 때문이다. 노신은 속으로는 소휴를 동정했지만 처음에 소휴를 의심한 게 바로 자신이었다는 사실은 완전히 잊었다.

"노신, 괜찮으면 네가 가족들에게 종 부인에 관한 일을 물어봐줬으면 해. 오늘 아침에 종 부인을 본 사람이 있는지, 종 부인이 왜 창고로 가려 했는지를 아는 사람이 있는지, 종 부인에게 또 무슨 일이 있었는지를 포함해서. 아무래도 그런 질문은 네가 하는 게 더 적당하니까, 부탁할게."

"최선을 다할게."

"조사가 끝나고 여기에 모이자. 여기저기 뛰어다니게 해서 미안해." 곧바로 규는 해서는 안 될 말을 내뱉었다. "물론 그전에 내의를 찾아서 입도록 해."

3

"소휴, 진지하게 말해 봐. 내가 뭘 잘못했니?"

규는 좀 전에 노신에게 맞아 부어오른 오른쪽 뺨을 가리고 물었다.

"아가씨와 노신 언니 사이에 무슨 일이 있었는지 몰라

서 저는 잘 판단이 서지 않네요. 하지만 노신 언니 고모가 돌아가셨으니, 그렇게 이상한 방향으로 화제를 끌고 가신 건 확실히 부적절했어요.”

소휴는 규의 요구대로 조리 있게 대답했다.

“됐다. 조사가 중요하지.”

규는 이렇게 말하며 창고로 향했고, 소휴는 그 뒤를 따랐다.

이때는 창고 안에 숨어 있던 햇빛이 구석구석을 확실히 비출 만큼 이미 충분히 강렬해진 상태라, 덕분에 규는 편하게 조사를 진행할 수 있었다. 규는 먼저 편종을 다시 살펴보았다. 순자와 종의 몸체에 두텁게 먼지가 쌓여 있었다. 4년 전 관무일이 가족을 이곳으로 옮긴 후, 이 종은 한번도 사용하지 않은 듯했다. 딱히 놀랄 일은 아니었다. 그 시대에 종과 같은 악기는 이미 만회할 수 없을 정도로 쇠퇴해서 종을 사용하는 노래나 춤이 드물었다.

규는 종 뒤로 돌아가서 아까 가까운 거리에서 관찰할 수 없었던 쇠뇌와 활 쪽으로 갔다. 살인사건과 무관해 보였지만, 규는 그것도 살인 현장의 일부분이라 생각해 놓치고 싶지 않았다.

수십 년 전, 당시 승상이었던 공손홍公孫弘은 민간에서 궁노를 저장하는 것을 금지하자고 제의했다. 도둑 열 명

이 쇠뇌를 들고 저항하면 관리 1백 명이 쫓아도 체포할
가능성이 없다고 판단했다. 민간에 쇠뇌가 없으면 도둑
은 짧은 병기로만 완강히 저항할 수 있고, 그런 경우 관
리의 수만 많으면 범인을 잡아 재판에 회부할 수 있었다.
반면 당시 광록대부光祿大夫 시중侍中을 지낸 오구수왕吾丘
壽王이 그 의견에 반대했다. 병기의 용도는 '포악한 자들을
금하고 사악한 자를 토벌하는 것으로, 편안히 거할 때에
는 맹수를 제압하고 비상시에 대비하며, 유사시에는 방위
에 사용하고 행진行陣을 시행하는 것'이 오구수왕의 생각
이었다. 또한 옛 예법에 따르면, 사내아이가 태어나면 그
아이를 대표하는 자가 뽕나무로 만든 활에 쑥 줄기로 만
든 화살 여섯 개를 메겨 천지 사방에 쏘아 장차 그 아이
가 이룰 포부가 있는 곳을 밝힌다고 했다. 요컨대 백성의
궁노 소유를 금지하면 위험에 처했을 때 방비할 것이 없
고, 선왕이 제정한 옛 예법도 폐지해야 하므로 그런 정책
은 절대 실시해서는 안 된다는 것이었다. 규가 태어나기
전의 일이었지만 이 논쟁은 워낙 널리 퍼져 있었고, 규는
활쏘기를 배울 때 누군가 이에 대해 말하는 것을 듣고 적
극 찬성했다. 어제 들판에서 노신의 말에 반박할 때도 사
실 오구수왕의 견해를 슬쩍 적용했다.

쇠뇌는 일곱 개였다. 규는 그중 하나를 들고 자세히 살

폈다.

쇠뇌는 모두 동곽銅郭이라고 하는 상자 안에 담겨 있었
다. 쇠뇌 제일 윗부분 망산望山이라고 하는 부품은 주로
조준하는 데 썼다. 망산 양쪽은 방아쇠고, 그 아래는 현
도懸끼다. 현도와 방아쇠 사이는 갈고리로 연결되어 있었
다. 갈고리는 동곽 안에 숨어 있어 외부에서 볼 수 없었다.
네 부품에 모두 구멍이 있고, 구멍에 빗장을 걸어 부품을
하나로 합친 모양새다. 사용할 때는 먼저 방아쇠로 현을
두드린 후 화살을 몸통자루인 노비弩臂에 놓고 현도를 당
긴다. 그러면 밖으로 노출된 방아쇠가 동곽 안으로 들어
가면서 팽팽히 당겨진 현이 원위치로 돌아가고, 화살이 소
리를 내며 발사된다.

규가 보기엔 전체 과정에 기술성이라 할 만한 것이 없
었다. 힘이 없는 사람의 경우 쇠뇌로 화살을 쏘는 것은 어
렵지 않지만, 현을 당기고 그것을 방아쇠에 거는 과정이
비교적 힘들었다. 쇠뇌에 사용하는 현은 활에 사용하는
현보다 더 팽팽해서 당기기가 그만큼 더 어렵기 때문이다.
하지만 쇠뇌는 설계할 때부터 이 문제를 고려한 덕분에,
쇠뇌를 바닥에 놓고 노비 앞쪽에 벌려진 활대를 밟은 후
노비 끝을 손으로 잡으면 전신의 힘을 써서 현을 당길 수
있다. 이 동작을 궐장蹶張이라고 한다.

규는 쇠뇌의 작동원리와 사용방법을 잘 알았지만, 쇠뇌
가 싫어서 진짜로 사용해본 적은 한번도 없었다. 규는 소
휴에게 화살 하나를 들라고 하고, 자신은 앞서 설명한 방
법으로 손과 발을 함께 사용해 현을 방아쇠에 걸었다. 그
리고 소휴 손에서 화살을 뺏어와 노비에 걸고 벽의 한 지점
을 조준하고 현도를 당겼다. 발사된 화살이 벽에 박혔다.

"이런 위력이면 백 보 이내의 적수는 완전히 사살할 수
있겠는걸."

규가 혼잣말로 중얼거렸다.

"아가씨, 방금 하신 일이 사건 조사와 관련이 있어요?"

소휴가 시기에 맞지 않게 물었다.

"주인을 풍자하는 건 언제 배웠니?" 규는 아직 현을 죄
지 않은 쇠뇌를 소휴에게 조준했다. "조심해. 그렇게 쓸데
없이 입을 놀리다 나한테 죽는다."

"아가씨가 막무가내로 일 처리를 하실 리 없죠. 그렇지
만 지금은 현장을 잘 조사해야 하잖아요. 그렇지 않으면
이따 노신 언니에게 또 맞으실걸요."

"그래, 알았어. 하지만 봐봐. 여기엔 사실 별로 조사할
게 없어." 규가 말했다. "네가 오기 전까지 난 내내 현장
에 있었고, 봐야 할 것은 다 봤거든. 난 그냥 여기에서 차
분하게 생각을 정리하고 싶은 것뿐이야. 그러니까 말 시

키지 마."

소휴는 어쩔 수 없이 크게 고개를 끄덕일 수밖에 없었다.

규는 다시 손에 든 쇠뇌를 만지작거렸다.

정오 무렵 노신이 창고로 돌아와 본채로 가서 식사하라고 규를 불렀다. 그전까지 규는 조사에 성심을 다하지 않았고, 쇠뇌 다음으로 편종에 한참 시간을 썼다. 소휴는 규가 하고 있는 일이 조사와 전혀 관계없다는 걸 알았지만 명령 때문에 말을 할 수 없었다.

"노신의 조사는 진전이 있었어?"

"규의 조사는 진전이 있었어?"

노신이 되물었다. 노신은 들어오자마자 오릉규가 편종을 만지작거리는 걸 봤고, 벽에 박힌 화살도 보았다. 마음에 불만이 가득한데, 질문의 주도권까지 규에게 뺏겨 더 화가 끓었다.

"하나 물어보고 싶어. 여기에 원래 쇠뇌가 몇 개 보관되어 있었어?"

규는 일부러 화제를 돌렸다.

"일곱 개. 다른 일곱 개는 안채 뒤 창고에 보관하고 있어."

"거기에도 창고가 있구나. 점심 먹고 그곳에 데려가서 구경시켜줘. 그리고 종 부인이 그동안 머문 방도 조사할 필요가 있어."

“아버지랑 상의해볼게.” 노신은 잠시 멈췄다 말을 이었다. “그럼 내가 방금 한 질문에 대답해줘. 네 조사는 얼마나 진전이 있어?”

“하나 발견한 게 있어.” 규가 말했다. 하지만 노신은 의심스러운 표정을 드러냈다.

“얘기해 봐.”

“종 부인은 쇠뇌와 화살을 건드리진 않았어. 하지만 편종에는 부인이 건드린 흔적이 있어.”

“네가 발견한 게 그거야?” 노신이 같잖다는 듯이 말했다. “아버지께 여쭤보니, 어제 오후 고모가 아버지께 편종에 관한 일을 물어보셨대. 고모는 이사하고 나서 종이 어디에 보관되어 있는지 몰라서 물어본 거였고. 따라서 고모가 아침에 창고에 오신 건 이 편종을 살펴보러 오신 것임이 대략 확실해. 그런데 고모가 아침에 집을 나설 때 사촌 오빠와 사촌 동생은 방에 있었고, 두 사람은 나중에 같이 협곡 입구로 산책을 나왔다가 강리 언니와 약영 언니를 만났어.”

“또 알아본 소식이 뭐가 있어?”

“고모 몸에서 정말 부싯돌이 발견됐고, 얼마 전 사용한 흔적도 아직 남아 있어. 전시 오빠에게 그 등롱의 내력에 관해서도 물어봤어. 오빠 말론 고모 방에 있는 여러 등 중에서 하나가 없어졌대. 방에 아직 등롱 여섯 개가 남아 있고, 창고에서 발견한 등롱과 모양이 똑같대."

"그게 다야?"

"그게 다야."

"이미 충분해." 규가 말했다. "오후에 조사할 수 있게 다른 창고와 종 부인의 방으로 데려다줘. 새로운 단서를 발견할 수 있을지는 모르겠지만. 지금까지 우리는 살인범, 범행 수법과 범행 동기에 대해 전혀 갈피를 잡지 못했어. 심지어 성립 가능한 가설조차 내지 못했고. 어쨌든 이번 사건은 너무 수상쩍어."

"설마 4년 전에 일어났던 백부님 댁 참사처럼 미해결 사건이 되는 거 아닌가……."

"그러지 않길 바라야지."

오후에 두 사람은 안채 뒤쪽 창고로 갔다.

자기 행동이 '방해'받을까 봐 규는 소휴에게 관가의 장례 준비를 도우라고 했다.

두 사람이 오전에 들어갔던 창고와 달리 이 창고는 지붕이 일반 집보다 훨씬 높고, 대들보가 땅에서 2장약 7미터 정도 떨어져 있었다. 북쪽 벽 지붕에 가까운 부분엔 직경 4촌약 13센티미터 정도의 작은 원형 창이 하나 열려 있었다. 이 창고에는 주로 제사와 일상생활에 사용할 만한 금속 식기와 옥기玉器가 보관되어 있었다. 그밖에 약간의 악기, 칼집에 꽂힌 칼 몇 개, 쇠뇌 일곱 개와 화살 몇 개도 있었다.

식기는 솥, 시루, 기장과 피를 담는 용기, 곡식을 담는 제기, 서직泰稷을 담는 귀가 달린 나무 그릇, 술잔, 주전자, 술을 데우는 데 사용하는 주전자 모양의 청동 그릇, 큰 접시, 술을 담는 그릇이 있었고, 모두 전국시대 양식이었다. 그중 몇몇은 규가 어제 연회에서 본 것이지만, 대부분은 처음 보는 것이었다. 옥으로 만든 것 중엔 해시계, 둥글넓적하며 중앙에 둥근 구멍이 있는 제기, 반쪽 홀笏, 가운데 동그란 구멍이 있는 사각형 옥그릇, 호랑이 모양으로 조각한 옥, 반원형의 옥이 있고, 그중 해시계 종류만 열 가지가 넘었다. 모양과 색깔이 각기 다르고, 어떤 것은 박문강기博聞强記, 심암예학深諳禮學 등 규도 잘 모르는 이름이 붙어 있었다.

"이런 명물들의 명칭과 용법을 다 알아?"

"알 리가 있나." 노신이 개의치 않고 말했다. "그에 관한 학문은 우리 아버지도 통달하지 못하셨는걸. 그 방면에 관한 문제는 약영 언니에게 묻는 게 더 나아. 이 명물들은 원래 백부님 댁에 보관되어 있었으니까 약영 언니는 어릴 때부터 접했을 거고, 백부님께 관련 지식을 많이 들었을 거야. 약영 언니의 정신상태가 괜찮았다면 올해 제사는 언니가 주관해야 하는 거거든."

"제사 준비는 중단됐어?"

"응, 이런 일이 일어난 마당에 뭐. 백부님 댁에 일이 났던 그해에도 제사를 지내지 않았어."

"저쪽에 있는 북은 매번 제사 때마다 사용해?"

규는 창고 한쪽을 가리키며 물었다. 그쪽에 발이 달린 받침에 큰 북을 얹은 건고建鼓가 있었다. 예서禮書에 '하후씨는 북에 발을 달고 은나라는 북을 꿰어 세웠으며 주나라는 북을 매달았다'고 되어 있다. 하나라 때 북은 발이 있는 받침에 똑바로 눕혔고, 은나라 때 북은 옆으로 눕혀서 북틀 양쪽 구멍으로 세워진 기둥이 통과하게 했고, 주나라 때는 북을 틀에 걸었다는 뜻이다. '건고'는 은나라 때 방식과 동일하다. 규 앞에 있는 북이 바로 그런 모양이었다. 나무로 된 긴 기둥이 북 위아래 두 평면을 관통하고 있었다. 하지만 규가 평소 봤던 건고는 대부분 두드리는 면이 두 개밖에 없었는데, 이 북에는 여덟 개가 있었다. 참 불가사의하게도 이 북은 위아래 두 개의 평면이 다 정팔각형이고, 지면과 수직을 이루는 여덟 개 면은 직사각형이었다. 위아래 면은 나무로 되어 있고 기둥이 그곳을 관통하니 당연히 두드릴 수가 없었다. 한 바퀴 돌려 있는 여덟 개 면은 소가죽으로 덮여 있고, 두드리면 소리가 울렸다. 규는 그것이 천신에 제사를 올릴 때 쓰는 '뇌고靁鼓'라는 걸 알았지만, 단지 그 모양에 대해 들어보기만 했을 뿐 직접 본 것은 이번이 처음이었다.

"매번 사용해." 노신이 대답했다.

규는 두 벽에 걸려 있는 몇 가지 현악기도 살폈다. 금, 슬, 쟁筝이었다. 모두 현은 보이지 않았다. 우竽와 생황도 몇 개씩 있었다. 양식으로 보건대 모두 전국시대로부터 전해진 유물이었다.

"이 악기들은 조상이 물려준 거야?"

"맞아. 고모가 장안으로 가져가신 것도 몇 개 있어."

"어떻게 연주하는지 알아?"

"난 현악기만 연주할 수 있어. 왜 그런지 모르지만 관악기는 내 입에선 아무 소리도 안 나. 하지만 강리 언니는 이 악기들 전부 연주할 수 있을 거야. 몇 년 동안 제사 때 음악과 춤은 늘 강리 언니가 맡았고, 언니는 아주 잘 해냈지. 규, 눈치챘니? 우리 집에서 난 완전히 성가신 존재야. 죽은 사람이 고모가 아니라 나였다면……."

"지금은 그런 얘기를 할 때가 아니야. 네가 어떻게 열등감에 빠지게 됐고, 어떻게 아무 쓸모없어졌고, 어떻게 굴욕적인 삶을 살고 있는지 지금은 하나도 관심 없어." 규가 매몰차게 말했다. "그런 얘기는 이번 사건이 완전히 해결된 다음에 다시 해. 그때 가서 내가 한 글자씩 네 말에 반박해주고, 오전에 네가 나에게 했던 것처럼 네 뺨을 갈겨줄게. 하지만 지금은 조사에 전념하는 게 좋아. 종 부인의 영혼이 아직 운몽 산들 사이에서 배회하며 우리의 일거수일투족을 보고 계실 테니까."

"미안해. 규, 나 기운 낼게. 끝까지 조사하면 내게 살인 사건을 수사해 해결하는 재능이 꽤 있다는 걸 발견할지도 모르고, 그러면 더 이상 열등감에 시달릴 필요도 없을 거야."

"네가 이 방면에 특별한 소질이 있다고 생각하진 않지만, 그런 마음가짐은 아주 좋아. 세상에서 할 수 있는 모든 일을 시도해보기 전엔 자신의 재능을 부정할 자격이 없으니까. 과도한 자기비하는 사실 일종의 과대망상이야. 네가 아무 쓸모가 없다고 말할 때, 그 속엔 몸을 던져볼 수 있는 일은 다 해봤다는 의미가 은연중 내포되어 있는 거거든. 그렇게 해보지 않았으면 아직은 네 자신에게 기대를 걸어보도록 해."

"그렇게 격려해줘서 고마워."

"노신도 장점이 있어. 네가 아직 발견하지 못했을 뿐이야." 규가 놀리며 말했다. "적어도 화낼 때 굉장히 귀여워서 널 괴롭히고 더 자극하지 않곤 견딜 수가 없다니까."

"네가 좋으면 됐어. 사실 나도 그다지 신경 쓰지 않아.

강리 언니와 약영 언니 둘이 너무 친해서 언니들이 날 대하는 태도에 거리감을 느끼고 자매 같지가 않거든. 오히려 규가 친자매처럼 날 대해줘. 우리가 친자매라면 규가 나에게 한 짓은 지나친 것도 아니고, 오히려 아주 자연스러운 거지. 이런 관계가 계속 이어졌으면 좋겠어. 어떤 때는 짜증나거나 널 세게 때려주고 싶기도 하지만, 예전에 쓸쓸히 혼자 있을 때보다 훨씬 좋아.”

“노신은 정말 감상적인 아이구나.” 규가 말했다. “이곳 조사는 여기까지 하자. 우리가 잡담을 하기 시작했다는 건 조사할 만한 게 딱히 없다는 뜻이니까. 이제 종 부인이 어젯밤 지내신 방으로 데려가줘.”

“그래.”

두 소녀는 종 부인이 잠시 묵던 거처로 갔다.

종회무는 노신이 부탁한 대로 어머니 짐 속 물건을 하나하나 꺼내 방에 깔린 돗자리에 늘어놓고, 자신은 한쪽에서 기다리고 있었다.

규는 바닥에 가지런히 배열되어 있는 유품을 자세히 살폈다. 외투 여섯 벌, 내의 두 벌, 신발과 나막신, 바닥에 나무를 두 겹으로 덧댄 신발이 각 한 켤레씩 그리고 화장함 하나, 빗, 참빗, 구리거울이 하나씩 있었다. 각종 약품이 담긴 칠함도 있었다. 그 밖에 몇 가지 악기도 있었다. 생

황, 우, 슬은 아까 창고에서 본 것과 양식이 같은 것으로
보아 관씨 가문의 유물인 듯했다.

구멍이 일곱 개인 죽관 악기 지麗가 규의 관심을 끌었
다. 흔치 않은 악기였다. 구멍 수가 고정적이지 않아서 연
주 방법을 익히기가 쉽지 않았다. 규의 주변에는 그것을
어떻게 연주하는지 아는 사람이 없었다. 하지만 악부 관
원의 아내이니만큼 행낭에 지가 담겨 있는 건 그리 드문
일은 아니었다.

"회무 동생, 너무 상심하지 마."

"인사치레는 안 해도 돼요. 오릉 언니, 꼭 범인을 찾아
주세요."

종회무의 목소리는 여전히 모기처럼 작았지만 이제 나
약함은 느껴지지 않았다. 엄청난 변고와 슬픔에 강해질
수밖에 없었다.

"그럼 좀 물어볼게. 이 일곱 구멍 지를 연주할 줄 아니?"
규가 관과의 유물을 가리키며 물었다.

"아주 능숙하진 않지만 평범한 곡은 그럭저럭 연주할
수 있어요."

"어머니가 가르쳐주셨어?"

"네. 그 지는 원래 어머니가 관가에서 장안으로 가지고
가신 거예요."

그렇다면 이번엔 물건을 원래 주인에게 돌려주기 위해 가져온 것이 분명하다고 규는 생각했지만 입 밖으로 꺼내지는 않았다.

"참, 어젯밤 종 부인께서 특별히 행낭에서 꺼내신 물건이 있니?"

"어젯밤예요? 화장용품은 원래부터 바깥에 있었고, 악기를 담는 주머니는 한번도 열지 않았어요. 옷은……." 종회무는 잠시 망설이다 계속 말했다. "저것밖에 없어요."

종회무는 말하면서 화려한 규포^{袿袍, 한나라 때의 고급 여성 옷}를 가리켰다. 위는 청색, 아래는 흰색으로 새로 만든 것 같았다.

"이 옷은 못 보던 것인가?"

"장안에서 출발하기 직전에 만든 거라 어머니께서 입으신 모습을 보지 못했어요."

규는 그것이 제사 때 사용하는 예복이 아닐까 짐작했다.

"참, 내일 소렴에 쓸 것들은 준비했어?"

"그런 건 다 오빠가 처리하고 있고, 강리 언니도 돕고 있어요. 오빠는 제가 걱정되는지 아무것에도 끼어들지 못하게 해요. 하지만 저는 너무 미안한 마음이 들어요. 언니들 조사가 끝나면 정리하고 본채에 가서 장례 준비를 도우려고요."

"난 조사 다 했어. 노신이 이의가 없다면 우리 같이 가자."

"이의가 있을 리 있나."

"그러면 정리할 테니 잠시만 기다려주세요."

종회무는 말하면서 어머니 유품을 정리하기 시작했다. 노신도 서둘러 도왔다. 규는 자신이 나서는 게 맞는지 판단이 서지 않아 한쪽에서 기다렸다.

모든 유품을 원래 자리로 돌려놓고 세 사람은 본채로 향했다.

소녀들은 한밤중까지 바쁘게 움직였다. 여러 준비 작업 가운데, 예학에 정통한 규는 시종일관 의견을 내지 않았다. 초나라 지역의 예의는 한나라 지역의 예의와 다른 점이 많아서 자신이 배운 고대 예법을 관가에 강요할 수 없음을 잘 알고 있었다.

그날 밤, 규와 노신은 동물 기름에 담근 천을 감아 만든 횃불을 본채 앞 정원에 두었다. 덕분에 정원에 비릿한 기름 냄새가 가득했다. 규는 횃불을 가득 꽂은 정원을 묘사한 《시경》 내용이 떠올랐다.

밤이 얼마나 되었을까? 밤은 아직 끝나지 않았고, 대궐 뜰 화톳불은 밝기만 하다. 제후대신이 곧 이르려나, 수레 방울소리 뎅그렁거리네.

밤이 얼마나 되었을까? 밤은 아직 다하지 않았고, 대궐 뜰 화톳불은 환하다. 제후대신이 곧 이르려나, 수레 방울소리 짤랑거리네. 밤이 얼마나 되었을까? 밤이 새벽을 향해도, 대궐 뜰 화톳불은 여전히 밝다. 제후대신이 곧 이르려나, 그들의 깃발이 보이는구나.

이것은 주나라 선왕宣王 때 제후가 이른 아침 천자를 알현하는 모습을 묘사한 시라고 한다. 하지만 오늘 광경에 놓으면 느낌이 사뭇 달랐다. 지금 정원의 빛은 누군가 오는 이를 안내할 수 없었고, 관과의 귀로만 비출 수 있을 따름이었다. '귀鬼란 돌아간다는 말이다鬼之爲言歸也'라고 했지. '지금 관과는 마지막 여정을 가고 있고, 인간세상을 돌아본다면 제일 먼저 보이는 것이 바로 이 뜰에 가득한 횃불일 거야.' 규는 이렇게 생각하며 자신과 노신의 노력이 전혀 헛수고는 아닐 거라 여겼다. 모든 노력은 결국 아무 성과 없이 헛일로 끝날 테지만.

두 사람은 정원에서 백지수를 만났다.

"선생님, 아직 안 주무셨어요?"

규는 어떤 말을 해야 할지 몰라 의례적인 인사를 건넸다.

"오릉 군이 살인사건을 조사 중이라던데, 내가 도울 것이 있으면 뭐든지 얘기해. 나는 관과와 오랫동안 알고 지낸 터라 이런 변고는 받아들이기가 힘드네."

"저와 노신이 최선을 다해 진상을 밝힐 터이니 선생님께 선 마음 쓰지 마세요."

"그러면 제일 좋지. 난 돌아갈 준비를 하려고. 사람이 나이가 드니 쉽게 피곤해지네. 오릉 군도 일찍 쉬렴."

백지수와 규는 반대 방향에서 지냈다. 노신과 규도 백지수에게 인사를 하고 돌아가는 길로 발걸음을 옮겼다. 열 몇 걸음 걸었을까, 규의 마음에 불안한 마음이 솟구쳤다. 예감은 아니었지만 불쾌했다.

규는 몸을 돌려 백지수가 점점 멀어지고 있는 방향을 주시했다. 백지수의 모습은 이미 어둠 속에 사라진 뒤였다.

이날 밤도 노신은 규의 침실에서 잤다. 피곤했던 터라 두 사람 모두 금세 잠이 들었고, 얘기도 하지 않았다. 깊이 잠든 후 노신은 꿈에서 낮에 본 비참한 장면을 보고, 꿈속에서 규를 껴안았다. 다음 날 아침 관가는 본채에서 관과의 소렴 의식을 거행할 예정이어서 규는 의식에 늦지 않도록 소휴에게 자기와 노신을 일찍 깨워달라고 당부했다. 여러 해 동안 소휴는 날이 밝기 전에 깨는 습관을 길러왔기에 주인을 깨우는 임무는 얼마든지 완수할 수 있었다. 옆 사람이 보기엔 소휴의 현실이 비참했지만 소휴 본인은 깊이 잠드는 것보다 깨어 있는 시간을 더 좋아했다.

밤이 깊어지자 먹구름이 점점 하늘을 뒤덮었다.

4

소렴 의식은 본채에서 진행됐다.

사람들은 시신을 싸는 수의와 침구를 동쪽 방에 두고, 방 밑에는 포와 육장肉獎, 맛 좋은 술을 두었다. 그리고 모두 특별 제작한 공포功布로 덮어두었다. 의식 후 가족들이 갈아입을 상복은 계단 동쪽에 두었다. 안방 문밖에는 솥이 하나 놓여 있었고, 솥에서 돼지고기를 삶고 있었다. 이어서 관강리와 약영이 안방 바닥에 골풀 돗자리 위로 대나무 돗자리를 펼쳐 두 겹으로 깔고, 수의와 침구를 순서대로 펴놓았다. 관무일과 종전시는 관과의 시신을 포개진 옷 위로 옮기고, 수의와 침구를 하나하나 싸맸다. 제일 바깥은 검은색 이불이었다. 마지막엔 가족들이 각자 상복으로 갈아입었다.

소렴이 시작된 후 규는 안방에서 진행되는 의식에 참여하지 않고 대청에 있었고, 소휴는 관가 하인들과 함께 대청 밖에서 기다렸다. 이상하게도 관과와 친분이 두터운 백지수는 나타나지 않았다. 의식이 시작되기 전과 끝난 후, 관무일이 하인을 시켜 부르러 가게 했지만 백지수는 자기 방에 없었다.

나중에 한 하인이 아침에 백지수를 본 것을 기억하고,

그가 날이 밝기 전에 남쪽으로 갔다고 했다. 관가가 있는 골짜기에서 북쪽으로 가면 산에서 도시로 나가는 길이 있었다. 남쪽으로는 더 깊은 산속으로 가는 길밖에 없었다.

"백 선생님은 톱풀을 뜯으러 가셨겠지." 상복을 입은 관무일이 말했다. "어젯밤에 선생님께 과의 장례 날짜를 정하기 위해 점괘를 봐달라고 부탁드렸거든."

톱풀은 점을 볼 때 쓰는 가장 흔한 도구였다. 한 번에 오십 뿌리 정도를 사용해야 해서 백지수는 산으로 캐러 간 것이었다. 톱풀은 흔하고 쉽게 얻을 수 있는 풀이었다. 오십 뿌리 캐는 데 그리 오래 시간이 걸리지 않을 터였다. '설마 백 선생님도 무슨 사고를 당한 걸까?'

어젯밤 백지수와 작별인사를 할 때 규의 마음에 솟구쳤던 불안감이 다시 엄습했다.

"백 선생님이 날이 밝기도 전에 입산하신 것은 소렴 의식에 참여할 계획이었다는 뜻입니다. 선생님이 무슨 사고를 당하신 건 아닌지 걱정입니다." 규가 관무일에게 자신의 생각을 밝혔다.

"노신, 네가 오릉 군에게 길을 안내해 주거라."

관무일이 명령했고, 노신은 당연히 그러겠다고 했다.

"나도 같이 갈게." 종전시가 제안했다. "정말 무슨 일이 일어났다면 여자아이 둘이선 대응할 수 없을 거야.”

“그게 좋겠어요. 저도 저랑 노신만 같이 가면 일이 지체 될 것 같아요. 정말 죄송해요. 얼마 전 이렇게 불행한 일을 겪었는데…….”

“난 전에 백 선생님께 《시》를 배웠어. ‘스승 대하기를 아 버지 대하듯 하라’ 했는데, 이런 때 내가 어찌 수수방관하 겠어? 하지만 이쪽 지형은 나도 잘 모르니 노신에게 안내 를 부탁할게.”

그리하여 규는 소휴에게 관가 하인들을 도와 뒤처리를 하라 시키고 자신은 관노신, 종전시와 남쪽으로 출발했다.

늦봄은 위험한 계절이다. 산속에 독충과 맹수가 득실거 린다. 다행히 이날은 날씨가 좋지 않고 먹구름이 해를 가 려, 새와 짐승은 폭우가 쏟아질 것을 알고 잠복해 나타나 지 않았다. 규가 듣기로 남산의 흑표범은 7일 연속 안개가 끼고 비가 오는 날씨를 만나면 산에서 내려가지 않고도 먹 이를 찾을 수 있다고 했다. 그래서 규는 흐리고 비 내리는 날 산길을 가는 것이 상대적으로 안전하다고 생각했다.

하지만 노신은 그렇게 생각하지 않았다. 산에 빗물이 차면 치명적인 홍수가 될 수 있다는 사실을 알았다.

“백 선생님은 《시》뿐 아니라 점술도 연구하셨구나.” 노 신이 말했다. “난 《주역》을 연구한 경학자만 점술을 아는 줄 알고 있었어.”

“오경은 연결되어 있어서 일부 경전을 연구하려면 다른 경전까지 두루 읽어야 해. 이미 작고한 《시》학의 종사 한영韓嬰은 《역》을 깊이 연구했고, 《한씨역전韓氏易傳》도 남겼어. 물론 그건 ‘한시’ 일파의 학설이고 백 선생님이 공부한 건 ‘제시’이지만. ‘제시’에도 독특한 점술법이 있고 ‘오제육정五際六情’으로 요약할 수 있어.”

경학 문제가 나오자 규는 흥분했다.

“오릉 군은 그런 학설까지 아는구나.” 종전시가 놀라며 말했다. “백 선생님께 듣기론 점술법은 선생님 학파 내부에서도 널리 전해지지 않아, 선생님 본인도 원리를 아주 잘 아시는 편은 아니라고 하셨어.”

“사실 백 선생님께 말씀드리지 않은 게 있는데, 저는 하후夏侯 선생님께도 《시》를 배웠어요, 아직 졸업하지는 못했지만…….”

“‘오제육정’이 뭐야?”

노신은 규가 말한 ‘하후 선생’이 누군지 몰랐고, 그분을 스승으로 모신다는 게 어떤 의미인지도 몰라서 자신이 더 관심 많은 점술법으로 화제를 돌렸다.

“그건 설명하기가 복잡해. ‘오제’는 십이지 중 다섯 개 묘卯, 유酉, 오午, 술戌, 해亥를 뜻해. 이 오지지가 있는 해를 만나면, 즉 '양과 음의 끝과 시작이 만나는 해'에는 큰 정치적 혼란이 일어나. 또 '묘와 유 사이에 정치가 개혁되고, 오와 해 사이에 혁명이 일어난다'고 해. 신해년처럼 오와 해, 두 지지가 들어 있는 해를 만나면 특별히 주의해야 해. 이때 왕조가 교체되는 혁명이 일어날 수 있거든."

"그럼 '육정'은?"

"'오제'가 해에 관한 것인 반면 '육정'은 구체적인 날짜와 관계가 더 있어. '육정'이란 북, 동, 남, 서, 상, 하 여섯 방위에 대응하는 감정이야. 여섯 방위는 또한 십이율十二律*에 대응하고……."

"됐다. 규야, 그만 얘기해도 되겠어. 너무 장황한 학설이라 내 이해능력을 좀 벗어난다."

"이건 점을 치는 사람에게 너무 높은 수준이 요구되는 방법이라서 박식한 경학자만 습득할 수 있어. 게다가 군사와 국정에 관한 대사를 다루고 있어서 할 줄 아는 사람이 적을수록 좋고. 서민이나 여자가 어떤 때 큰 정치 변고가 생길 것을 점칠 줄 안다한들 어디에 쓰겠어? 그래서 '제시'의 점술법은 권력을 장악한 사람을 위해 존재할 수밖에 없는 운명이지, 우리에겐 실용적인 가치가 없어. 노신

★ 동양의 12음계로 양인 육률六律과 음인 육려六呂로 구성된다.

이 점을 치려거든 시장에 가서 점쟁이를 찾아 초나라 지역의 적당한 《일서日書》를 하나 사. 그게 가장 효과적이고 효율 높은 방법이야."

'규도 참 어지간하네, 이 깊은 산속에서 내가 어딜 가서 무슨 점쟁이를 찾나?' 노신은 속으로 구시렁거리기만 하고 입 밖으로 말하지는 않았다.

"그런데 난 점 같은 건 가능한 쓰지 않는 게 좋다고 생각해. '점으로 의문을 해결하려고' 항상 점에 의지하는 건 네가 결단력이 부족한 사람이라는 뜻이거든. 나는 오행가, 풍수가, 점술가, 방술가, 역술가, 천일가天一家,* 태일가太一家의 점술법에도 조금 정통하고 《주역》의 점치는 방법도 배웠지만 거의 점을 치지 않아. 내가 결정한 일은 길흉을 막론하고 반드시 실행해야 하고, 언제 시작하고 언제 끝날지 다 내 마음에 달려 있거든. 그래서 여러 점술법은 나에겐 아무 의미가 없어."

"그럼 규는 왜 그런 걸 배워?"

❀ 《사기·일자열전日者列傳》 원문에는 '천인가天人家'라고 되어 있다. 청나라 유학자 전대흔錢大昕의 《십가재양신록十駕齋養新錄》 권17 '천일가' 항목에서 '천일가가 《한·예문지漢·藝文志》에서 보이지 않는 것은 '천일'이 잘못되었기 때문이라 생각한다. 《한지漢志》 오행 31가, '천일天一'이 아마 그 하나인 것 같다. 또한 마왕퇴 한묘 출토 유물 중 비단에 쓴 백서帛書 《식법·천일式法·天一》도 있었다. 따라서 '천인'은 '천일'의 잘못인 것이 확실하며 '천일가'로 고쳐야 한다는 것을 알 수 있다.

"늘 망설이며 결단을 내리지 못하는 사람들을 도와주려고. 다른 사람에게 내 조언을 믿으라고 강요할 순 없지만, 점술법의 힘을 빌리면 그들을 설득할 수 있거든."

"규는 실제로는 하나도 안 믿고?"

"자신의 판단보다 더 믿을 만한 건 없어. 내게 필요한 건 다른 사람이 내 방법을 믿게 하는 것뿐이고, 그런 때 각종 점술법이 유용해."

"그렇게 과도하게 팽창된 규의 자신감이 언제까지 유지될지 모르겠지만, 네가 하루 빨리 자신의 미약함을 깨닫길 바란다. 난 너에 비해 더 보잘 것 없지만, 네가 언젠가는 무참히 떨어질 것을 예견하겠어……."

"'무참히 떨어진다'는 말이 나왔으니 말인데, 노신네 가족이 사는 곳은 골짜기인데 멀리 오지 않았는데도 깊이를 알 수 없는 계곡이 보이네. 이게 어떻게 된 거야?"

"언덕과 골짜기는 상대적인 말일 뿐이지."

"봐봐, 저쪽에 톱풀이 있어. 백 선생님이 점술용으로 뜯기에 아주 충분해. 선생님은 더 먼 곳으로 가지는 않으셨을 거야. 그래서 내 생각에 선생님은 계곡에 떨어지신 게 아닐까 해."

"노신, 계곡 밑으로 돌아갈 수 있는 길이 있니?"

종전시가 물었다. 규는 낭떠러지 쪽으로 가서 아래를

내려다보았다.

"있긴 한데 시간이 좀 걸려요."

"어서 와봐!" 규가 낭떠러지 쪽 흙을 가리키며 놀라 소리쳤다. "이거 혹시……."

노신과 종전시는 서둘러 다가갔다. 황갈색 땅에 깊은 자국이 있었고, 누군가 땅을 밟느라 여러 번 치대서 생긴 것 같았다.

"참, 백 선생님께 이런 습관이 있어. 누군가와 대화할 때 무의식적으로 쉴 새 없이 발을 땅에 치대." 종전시가 말했다. "하지만 이런 곳에서 누굴 만나셨을 리 없을 텐데?"

"꼭 그렇지는 않죠. 어쩌면 오늘 아침 누군가 선생님 뒤를 따라왔을지도 모르고요." 규가 불안하게 말했다. "계곡에 안개가 너무 짙어서 아무것도 안 보여. 만일에 대비해 내려가서 살펴보자. 노신, 길을 안내해줘."

"정말 가려고?"

노신은 그렇게 말했지만 발은 이미 움직이고 있었다. 규와 종전시가 그 뒤를 바짝 따랐다.

계속 밑으로 가는 길은 한 사람만 지나갈 수 있었다. 오른쪽으로 한 걸음 떼면 절벽이고, 왼쪽으로 한 걸음 떼면 심연이었다. 세 사람은 산에서 늘어진 왕모람을 잡고 조심조심 앞으로 나아갔다.

규는 이따금 고개를 들고 절벽에 잘려져 반만 남은 하늘을 바라봤다.

만약 이때 큰 돌이 위에서 굴러 떨어지면 두 사람 사이에 낀 자신은 몸을 피할 여지가 전혀 없었다.

'백 선생님이 정말 계곡으로 떨어졌다면 우리는 어떻게 선생님을 관가까지 모시고 가지?' 이런 생각을 하자 규는 더 초조해졌고, 하마터면 미끄러져 넘어질 뻔했다. 규는 차라리 이번 원정에서 성과 없이 돌아가길, 백 선생님이 그냥 산에서 방향을 잃은 것이길 바랐다. 그러나 불길한 예감이 먹구름처럼 규의 마음을 짓눌렀다.

한편 노신은 오로지 제발 비가 내리지 않길 기도했다. 이런 때 비가 내리는 게 어떤 의미인지 노신은 잘 알았다. 그렇게 되면 돌에 발을 붙일 수 없게 되고, 지금 그들이 잡고 있는 왕모람도 축축하고 미끄러워 꽉 잡을 수 없게 된다.

중간쯤 왔을 때, 제일 앞에 가던 노신이 휴식을 요청했고 다른 두 사람도 동의했다. 사실 피로함을 느낀 건 몸이 아니라 내내 팽팽하게 곤두서 있던 신경이었다. 세 사람은 절벽에 등을 기대고 심연을 마주한 채 한 마디도 하지 않았다. 노신은 숨소리가 거칠고 묵직해졌다. 관기의가 죽은 후 노신은 산에서 이렇게 먼 거리를 걸어본 적이 없었다. 노신은 속으로 노정을 헤아렸다. 산 위에서 계곡 밑까지 한 번 왕복하려면 약 8리 길로, 조금 천천히 걸으면 한나절은 걸릴 듯했다. 어쩌면 그들은 점심시간 전에 돌아가지 못할 수도 있었다.

까마귀 한 마리가 산골짜기 사이에서 사방을 선회하는 것을 본 후, 세 사람은 계속 앞으로 갔다. 전보다 걷는 속도가 훨씬 느려졌고, 산길도 좁고 험준해졌다. 마침내 계곡 밑에 도착하자 노신은 지쳐서 규에게 기대 쓰러졌지만, 규는 노신을 종전시에게 떠맡기고 자신은 백지수가 떨어졌을 법한 위치로 달려갔다.

규는 시신으로 변한 백지수를 보았다.

규의 비명소리를 듣고 노신과 종전시가 곁으로 달려왔다.

백지수는 바닥에 엎어져 있었고, 머리 근처에 약간의 핏자국이 있었다. 피를 많이 흘리지는 않았지만 내장은 이미 부서졌을 듯했다. 규는 백지수 곁으로 다가가 맥박을 짚었지만 맥박이 잡히지 않자 노신과 종전시를 향해 고개를 절레절레 흔들었다. 종전시는 백지수의 시신에 엎어져 아무 말도 하지 않고 눈물도 흘리지 않았고, 잠시 후 시신을 옮기려고 했다.

바로 그때 세 사람은 원래 백지수의 오른손에 가려져 있던 피로 쓴 글자를 동시에 발견했다. 백지수가 살아 있는 사람에게 마지막으로 남긴 정보가 분명했다.

"자금子衿……."

규는 바닥에 피로 쓰인 글자를 읽었다.

노신은 그제 밤 강리 방에서도 이 두 글자를 봤던 것이 기억났고, 그건 강리가 종전시에게 쓴 답장일 가능성이 높았다. 하지만 강리와 약속을 했기에 노신은 종전시에게 묻지 않았다. 노신은 직감적으로 두 일이 관계가 없을 거라고 생각했다.

'그런데 정말 그럴까?' 노신은 고민하면서 초조하게 시선을 규에게 돌렸다. 규는 그 뜻을 알아채고 노신 곁으로 왔다.

"너도 그제 본 목판이 마음에 걸리는구나?" 규가 노신의 귀에 대고 작게 말했다. "아무래도 돌아간 후 기회를 봐서 강리 언니에게 물어보는 게 좋겠어."

노신이 고개를 끄덕여 동의를 표했다.

"정말 미안해요. 지금 백 선생님의 시신을 관가로 옮길 수 있는 건 오빠뿐이네요."

규가 종전시에게 말하며 몸을 굽혀 종전시를 도와 시신을 부축했다. 노신도 다가갔다. 두 소녀의 도움을 받아 종전시는 죽은 백지수를 짊어졌다.

바로 그때 하늘에서 빗물이 떨어졌다.

‘정말 돌아갈 수 있을까?’ 노신은 이렇게 생각하며 발을 뗐다. 고개를 들어 바라보았지만 절벽만 보였다. 어쩌면 앞으로 자신이 태어난 이래 걸어본 가장 험악한 여정이 펼쳐질 수도 있었다. 종전시도 자신의 체력에 자신이 없어서 시신을 업고 종착지까지 갈 수 있을지 확신이 서지 않았다.

한편 규는 ‘자금’이란 두 글자의 의미를 여전히 생각하며, 백지수가 마지막 피해자가 아니고 살인사건이 계속 일어나는 게 아닐까 하는 걱정이 들었다.

5

드디어 목적지에 도착한 세 사람은 점심식사를 하지 못했을 뿐더러 밥을 먹을 기력도 전혀 없었다. 종전시는 백지수의 시신을 관무일에게 건넨 후 체력이 달려 쓰러졌다. 관무일의 아내 도씨는 흠뻑 젖은 옷을 갈아입고 푹 쉬라고 규와 노신을 돌려보내고, 잠시 기절한 종전시는 자신이 돌보겠다고 했다.

그때 약영은 종회무를 데리고 본채를 떠나 자기 방으로 간 뒤였다. 강리는 이들과 함께 돌아가지 않고, 남아서 세 사람이 오는 걸 기다리겠다고 고집을 피웠다.

강리는 세 사람이 오는 걸 보고 너무 기뻐 눈물을 흘렸고, 한편 백지수의 죽음에 통곡하기 시작했다.

소휴는 그전까지 부엌에 머물며 문 앞에서 정원을 바라보면서 주인이 돌아오길 기다렸다. 세 사람이 걸어오는 것을 보고 부엌에서 튀어나와 빗속에 서서 규에게 다가가지도 않고 말 한 마디 하지 않았다. 규는 익숙한 걸음 소리를 듣고 소휴 쪽으로 고개를 돌려 차갑게 소휴를 힐끗 보고는 본채로 들어갔다. 소휴는 그 후 주인이 방으로 돌아가 옷을 갈아입을 것을 알고, 규와 노신이 본채에서 나올 때까지 계속 그곳에 서 있었다.

도씨의 권유로 규와 노신은 일어나 방으로 돌아갔다. 소휴는 묵묵히 주인의 뒤를 따랐다. 강리는 계속 본채에 남아 도씨와 함께 종전시의 곁을 지켰다.

"살아서 돌아와 다행이다." 노신은 빗속에서 감상에 젖어 말했다.

"응, 정말 그러네." 규는 시선을 소휴에게 돌리고 성내며 말했다. "넌 내가 죽길 바란 거 아니야?"

"어떻게 그런……."

"주인이 밖에 나가 산길을 걷고 비를 맞으며 살았는지 죽었는지 모르는데, 넌 편안하게 집에서 구경이나 하고 있었잖아."

"죄송합니다, 잘못했습니다……."

이미 체력이 거의 바닥난 규는 남은 기력을 다해 팔을 휘둘렀다. 손등이 소휴의 얼굴에 맞아 소휴가 바닥에 엎어졌다. 소휴의 소박한 홑옷이 진흙탕에 빠졌고, 자갈이 옷을 찢으며 몸으로 들어갔다. 소휴는 바로 일어나는 대신 꼼짝하지 않고 진흙탕에 엎어져 있었다. 주인의 명령을 기다리는 것 같았다.

"일어나!"

마침내 규가 명령하자 소휴가 즉시 일어났다.

규는 이번엔 소휴의 머리카락을 잡고 힘껏 공중에 반원형을 그려 소휴를 2척^{약 1미터} 밖으로 던졌다. 소휴는 진흙탕에 온몸이 빠진 채 잠잠히 주인의 다음 명령을 기다렸다. 규는 더 이상 아무 말 없이 천천히 소휴 곁으로 갔다.

소휴가 고개를 옆으로 돌려 주인을 보려고 하는 찰나, 규가 발을 들어 진흙투성이인 나막신 바닥으로 소휴의 얼굴을 밟았다. 먼저 발끝으로 소휴의 태양혈 근처를 누른 다음, 발 전체로 밟았다. 나막신 바닥이 계속 소휴의 귀를 덮고 있었다.

노신은 규를 붙잡고 소휴의 몸에서 떼어놓으려 했지만 도무지 그럴 체력이 되지 않았다. 한참 애쓰다가 손을 놓고 규 앞으로 돌아가서 온몸의 힘을 끌어모아 규의 광대뼈에 주먹을 날렸다. 규는 몇 걸음 뒤로 물러나 노신을 매섭게 쏘아봤다.

"오릉규, 네가 이렇게 잔인한 사람인지 몰랐어."

규는 노신을 무시하고 등진 채 소휴를 혼내기 시작했다.

"소휴, 보아하니 너의 '노신 언니'가 널 많이 좋아하는구나. 잘됐네, 내 널 노신에게 주면 되겠다. 앞으로 우리 사이는 더 이상 주종 관계가 아니니, 넌 '노신 언니'만 잘 모시면 돼. 그걸로 모자랄 것 같으면 이 기회에 날 죽여도 되고. 이미 두 사람이 살해당했으니, 내가 죽으면 다들 날 연쇄 살인사건의 세 번째 피해자로 간주하고 널 조금도 의심하지 않을 테지. 내가 전에 너에게 잔인했지, 아니다, 지금도 널 학대하고 있으니 내게 쌓인 불만과 원망이 많을 거야. 이 기회에 제대로 복수해. 날 죽이면 넌 영원히 벗어나는 거야. 아주 좋지 않아?"

"제가 어떻게 아가씨께 원한을 품겠어요?" 소휴가 진흙탕에서 울며 외쳤다. "저는 제 일생을 아가씨께 바쳤어요. 아가씨를 부정하는 건 제 자신을 부정하는 것이지요. 아가씨를 만나지 않았으면 제 인생은 긴 밤처럼 매일 한 곳에 박혀 똑같은 일이나 하면서 죽을 때까지 하나도 바뀌지 않았을 거예요. 그런 건 인간의 생활이 아니라 그릇, 도구나 마찬가지지요. 아가씨를 만난 후 아가씨를 따라 여행을 하고, 아가씨가 시키신 대로 기예를 배우고, 아가씨가 말씀해주시는 이런저런 견문도 들었지요. 그 덕분에 저는 인간이 되었어요. 비참하고 자유가 없는 인간이긴 하지만, 그릇, 도구 노릇이나 하던 그전 생활보다 훨씬 나아요! 하늘도 인간에게 참 잔인하잖아요. 해마다 재난을 내려주고. 그래도 사람은 하늘을 존경해 하늘에 대한 제사를 멈추지 않아요. 왜 그럴까요? 사람은 하늘이 만들었고, 조물주는 원래부터 자신이 창조한 것을 마음대로 지배하고 처분할 수 있는 권리가 있으니까요. 저는 아가씨를 만나 겨우 인간이 되었으니 아가씨가 저를 만드신 거예요. 아니죠, 저에겐 아가씨가 신이에요. 그래서 저에게 어떻게 하셔도 저는 복종할 겁니다. 죽으라 하시면 당장 아가씨 앞에서 죽을게요. 절 때리고 싶으시면 채찍을 가져다 드릴게요. 왜냐하면 저는 아가씨가 만드셨으니까……."

"그만."

규는 노신을 밀치고 소휴에게 달려가 소휴의 몸을 돌려 소휴의 얼굴을 자기 정면에 두고, 계속해서 소휴의 따귀를 때렸다. 소휴는 생기 없는 두 눈을 계속 부릅뜨고 있었다.

"그런 이단 사설을 누가 가르쳐줬어? 부모가 자식을

키우면 마음대로 자식의 행복을 빼앗고 학대하고 살해해도 되는 거야? 군주가 무도하게 사람을 죽이면 신하는 목을 깨끗이 씻고 죽음을 기다려야 하는 거야? 넌 왜 불공평한 일들을 편하게 받아들이는 거니? 내가 너한테 잘못하는데 왜 한 마디 원망도 안 해?"

"그런 대우가 불공평하고 불합리하다고 말하길 아가씨께서 원하시면, 아가씨께서 좋아하시는 방식으로 대답할게요."

"네 꼴을 보니 인간이 되긴 글렀어!" 규는 온통 더러워진 소휴의 옷깃을 잡고 화내며 꾸짖었다. "널 바른 길로 인도하지 않고, 사람의 본분이 대체 뭔지 가르쳐주지 않은 것이 정말 후회된다. 지금 네 꼴은 그릇과 다를 게 없어. 넌 아마 영원히 인간이 되지 못할 거야……."

순간 노신은 규가 자신을 놀리고 경박하게 굴었던 행동이 사실은 우정에서 나온 게 아니라 천성적인 잔인함과 매몰참에서 나온 것임을 깨달았다. 모든 것은 자신, 늘 최대의 선의로 타인을 가늠하는 관노신의 오판이었고, 주관적인 해석이었다. 자신은 결코 누군가와 진정한 우정을 맺을 수 없을 것이라고, 예전에도 그랬고 앞으로도 그럴 것이라고 생각했다.

이런 생각이 들자 노신은 마음속에서 규에 대한 증오

가 솟구쳤다.

규가 자신을 배반했다기보다는 현실이 노신의 기대를 저버렸다고 하는 편이 나았다.

너무 오랜 세월을 적적하게 지낸 터라 무한대로 팽창되었던 규에 대한 노신의 기대치는 산산조각 나며 적의로 돌변했다. 친근감과 의존감이 증오로 바뀐 건 순간적인 일에 지나지 않았지만, 노신은 자신이 통제력을 잃고 있음을 조금씩 깨달았다.

"오릉규." 노신은 규의 뒤에서 차갑게 말했다. "내가 보기에 너야말로 영원히 인간이 될 수 없어. 넌 글을 아는 금수에 불과해. 넌 인간의 감정을 눈곱만큼도 이해하지 못하고, 다른 사람의 고통을 이해할 수 없어. '아픔痛'에 대한 네 이해는 글자에 머물러 있어. 넌 '아픔'이란 글자의 각종 서체를 알고 고서에서의 용례도 잘 알겠지만, 그 단어에 담긴 뜻은 영원히 깨닫지 못할 거야. 사람과 관련된 다른 여러 단어도 깨달을 수 없을 테고. 네가 할 수 있는 거라곤 문장 차원에서 그 단어들을 분석하고 각종 책의 내용을 인용해 설명하는 것에 불과해. 하지만 너에게선 그 단어들의 실체를 전혀 볼 수 없어. 너에게 '측은지심'이 뭐냐고 물어보면 사흘 밤낮을 얘기할 수 있겠지만, 네 느낌은 절대 한 마디도 말하지 못할 거야. 넌 마음이란 게 없으니까. 넌 옛날 사람의 글을 응용하고 다른 사람의 말을 반복하기만 하면서 빈약하고 어두운 개념의 세상에서 살고 있어. 앵무새, 성성이오랑우탄와 차이가 없지. 넌 갖가지 학설을 비축하고 있지만, 그 학설들은 네게선 아무런 구실도 못 해. 지극히 정상이지. 그런 학설들은 배우라고 있는 것인데, 넌 그것들을 실천할 자격 자체가 없으니까! 전에는 널 잘못 봤고, 이제는 제대로 보여……."

노신의 말이 끝나기 전에 규는 이미 두 손을 놓고 일어나 혼자 거처로 향했다.

"소휴, 사실 계속 기회를 봐서 널 보내려고 했어. 내가 널 너무 의지하고 너도 날 너무 의지한다는 걸 깨달았거든. 이렇게 가는 건 좋지 않아. 난 홀로 인생을 살아야 하고, 네가 보통사람이 될 수 있었으면 좋겠어. 그러니 오늘이 좋은 기회인 것 같아. 우리 계약은 해지되었으니 넌 이제부터 내 몸종이 아니야. 넌 네 미래를 선택할 수 있고 이제 '계속 오릉규를 따라다닌다'는 선택사항은 없어. 없다고. 약간의 재물과 옷을 줄게. 네가 받아 마땅한 거야. 그동안 네가 많이 애썼고, 내가 확실히 좀 지나쳤어. 앞으로 다시는 널 만나고 싶지 않아. 내가 볼 수 없는 곳에서 네가 행복하게 지내길 바란다. 노신은 좋은 사람이니 앞으로 일을 노신과 의논해도 될 거야. 절대 널 해치진 않을 거야. 하지만 노신은 멍청이라서 노신의 말을 듣는다고 꼭 도움만 되진 않을 거야." 규는 두 사람을 등지고 말했다. "난 최대한 빨리 이곳을 떠날 거야. 말을 탈 수도 있고 수레를 모는 법도 아니까, 길을 잃어도 몇 바퀴 돌다보면 방향을 찾을 수 있겠지. 그러니 걱정하지 마. 잘 있어, 노신."

규의 모습이 두 사람의 시야에서 사라졌다.

노신은 소휴를 부축하며 위로했다. 정작 소휴는 쓴웃음을 지으며 고개를 흔들었다.

"어떡하죠? 노신 언니, 저 주인에게 버림받은 것 같아요."

"예전에도 이런 일이 있었니?"

"매질은 자주 있었지만 아가씨가 절 내치신 건 이번이 처음이에요. 용서받을 수 있을지 모르겠어요……."

"소휴는 아무것도 잘못한 게 없으니 저런 인간에게 '용서'를 구할 필요 없어!"

"노신 언니는 잘 모르실 거예요." 소휴가 말했다. "죄송해요. 저로 인해 아가씨와의 우정이 깨졌네요."

"나랑 걔는 원래부터 우정이랄 게 없었어. 자, 내 방에 가서 앉자. 옷도 갈아입고. 내 옷이 너에게 맞을지 모르겠다만."

"아니에요, 저는 제가 가야 할 곳으로 가서 해야 할 일을 해야지요. 노신 언니, 나중에 뵈어요."

소휴는 말을 마치고 규의 거처 쪽으로 뛰어갔다.

"소휴……."

노신이 연거푸 몇 번 불렀지만 소휴는 한 번도 돌아보지 않았다. 노신은 소휴를 쫓아갈 힘이 전혀 없었다. 어쩔 수 없이 혼자 자기 방으로 갈 수밖에 없었다.

본채를 지나가는데 도씨가 노신을 불러서 왜 진흙투성이로 돌아왔냐고 물었다. 노신은 억울함에 엄마 품으로 뛰어들어 한참을 슬프게 울었다. 울음을 그친 노신은 겁이 났고, 아버지에게 모습을 들킬까 조금 걱정되어 아버지가 어디에 가셨는지 물었다.

"네 아버지는 백 선생의 유품을 정리하러 가셨어. 뭔가 단서를 찾을 수도 있다고 하시더라."

노신은 곧바로 종전시에 대해서도 물었다.

"전시는 깨어났는데 왼쪽 발을 삐어서 움직이기 불편해. 강리가 그러는데, 어젯밤 회무에게서 종 부인이 장안에서 약을 가져왔고 칠함에 담겨 있다고 들었다더라. 좀 전에 약을 가지러 간다고 했으니 곧 돌아올 거야."

"고모와 백 선생님이 비명횡사하셨으니 강리 언니도 조심해야 해요. 혼자 가는 건 너무 위험해요. 제가 마중 갈게요."

"너 혼자도 위험하지."

“괜찮아요. 전 별일 없을 거예요.”

노신은 이렇게 말하고 일어나 문밖으로 나갔다.

‘나 같은 사람은 죽어도 상관없어.’ 이때 노신 마음은 이렇게 어두운 생각으로 가득했다. 노신은 비 내리는 정원을 바라보며 어젯밤 규와 함께 횃불을 밝히던 장면이 떠올라 못내 서운했다. 하지만 곧이어 일어난 일이 기억 깊은 곳으로 거슬러 올라가려는 노신의 의식을 막고, 더 깊은 공포와 절망으로 노신을 밀어넣었다.

노신의 시야 끄트머리에서 관강리가 칠함을 안고 이쪽으로 뛰어오고 있었고, 두 사람 사이 거리는 약 1백 걸음 정도였다.

곧이어 강리가 넘어졌다.

강리의 오십 보 뒤에는 숲이 있었다. 숲과 강리 사이에는 아무것도 없이 텅텅 비어 있었고 사람 모습도 보이지 않았다. 거리가 너무 멀어서 노신은 대체 무슨 일이 벌어진 것인지 알 수 없었다. 노신은 강리에게 달려갔지만, 강리가 “오지 마”라고 외치는 소리만 들렸다.

노신은 잠시 주저하다 결국 앞으로 걸음을 옮겼다. 진창인 땅을 밟으며 놀라 두려워하는 강리에게 달려갔다.

강리와의 거리가 딱 삼십 보 남았을 때 노신은 강리가 놀라 외치는 소리를 들었고, 이어서 강리는 꼼짝하지 않고 다시 그곳에 엎어졌다.

빗방울이 강리 몸에 떨어졌다 다시 땅바닥으로 튀었다.

이때 노신은 강리 몸에 화살 두 개가 꽂혀 있는 것을 똑똑히 보았다. 하나는 등에 꽂혔고, 하나는 다리에 꽂혔다. 강리 뒤쪽 바닥에 불발된 화살이 세 개나 박혀 있었다.

노신은 강리에게 다가가 강리의 손을 잡고 목이 쉬도록 언니의 이름을 외쳤다.

관가의 화살은 끝이 네모진 구리 화살촉이라 목표에 명중한 후 화살이 상처 부위에 쑥 들어가지 않았고, 오목하게 패인 부분을 따라 피가 쏟아져 나왔다. 따라서 화살을 뽑지 않아도 치명적인 상처를 입었다.

강리는 목숨을 보전하기 어려움을 알고 살며시 한숨을 쉬고, 노신 손을 더 꽉 잡았다.

"역시 도망칠 수 없었어……. 고모가 돌아가셨을 때 다음은 내 차례가 아닐까 생각했어……. 노신, 전시와 회무를 잘 지켜줘……, 아마 다음은……."

"강리 언니, 그만 말해. 언니 살 수 있을 거야."

노신은 조금의 자신감도 없이 강리를 격려했다.

"아니야, 난 이미 가망이 없어……. 내 말 잘 들어. 이번 제사는 기존 제사와 달라……. 그래서 고모가 살해당하신 거야……. 난 고모께 승낙을 구해서……, 그래서……."

격렬한 기침과 함께 강리의 입에서 선혈이 솟구쳐 강리는 더 이상 말을 할 수 없었고 호흡도 멈췄다.

노신이 부르짖는 소리를 듣고 도씨, 종전시와 관가 하인들이 와서 강리의 시신을 집안으로 옮겼다. 노신은 어머니가 말리는 것을 물리치고 범인이 숨어 있을 숲으로 뛰어갔다.

그 숲은 평소에 사람이 거의 들어가지 않는 곳이었다. 나무뿌리가 땅 위로 노출된 곳이 많아서 사람이 걸어도 발자국이 남지 않았고, 따라서 범인의 행적을 쫓을 수 없었다. 그런데 그곳에서 노신은 뜻밖에 흉기를 발견했다. 쇠뇌 하나가 땅에 버려져 있었고, 그 옆에 화살 예닐곱 개가 흩어져 있었다. 노신은 그 쇠뇌가 바로 관가에서 보관했던 열네 개 중 하나라는 것을 알아봤다. 노신은 쇠뇌를 주워 본채로 가지고 갔다.

노신이 돌아왔을 때 도씨는 이미 하인 세 명에게 관무일, 오릉규와 관약영, 종회무를 부르러 가도록 시킨 뒤였다. 그래서 노신은 남은 한 하인을 데리고 본채 뒤 창고로 가서 조사를 했다. 쇠뇌 일곱 개가 여전히 그곳에 있었다. 흉기로 쓰인 쇠뇌는 관과가 목숨을 잃은 그 창고에서 꺼낸 것임을 짐작할 수 있었다.

왜 강리 언니를 죽였을까?

왜 강리 언니는 죽기 전에 그런 말을 했을까?

강리 언니는 왜 다음 목표가 전시와 회무라고 생각했을까?

범인은 대체 누굴까?

노신은 창고에서 나와 다시 강리가 목숨을 잃은 정원으로 갔다. 빗속에 서서 오랫동안 그 숲을 주시했다. 땅에 있던 핏자국은 이미 빗물에 씻겼고, 목표를 명중시키지 못한 화살들만 진흙에 드문드문 박혀 있었다.

그 후 관무일, 오릉규, 관약영, 종회무가 본채로 돌아왔다. 관약영은 강리의 시신을 보고 혼절했고, 종회무는 바닥에 앉아 약영에게 무릎베개를 해주었다. 오릉규도 바닥에 쭈그려 앉아 침울한 표정으로 죽은 이를 내려다보고 있었다. 관무일은 노신에게 대체 무슨 일이 일어난 건지 물었고, 노신은 강리의 유언을 포함해 사건 진행과정을 사실대로 얘기했다. 마지막에 노신은 규에게 물었다.

"소휴는 왜 같이 안 왔어?"

"소휴는 돌아오지 않았고, 어디로 갔는지 나도 몰라. 혼자 밖에 있다가 범인이라도 만나면……."

"어쩌면 방으로 돌아갔다가 범인을 만났을지도 몰라."

"노신, 하고 싶은 말이 뭐야?"

"오릉규, 강리 언니는 네가 죽인 거 아니야?"

“왜 날 의심하지?”

“그때 넌 어디에 있었어?”

노신은 계속 냉혹한 어조로 규에게 질문했다.

“방에.”

“누구랑 같이?”

“나 혼자, 나 혼자만 있었어.”

“네 결백을 누가 증명할 수 있지?”

“아무도 없어. 하지만 난 결백해.”

“됐어. 그 숲은 네 거처로 통해. 넌 살인을 한 후 곧바로 되돌아가서 방에서 계속 머문 척하는 것이 완벽히 가능해.”

“다른 사람은 안 그래? 그때 다들 어디에 있었는데?”

“어머니와 전시 오빠는 여기에 있었고, 아버지는 백 선생님 방에 계셨고, 약영 언니와 회무는 약영 언니의 거처에 있었어.”

“그럼 그 숲을 통해 백 선생님과 약영 언니의 거처로는 갈 수 없어?”

“갈 수 있어. 하지만……”

“근데 넌 왜 나만 의심하는 거야?” 규가 반격하기 시작했다. 규는 종회무 쪽으로 돌아서 종회무에게 물었다. “회무 동생, 그때 뭐 하고 있었어?”

“난 피곤해서 침실에서 잠시 쉬고 있었어요.”

“그때 약영 언니는 뭘 하고 있었는데?”

“언니는 바깥 대청에 있었고, 장례에 관한 문헌을 읽겠다고 했어요.”

“그러면 약영 언니가 결백하다는 것도 증명할 사람이 없는 거네.”

“너무 몰아붙이지 마.”

“마찬가지로 너희 아버지의 결백을 증명할 사람도 없어.”

“오릉규!”

“결론적으로 난 너희 관가와 아무런 원한이 없는데, 무슨 이유로 네 가족을 살해하겠어?”

두 소녀가 날카롭게 대립하고 있는데, 문밖에서 소휴의 목소리가 들렸다.

“아가씨는 결백하세요.”

이어서 문에 소휴의 모습이 나타났다. 소휴는 아직도 온통 진흙투성이인 홑옷을 입고 있었고, 볼은 빨갛게 부어 있었으며 머리카락에도 진흙이 묻어 있었다.

“소휴, 어디 갔었니?”

노신이 여전히 냉랭한 말투로 물었다.

“계속 아가씨가 머무시는 거처 문밖에 있었어요. 문을 두드릴 엄두가 나지 않아서 거기에서 기다리고 있었어요.

그래서 아가씨가 방을 떠나신 적이 없다는 걸 증명할 수 있어요. 나중에 누가 다가왔고, 이런 꼴을 다른 사람에게 보이기 민망해서 숨었어요. 하지만 못내 마음이 놓이지 않았고, 저희 아가씨가 의심 받을까 봐서 몰래 쫓아왔어요. 역시 제 생각이 맞았네요……. 노신 언니, 침착하세요. 아가씨는 절대 그런 일을 하지 않아요.”

“사람들에게 너 좀 보라고 해. 쟤가 너에게 무슨 짓을 했는지!” 노신은 소휴를 가리키며 말했다. “자기 하인에게도 이렇게 악랄하게 할 수 있는 사람이 무슨 짓인들 못하겠어? 전엔 교묘한 말재간에 미혹되어서 오릉규를 의심하지 않았어. 하지만 이제는…….”

“아가씨는 결백하세요. 제가 증명할 수 있어요.”

“소휴, 미안하지만 난 네 증언을 믿을 수 없어. 네가 아까 그랬잖아. 오릉규의 명령이면 넌 무조건 복종한다고. 그러니 오릉규가 너에게 위증하라고 명령했으면 넌 분명히 그렇게 할 거야.”

그때 오릉규가 일어나 손뼉을 두 번 쳤다.

“그만 해, 노신. 넌 어째 아직도 모르니?” 오릉규가 한숨을 쉬며 말했다. “강리의 유언을 떠올려 봐. ‘고모가 돌아가셨을 때 다음은 내 차례가 아닐까 생각했어.’ 이 말이 대체 뭘 암시하지? 날 그렇게 보지 마. 나에 대한 네 의심은 아무 근거가 없으니까. 관강리의 유언에 따르면 이건 연쇄 살인사건이 확실하고, 죽은 세 명이 모두 같은 이유로 참혹하게 살해당했어. 물론 범인도 동일 인물이고. 그런데 종 부인, 백 선생님이 살해당했을 때 난 계속 너와 같이 있었어. 맞아, 날 그토록 범인으로 지목하고 싶어 하는 바로 네가 내 결백을 증명할 수 있어.”

“궤변 늘어놓지 마. 넌 시간만 끌고 있을 뿐이야. 고모 사건이 난국에 빠지자 넌 ‘연쇄 살인’이라는 시답잖은 구실을 생각해냈잖아.”

“그래? 정말 그렇게 생각해? 그럼 이 세 살인사건의 범인이 누구인지 지금 얘기해줄게! 그리고 그 자가 살인을 저지른 동기가 대체 뭐인지도!”

독자에게 내미는 도전장

이 소설을 쓰면서 '독자에게 내미는 도전장'을 따로 쓸까 말까 계속 망설였다. 해답이 충분히 놀랍지 않거나 '정보의 공정성'을 상실해 결론을 추측할 수 있는 모든 복선을 제시하지 못할 것이 걱정됐다. 다행히 추리소설 속 해답의 신빙성은 원래가 상대적이다. 소설 내부에서 보면 해답이란 건 수사를 담당하는 인물이 설명하고 조수 역할을 하는 인물이 들어주는 사례가 많다. 조수가 믿고 따르게 만들면 수사도 그 사명을 완수하게 된다. 마찬가지로 소설의 작가가 해답을 제시하는 건 단지 독자를 설득하기 위함이다. 해답에서 추론 과정에 빈틈은 없는지, 계책은 쓸 수 있는지, 복선은 충분히 드러났는지는 그리 중요한 문제가 아니다.

이런 가정을 바탕으로 '독자에게 내미는 도전장'은 부상 없는 수수께끼 이벤트에 대한 공고가 아니라 그냥 책갈피다. 이 책갈피를 통해 독자에게 이렇게 전하려고 한다. "여기까지 읽었으면 이미 스스로 설득할 만한 해답을 도출할 수 있습니다. 한번 도전해보세요!"

여기에서 독자에게 제기하고 싶은 문제는 사실 딱 하나다.

천한天漢 원년에 일어난 세 살인사건의 진범은 누구일까? 바꿔 말해, 도대체 누가 관과, 백지수, 관강리를 살해했을까?

소설에서 서술적인 계책을 사용하지 않았다는 점을 특별히 설명하고 싶다. 아울러 해답을 내는 데 전문지식 따위는 필요 없다. 그리고 세 살인사건의 범인은 동일 인물이다.

4장

죽음은 피할 수 없음을 아노니

여생을 아까워하지 않으리

성현들에게 분명히 고하니

나는 그대들을 본보기로 삼으리

知死不可讓, 願勿愛兮

明告君子, 吾將以爲類兮

- 굴원, 〈구장·회사懷沙〉 중에서

1

　"이틀 동안 세 건의 살인사건이 발생했고 죽은 사람은 종 부인, 백 선생님과 관강리야. 헌데 관강리의 유언에 따르면 현재 종씨 남매도 위험에 처해 있어. 따라서 살인사건이 계속 발생하는 걸 신속히 막아야 해. 지금 추리의 최대 난관은 종 부인 살인사건이야. 많은 사람들이 보고 있는 상황에서 범인이 사라졌거든.

　살인사건이 발생한 시간은 문 앞 풀밭에 있던 핏자국으로 추리할 수 있어. 나와 노신이 그곳을 지나 냇가로 갈 때 풀밭에는 핏자국이 없었어. 관강리와 종회무가 그곳을 지날 때도 아무런 이상을 발견하지 못했고. 그런데 두 사람이 지나칠 때 범인이 현장에서 도망칠 수 있는 길은 딱 하나 있었지만, 그 길은 바로 종전시와 관약영의 감시 하에 있었지. 다시 말해서 그때부터 범인은 더 이상 현장을 떠날 기회가 없었어.

그러면 생각의 방향을 바꿔보자. 관강리, 종회무가 그 풀밭을 지나기 전에 범인이 이미 협곡 입구를 벗어났을 가능성은 없을까? 즉 살인사건이 발생한 시간이 더 일렀던 거지. 처음엔 그게 불가능하다고 생각했었는데, 노신이 전해준 관강리의 유언을 듣고 마침내 사건의 진상을 알았어. 하지만 수수께끼를 풀기 전에 회무에게 한 가지 확인하고 싶은 일이 있어.”

“오릉 군, 묻고 싶은 게 뭔데요?”

“회무 동생, 내가 이런 질문을 하는 것엔 어떠한 악의도 없으니 회무 동생 역시 그 어떤 것도 꺼리지 말았으면 좋겠어. 사실 사건이 발생하고 나서 어렴풋이 느낀 건데……회무, 사실대로 대답해줘. 빨간색과 푸른색을 분별할 수 없니?”

“저는…….”

“내가 이런 생각을 하게 된 건 어제 너의 ‘어떤 반응’을 보고서야. 나와 노신이 시신을 발견한 후 너와 강리도 문 앞으로 달려왔어. 그때 넌 바로 그 풀밭 쪽에 서 있었는데 내게 이렇게 물었지. ‘대체 무슨 일이에요?’ 지금 생각해보니 정말 이상한 질문이야. 네가 풀밭의 핏자국을 봤더라면 그렇게 묻지 않았을 거야. 그리고 네 성격상 두려움을 느껴야 맞지. 그런데 넌 그렇게 물었고, 난 네가 빨간색과 푸른색을 분별하지 못해서 그때 풀밭의 핏자국을 보지 못했다고 추측할 수밖에 없어."

"맞아요. 저는 그 두 색을 구별할 수 없어요."

"그래서 너와 강리가 처음에 그 풀밭을 지났을 때 핏자국이 있었어도 넌 보지 못했을 거야. 맞지?"

"하지만 그때는 강리 언니도……."

"잠깐만, 규." 노신이 참지 못하고 입을 열었다. "그때는 강리 언니도 핏자국을 봤어야 해. 난 언니와 오랫동안 같이 살았지만 언니에게 색각에 이상이 있다는 걸 발견한 적이 없어. 그러니 네 가설은 성립할 수 없어."

"색각에만 이상이 있다면 잘 숨길 수 있어서 아침저녁으로 같이 지내는 가족도 발견하지 못할 수 있어." 규가 말했다. "죽은 관강리도 그 두 색깔을 구별하지 못한 게 분명하다는 사실을 내가 증명할게. 그리고 두 사람이 빨강과 푸른색을 구별하지 못하는 원인도 설명할게."

"황당해, 정말 황당하기 그지없어! 규, 너 병이 심각하구나. 유부俞跗, 편작扁鵲과 같은 명의를 만나지 못했다니 정말 너무 불행하다!"

"노신, 인내심을 가지고 내 말을 들어줘. 다 살인사건이 계속 일어나는 걸 막기 위해서 그러는 거니까. 가치 있는 견해를 내놓지 못할 바엔 그냥 잠시 입을 다물고 있어."

규가 말했다. "그런데 지금부턴 어쩔 수 없이 조금 돌아서, 이 일과 무관한 듯한 문제들을 늘어놔야겠다. 그렇지 않으면 관노신처럼 우매하고 완고한 사람은 단연코 내 주장을 이해할 수 없을 테니까. 다음 문제는 종전시가 대답해주면 좋겠어. 관강리가 죽기 전에 '이번 제사는 기존 제사와 달라'라고 했어. 그래서 묻고 싶은데, 이번 제사가 기존 제사와 다른 점이 대체 뭐지?"

"네 뜻을 잘 모르겠다."

종전시가 어물거렸다.

"어떻게 내 말 뜻을 모를 수 있지?" 규가 계속 추궁했다. "예년 제사의 대상은 모두 동황태일이었는데, 이번엔 제사 대상이 기존과 다른 것 같아. 그럼 이렇게 물어볼게. 종 부인이 제사지내려 계획했던 대상은 동황태일이 아니라 동군이었지?"

"그게 어때서?"

종전시가 반문했다. 사실상 규의 질문에 대답한 셈이었다.

"내 추리가 역시 맞았어."

"정말 그러느냐?" 관무일이 종전시에게 몸을 돌리고 물었다. "왜 난 하나도 몰랐지. 과야, 넌 왜 그렇게 하려 했느냐?"

“어머니는 태일은 외부에서 온 신이고, 동군이야말로 초나라 지역 고유의 신이어서 초나라 사람이 정말 믿어야 할 대상이라고 늘 말씀하셨어요. 그래서 동군에 대한 제사를 회복시켜야 한다고 생각하셨고요.”

“황당하군! 어쩐지, 그래서 이런 재앙이 내렸어!” 관무일은 분노에 차 몸을 돌리고 오릉규에게 말했다. “오릉 군은 어떻게 알았지?”

“정말 모르셨어요?” 규가 설명했다. “이번 제사의 대상은 동군임을 드러내는 여러 조짐이 있었어요. 그저께 밤 연회에서 종 부인은 자신의 생각을 명확히 밝히셨는데, 다들 염두에 두지 않았을 뿐이죠. 종 부인은 ‘사실 오랫동안 동군은 종속적인 신으로 취급 받아 동황태일과 함께 제사를 지냈지만 〈구가〉를 자세히 읽어본 뒤로는 나도 그 지위가 원래 더 특별했다는 생각이 들었어’라고 하셨지요. ‘더 이른 시기에는 동군이 주신으로 제사지내진 것일 수도 있어’라는 말도 하셨고요. 그런 생각의 근거는 바로 〈구가〉에 나오는 〈동군〉이라는 시예요. 〈구가〉의 기록을 종합하면, 살해당하기 전 종 부인의 여러 행동들도 합리적으로 설명할 수 있어요. 사실 종 부인은 계속 동군에 대한 제사를 준비하고 계셨던 것이죠.

먼저 악기예요. 종 부인은 ‘동황태일에게 제사를 지낼

때 북, 생황, 슬만 사용한 반면, 동군에게 제사지낼 때에는 슬, 북, 종, 대나무 피리, 생황까지 다섯 악기를 사용했다’는 점을 지적했어요. 여기에서 두 가지를 설명할 수 있어요. 첫째, 종 부인은 왜 창고에 오랫동안 방치되어 사용하지 않은 편종을 살피러 갔을까? 둘째, 종 부인은 왜 구멍이 일곱 개인 지篪를 장안에서 가지고 왔을까? 기존에 동황태일에게 제사지낼 때는 그런 악기를 사용한 일이 없었죠. 하지만 이번에는 〈구가〉의 기록에 따라 동군에 제사지낼 계획이었기에 특별히 그것들을 준비해야 한 것이죠.

그다음은 종 부인 유품에 있는 위는 청색, 아래는 흰색인 규포예요. 회무의 증언에 따르면 그 옷은 ‘장안에서 출발하기 직전에 만든 거라’ 종 부인은 그전에 입어보신 적이 없어요. 그런데 종 부인은 살해당하기 전날 특별히 그 옷을 행낭에서 꺼내놓으셨어요. 제가 추측하기론 그 규포는 사실 제사 때 쓰는 옷이에요. 〈구가·동군〉에 ‘푸른 구름 저고리에 흰 무지개 치마 입고 青雲衣兮白霓裳’라는 구절이 있어요. 아마 종 부인은 이 구절을 근거로 동군에 제사지낼 때 의상이 위는 청색, 아래는 흰색이어야 한다고 생각하셨을 거예요. 그 옷은 제사 때 신명과 소통하는 무녀가 입어야 하고, 제 생각에 그 무녀는 바로 관강리예요. 종 부인이 그 옷을 꺼낸 날 밤, 저와 노신이 관강리의 거처에서 관강리와 종전시가 주고받은 서신을 봤거든요……."

"그 일은 말하지 말아줘."

종전시가 창백한 얼굴로 간청했다.

"살인사건이 계속 일어나는 걸 막으려면 얘기해야 해요. 두 사람이 주고받은 서신은 목판에 쓰여 있었어요. 종전시가 강리에게 써준 내용은 '푸른 저고리, 푸른 저고리에 황색 안감綠兮衣兮, 綠衣黃裏(녹혜의혜, 녹의황리). 마음의 근심, 언제 사라지나心之憂矣, 曷維其已(심지우의, 갈유기이)'이고, 강리가 답장한 내용은 '푸른 그대 옷깃, 아득한 내 마음靑靑子衿, 悠悠我心(청청자금, 유유아심). 나 비록 가지 못하나, 그대는 어찌 소식을 끊었는가縱我不往, 子寧不嗣音(종아불왕, 자녕불사음)'예요. 모두 《시경》에 나오는 구절이지만, 두 사람은 《시경》의 본래 뜻과는 무관하게 《시경》의 구절을 차용해 모종의 암호로 그것을 썼죠."

"제발 그만 얘기해……."

"'푸른 저고리'와 '푸른 저고리에 황색 안감'은 위는 청색, 아래는 흰색인 그 규포를 뜻해요. 종전시가 쓴 두 구절은 사실 관강리에게 제사 때 그것을 입길 원하는지 묻는 것이죠. 관강리가 회신에서 인용한 두 구절은 응낙한다는 뜻을 표현한 것으로, 상대에게 자신도 동군을 믿으니 그 규포를 입고 제사에 참여하고 싶다고 전한 것이고요.” 규는 말하면서 험악한 얼굴을 하고 있는 종전시에게 시선을 돌렸다. “내 말이 맞지?”

“그래.”

“그런데 오릉규, 네가 말한 것들이 강리 언니의 색각과 무슨 관계가 있다는 거야?”

노신이 날카롭게 물었다.

“방금 내가 결론을 내놓지 않았나? 관강리는 동군을 믿었다. 이 결론을 기억했다가 이따 내가 관강리의 색각을 논증할 때 써먹도록 해.” 규는 계속 말을 이었다. “그리고 내가 아는 사실이 하나 더 있어. 관강리와 종회무는 똑같이 ‘오행학설’을 접했어.”

“그건……”

종회무가 곤혹스러워 했다.

“전해지기로 오행학설은 천제가 하우夏禹에게 준 이론이고, 상나라 주왕紂王의 서형庶兄인 미자계微子啓가 주나라 무왕武王에게 전수한 거야. 전수한 내용이 훗날 정리되어 《상서尚書》의 〈홍범〉 편이 되었지. 그 후 〈홍범〉을 바탕으로 춘추, 전국시대 제자와 한나라 경학자들이 저마다 오행학설을 보충해서 점차 장황하고 방대한 체계가 형성되었어. 현재 수水, 화火, 목木, 금金, 토土 간의 상생상극 관계는 이미 상식이 되었고, 그에 대응하는 방위, 계절, 색깔, 음률, 맛, 내장, 덕행, 날씨, 자연재해도 점차 사람들이 잘 알게 되었어. 이번 사건과 관련이 있는 건 '목'과 관계된 부분이야. 목에 대응하는 방위는 동쪽, 대응하는 계절은 봄, 색깔은 청색이거든. '청'이란 글자는 파란색을 뜻할 때도 있고 푸른색을 뜻할 때도 있고, 검은색을 뜻할 때도 있는데, 이곳에선 푸른색으로 설명될 거라 생각해. '수'에 대응하는 색깔이 검은색이기에 이곳에서 '청'은 검은색이 아니지. '청'이 '목'에 대응하는 색깔인 만큼, 목에는 파란색이 거의 없는 것 같고. 해서 이곳에서 '청'은 푸른색으로 해석하는 것이 가장 적절해."

"하지만 오릉 언니, 저는…… 그런 학설을 접한 적이 없어요."

종회무가 규의 말을 잘랐다.

"아니, 너는 접해본 적이 있어. 네가 의식하지 못했을 뿐이야."

"오릉규, 그렇게 판단한 근거가 뭔데?" 노신이 물었다.

"간단해. 바로 시 〈청양〉이야. 〈청양〉은 〈교사가〉 19수 중 하나로, 봄을 묘사한 노래거든. 그래서 마지막 구절이 '봄의 복스러운 기운이 가득하네惟春之祺'지. 〈교사가〉에는 여름, 가을, 겨울 세 계절에 대응하는 세 시도 있어. 여름에 대응하는 건 〈주명朱明〉, 겨울에 대응하는 건 〈현명玄冥〉이야. 오행학설에서 '화'에 대응하는 계절은 여름, 색깔은 빨간색이고 '수'는 겨울과 검은색에 대응해. 회무 동생, 이쯤 얘기했으니 알겠지. 〈교사가〉는 본래 오행학설을 근거로 지어졌고, 〈교사가〉를 부를 줄 아는 넌 무의식중에 그 학설을 접한 거야. 어제 아침 냇가에서 넌 '강리 언니도 부를 줄 안다'고 했고, 따라서 강리도 오행학설을 접했다는 것을 알 수 있어."

"그래서, 그게 강리 언니의 색각과 무슨 관계가 있는 건데?"

"관계가 있어. 이제부터 그 문제를 논증할게. 무릇 동군을 믿고 오행학설을 접한 사람은 홍록 색맹이 되기 마련이야."

"그게 무슨 논리람! 오릉규, 넌 구제불능이구나."

"그만. 내 얘기 끝까지 들어. 네게 더 좋은 가설이 있다면 나도 들을 의향이 있어. 하지만 네 지식으론 아무 결론도 내지 못할 것 같다. 네 질문에 지금 대답할게. 그건 질문이라 할 수도 없지만. '그게 무슨 논리냐'고 물었지? 얘기해줄게. 내 생각엔 말이야……." 규는 잠시 망설이다 계속 말했다. "이렇게 하자, 네가 먼저 내 질문 하나에 대답해. 그다음 내가 계속 대답할게. 태양은 무슨 색깔이야?"

"뭐?"

“지금은 보이지 않지만 오래 살았으니 태양을 봤을 거 아니야. 이런 문제에도 대답하지 못할 거면 그냥 빨리 물에 뛰어들어 자결해.”

“흰색이지!” 노신은 씩씩거리며 대답했고, 잠시 생각하다 한 마디 덧붙였다. “빨간색일 때도 있고…….”

“좋아, 그러면 ‘동군’은 어떤 신명이지?”

“질문 하나만 한다며, 방금 대답했고. 이제 난 침묵을 지킬래.”

“동군은 태양신이야.” 규가 자기 질문에 대답하고 계속 말했다. “〈구가·동군〉에선 동군에게 제사지낼 때 푸른 구름 저고리에 흰 무지개 치마를 입으라고 되어 있어. 태양이 어떤 때는 흰색으로 보이니까 제사지낼 때 흰 무지개 치마를 입는 건 아주 사리에 맞지. 그런데 푸른 구름 저고리는 왜 입으라고 했을까? 노신은 이상하지 않아?

내 생각에 그건 굴원이 오행학설의 영향을 받아서 〈구가〉에 그렇게 쓴 거야. 그럼 이제 알겠지? ‘동군’이란 이름에서 굴원은 오행학설의 ‘목’을 연상했어. 오행학설에서 목은 동쪽과 청색에 대응해. 태양신인 동군에게 새로운 색인 청색을 부여한 거지.

이를 근거로 나는 이렇게 추론했어. 무릇 동군을 믿고 오행학설을 접한 사람은 분명히 빨간색, 푸른색 두 색을 분별할 수 없다.

내 추측으로 그들은 태양을 볼 때 태양을 동군과 동일시하고, 동쪽에 대응하는 색깔을 떠올려. 따라서 그들 눈에서 태양은 청록색으로 변하지. 그리고 그들은 모든 빨간색을 푸른색으로 보고. 종회무가 그렇고, 죽은 관강리도 그랬을 거야.”

“우리 언니를 모욕하지 마!” 노신이 규에게 달려들어 규의 옷깃을 잡고, 규를 벽으로 몰아붙였다. “저번에 널 때리려고 했을 때 강리 언니에게 제지당했지. 이젠 강리 언니가 없으니 아무도 날 막지 못해. 오릉규, 네가 지금 당장 내 앞에서 사라진다면 여기서 멈출게. 문은 저쪽에 있으니 비가 그치면 운몽을 떠나고, 다시는 내 앞에 나타나지 마.”

“난 살인사건이 계속 발생하도록 내버려둘 수 없어.”

“그럼 지금 내가 널 죽여줄게.”

“방금 논증했다시피 관강리와 종회무는 빨간색과 푸른색을 분별할 수 없어. 그러니 처음 그 가설로 돌아가보자.” 규는 노신의 말과 두 손을 무시하고 계속 말했다. “살인사건이 일어난 시간은 우리가 전에 생각했던 것보다 더 일러. 나와 노신이 그 풀밭을 지난 후, 관강리와 종회무가 지나기 전에 종 부인은 이미 살해당했어. 그때 협곡 입구에는 감시하는 사람이 아직 없어서 범인은 쉽게 벗어

날 수 있었어. 그럼 대체 누가 종 부인을 살해할 수 있었을까?”

“어제 네가 이미 얘기했잖아. 아무도 단독으로 범죄를 저질렀을 가능성은 없다고. 그때 아버지는 백 선생님과 같이 계셨고, 어머니는 집안 하인들과 같이 계셨고, 사촌 오빠는 사촌 동생과 같이 있었고, 강리 언니는 약영 언니와 같이 있었고, 나는 너와…… 아, 범행을 저지를 수 있는 사람이 있긴 있구나. 근데 정말 뜻밖의 범인이네. 하하하하하하하하하하하하하하하하하하하하하하…….”

노신은 이성을 상실한 것처럼 한참을 웃었다. 그러다 자기도 모르게 규의 옷깃을 잡은 손을 풀었다.

“역시, 또 제가 의심받는 건가요…….”

소휴가 한숨을 지었다.

“소휴는 동기가 없어.” 규가 흐트러진 옷깃을 여미며 말했다. “사실 지금 우린 살인 동기만 놓고 착수하면 아주 쉽게 범인을 잡을 수 있어.”

“네가 범인도 아니면서 살인 동기를 어떻게 알아?” 노신은 《장자》식의 문장으로 물었다가 곧바로 고쳐서 말했다. “아니다, 난 아무래도 네가 범인인 것 같아. 그러니까 우리 가족을 살해한 동기를 모두에게 얘기해 봐. 이유가 충분히 애달프면 우리가 네 시신은 온전히 남겨줄 수도 있어.”

“지금은 농담할 때가 아니야.”

“나 농담하는 거 아니야.”

“아무튼 계속 얘기할 테니, 노신 넌 알아서 해.” 규는 못 말린다는 얼굴로 말했다. “사실 살인 동기는 이미 우리 앞에 놓여 있어. 네가 그걸 보고도 모를 뿐이지. 강리가 유언에서 확실히 얘기했잖아…… 죽기 전에 ‘이번 제사는 기존과 달라’라고 한 다음에 ‘그래서 고모가 살해당하신 거야’라고 했지. 즉 강리는 제사 대상이 바뀌어서 살인사건이 일어났다고 봤어.”

“그래서?”

“다시 말해 이번 연쇄 살인사건의 범인은 동황태일에 광분하는 열혈 신도라서 종 부인 등이 몰래 제사 대상을 동군으로 바꾸는 걸 용인할 수 없었고, 그래서 살인을 시작한 거야. 범인이 보기에 종 부인과 관강리는 말살당해야 하는 이단이고, 초나라의 신앙을 배반한 사람이야. 그래서 그들을 살해한 거지. 마찬가지로 계획에 가담한 종씨 남매도 범인이 살해하려고 한 대상이고. 그렇다면 누구에게 그런 동기가 있을까?”

“누구든 가능하지.”

“그럼 질문을 바꿀게. 백 선생님은 이번 제사와 무관한

데 왜 살해당했을까? 그리고 백 선생님이 땅바닥에 쓰신 '자금'은 대체 무슨 뜻일까? 왜 범인의 이름을 직접 쓰지 않으신 걸까?"

"누가 알아!"

"노신, 내가 얘기해줄게. 범인은 백 선생님을 입막음하려고 살해한 거야. 백 선생님은 종 부인이 살해당하셨을 때 누군가를 위해 위증을 하셨고, 그래서 나중에 그 사람에게 살해당하신 거야. 또 살해당하신 후 범인의 이름을 적을 수 없었고, 적었다 하더라도 우리는 그 사람이 범인이란 걸 믿기 어려웠을 거야. 오히려 선생님이 그 사람에게 덮어씌우기 위해 자살하신 거라 의심했을 가능성이 커. 이쯤 얘기했으면 알겠지. 범인은……."

"입 다물어!"

"범인은 너희 아버지, 관가의 가장인 관무일이야!"

너무 놀란 나머지 노신은 한동안 상대 말에 아무런 반박도 못 하고 욕도 하지 못한 채, 눈 한번 깜박하지 않고 규를 쳐다보기만 했다. 노신은 규가 그전까지 추리한 내용이 모두 함부로 지껄인 것이라 단정 짓고, 이번에 규가 어떤 결론을 내도 개의치 않을 것이라 생각했다. 그런데 이번에는 신경을 쓸 수밖에 없었다. 규가 지목한 범인이 하필 자기 아버지였으므로…….

"오릉 군, 진심인가?" 관무일이 입을 열었다. "다른 사람 집에서 주인을 모함하면 어떤 대가를 치르게 될지 잘 알 텐데?"

"대인께 악의는 없습니다. 다만 여러 증거를 통해 이런 결론을 내린 것뿐입니다." 규는 차분하게 대답했다. "백지수 선생님을 살해할 이유가 있는 건 아버님밖에 없고, 범인이 아버님인 경우라야 백 선생님이 직접 범인의 이름을 적지 않을 수 있습니다. 백 선생님이 '자금'이라는 두 글자를 적은 것은, 우리가 그것을 근거로 이번 제사 대상이 사실상 동군이란 걸 발견하길 바란 것이지요. 그러면 모든 수수께끼도 쉽게 풀리고, 진범의 신분도 낱낱이 드러납니다."

"그것도 너무 억지스러워." 노신이 마침내 충격에서 헤어나와 반격하기 시작했다. "네 추리는 전부 너의 망상일 뿐이야. 강리 언니가 빨간색과 푸른색을 구별할 수 있는지 여부는 이제 확인할 수 없어. 백 선생님이 '자금'이란 글자를 왜 적으셨는지도 우린 영원히 알 수 없고. 넌 계속 당사자들이 죽어서 증언할 수 없는 일들을 증거로 삼으면서 어떻게 사람을 설득하려고 하니?"

"난 처음부터 누구를 설득하고 싶지 않았어. 이미 얘기했듯이 그저 살인사건이 계속 일어나는 걸 막고 싶어서 추리를 한 거야. 아무런 증거가 없어도 얘기를 해야 해. 어쨌든 관무일이 확실히 범인일 수 있다는 가능성은 존재하니까. 또 관강리의 유언에 의하면 종씨 남매는 살해당할 위험에 처해 있어. 따라서 두 사람이 내 추리를 들은 후 범인일지도 모르는 관무일에 대해 경각심을 높였으면 해. 내 목적은 이게 다야. 이로써 이 집 주인에게 미움을 사더라도 그다지 개의치 않아. 어쨌든 난 최대한 빨리 운몽을 떠날 거고, 이제 이곳엔 내가 미련 둘 가치 있는 게 없으니까.”

'노신, 넌 왜 모르니? 내가 여기 남은 건 단지 네가 있어서인데. 네가 날 이렇게 대하면 난 떠날 수밖에 없어.' 규는 비탄하며 속으로 중얼거렸지만 자신의 마음을 끝내 앞에 있는 소녀에게 전할 수 없었다.

이 순간 오릉규를 바라보는 노신의 눈에는 미움 외에 다른 감정은 없었다.

사실 오후에 규는 평소처럼 주먹과 발로 나태한 소휴를 혼내준 다음 다시 천천히 위로해주고, 소휴에게 깨끗한 옷으로 갈아입으라 하고 진흙투성이가 된 머리카락을 닦아줄 생각이었다. 그런데 바로 그때 소휴가 통제력을 잃고 '노예 윤리'를 들먹이기 시작했고, 결국 참지 못하고 손찌검을 하고 말았다.

규는 맘속으로 소휴가 더 주관적이고 자기에게 반항할 수 있는 모습으로 바뀌길 바랐다. 그래서 규는 소휴에게

《논어》와 《효경》을 읽게 했다. 《효경》에는 공자의 말이 기록되어 있다. '군주나 아버지가 의롭지 않게 행하면, 아들은 간언하지 않을 수 없고, 신하는 군주에 간언하지 않을 수 없다.' 《논어》에도 '군주는 신하를 예로써 부리고, 신하는 군주를 충으로 섬긴다'는 말이 있다. 규는 자신이 소휴에게 때때로 지나칠 만큼 가혹하게 대하는 것이 예법에 맞지 않다는 것을 소휴가 알아채고 적절히 항의할 수 있길 바랐다. 소휴가 스스로 먼저 자신에게 그렇게 하지 말라고 요구하면, 규는 분명히 멈출 터였다.

안타깝게도 소휴는 아무리 몸종이라 하지만 지나치게 순종적이어서 용서를 비는 일조차 없었으니 주인에게 반항하는 건 더 말할 것도 없었다. 규는 소휴에게 많이 의지했지만, 소휴가 무조건 고분고분 하는 건 정말 싫었다. 그래서 소휴가 순종할수록 규는 더 소휴를 업신여기고 모욕했다. 다만 규의 이런 생각을 노신은 알 수도 없고 이해할 수도 없었다.

"오릉 군의 추측은 분명 일리가 있어." 종전시의 무릎을 베고 누웠던 약영이 눈을 뜨고 느릿느릿 말했다. "관가 조상 중에도 확실히 빨간색과 푸른색 두 색을 분별할 수 없는 사람이 있었어. 참, 회무, 너희 아버지도 색각이 보통사람과 다르지?"

“아……그렇긴 해요.”

“《편작외경扁鵲外經》에서는 색 인식 장애가 혈연과 관련이 있고, 아버지가 딸에게 물려주는 경우가 많다고 되어 있어. 그런데 어머니도 색맹이거나 홍록 색맹을 일으키는 특정한 ‘잠재적 기운’이 있어야 한다는 게 전제야. 그 ‘잠재적 기운’이 활동하는 원리는 아직 잘 모르지만, 그 ‘잠재적 기운’을 지닌 여성의 가족 중엔 홍록 색맹이 있는 사례가 많다는 점은 확실해. 따라서 이론적으로 회무가 색맹이면 고모도 색맹이거나, 그런 ‘잠재적 기운’을 지녔을 가능성이 있고, 그렇다면 강리는 빨간색과 푸른색 두 색을 분별하지 못할 가능성이 있지.”

“약영 언니, 어떻게 저런 애의 말에 맞장구를 칠 수 있어!”

“하지만 《편작외경》에선 딸이 빨간색과 푸른색 두 색을 분별할 수 없으면 아버지도 반드시 색맹이어야 한다는 점을 강조해. 따라서 강리는 이제 없지만 강리의 색각을 판단할 수 있어. 다시 말해 숙부님이 색각 장애가 없다면 강리도 색각에 이상이 없는 거지.”[*]

---

[*] 《편작외경》은 실전失傳되었고, 위의 내용은 필자가 현대 유전학을 바탕으로 꾸민 것이다.

약영이 차분하게 얘기했다.

"그렇군요. 내가 그 분야에 대한 교양이 턱 없이 부족한 것 같군요. 그런데 약영 언니, 언니 숙부도 그 두 색을 분별하지 못하는 것 같아요. 그래서 범행을 저지른 후에 풀밭의 핏자국을 처리하지 않았지요. 언니 숙부는 핏자국 따위는 아예 보지도 못한 것 같아요."

"정말?"

하지만 규는 그제야 기억이 났다. 관무일은 현장에 도착한 후 일부러 풀밭의 핏자국을 돌아갔다. 규는 자신의 실패를 인정하기라도 하듯이 허탈하게 고개를 저었다.

"오릉 군이 드디어 생각이 난 것 같구나. 내가 보증할 수 있어. 숙부는 그 두 색을 명확히 분간할 수 있고, 따라서 강리도 마찬가지야. 그러니 네 추론은 결국 성립될 수 없어. 게다가 네 추론은 동군과 색각 인식 장애의 필연적 연관성에서 세워진 것인데, 내가 《편작외경》으로 네 근거를 무너뜨렸으니 네 추론은 성립될 수 없지."

"하지만 혈연 말고도 색각 장애를 일으키는 다른 요인이 있지 않을까요? 언니가 말한 건 생리적 차원의 문제이고, 내 근거는 전적으로 신앙적 차원의 문제니까요. 약영 언니는 제대로 내 의견을 반박하지 못했어요."

"그래? 그럼 이렇게 하자. 동군을 믿으면서 오행학설을 접한 사람을 하나 더 찾아서 네가 설명한 증상이 있는지 살펴보자."

"어디에 가서 찾죠?"

"오릉 군, 잊었나 보네. 바로 네 앞에 그런 사람이 있잖아. 나도 동군을 믿고 옛 예법을 배웠으니 오행학설을 접하지 않았을 가능성이 없지. 따라서 이건 당사자가 죽어서 증언할 사람이 없는 일이 아니야. 내 색각을 검사하면 네 추리의 성립 여부를 판단할 수 있어."

"……결론은?"

"난 그 두 색을 분별할 수 있어. 네 추리는 틀렸어." 약영이 대답했다. "그리고 오릉 군, '이제 이곳엔 내가 미련 둘 가치 있는 게 없다'고 말하지 마. 노신이 아직 살아 있으니까. 너희 둘이 지금은 서로 미워하지만 며칠 지나면 화해할 수도 있어. 나야말로 인간 세상에 더 이상 마음을 둘 가치가 있는 사람이나 일이 없지. 기의 언니가 죽었고 강리도 죽었는데, 하필 나는 아직 살아 있어. 노신, 사실 난 지금 네가 몹시 부러운데, 넌 네가 가진 것들의 소중함을 전혀 모르는구나. 참 실망이다. 오릉 군, 너희 둘이 화해하기 전까지 떠날 수 없어. 고모가 노신을 네게 맡기고 싶어 한다고 전시 오빠에게 들었어. 이제 이건 고모의 유언이 되었으니, 숙부님도 더 이상 반대하지 않으시겠지?"

"약영 언니, 아까 쟤가 어땠는지 언니가 못 봐서……."

"오릉 군은 정말 악의가 없다고 믿어. 노신, 이제 그만 제멋대로 굴어. 난 지금 후회해. 몇 년 일찍 강리와 잘 지냈으면 얼마나 좋았을까 하고. 이젠 다 늦었어."

약영의 말투에서 약영의 마음이 이미 죽었다는 것을 알 수 있었다. 앞으로 병으로 누워 두 사촌처럼 꽃다운 나이에 죽을 것 같기도 했다. 규는 몹시 슬펐지만 그런 일을 막을 수 없음을 잘 알았고, 자신의 고뇌를 숨긴 채 무거운 숨소리로 한숨을 덮었다. 그다음 규는 노신이 걱정되기 시작했다. 노신이 자신으로 인해 냉담하고 시기심 많은 사람으로 변하면 어쩌나 걱정되었고, 자포자기의 심정으로 미래를 결정하면 어쩌나 하는 근심도 들었다.

하지만 일이 이 지경이 되었으니 규는 자신의 처지를 고민해야 했다.

'내가 정말 무사히 운몽택을 떠날 수 있을까?' 규는 문 밖의 비를 바라보며 다시 고뇌하기 시작했다. '안내자도 없이 내가 정말 사방에 위기가 도사리고 있는 산을 통과해 마을에 도착할 수 있을까?' 규는 오늘 자기 입으로 당장 이곳을 떠나겠다고 여러 번 잘난 척한 것이 조금 후회됐다.

"노신, 내가 떠나면 소휴를 잘 돌봐줘." 규가 우울하게 말했다. "소휴를 네게 맡기고 싶어. 소휴가 네 곁에서 더 평범한 사람이 될 수 있었으면 좋겠어. 넌 평범해서 딱 소휴가 배우기 좋은 본보기거든. 소휴가 옆에서 없어지면 나도 조금 변할 수 있길 기대하고. 약영 언니, 나와 노신을 걱정해줘서 고마워요. 근데 사실 난 언니가 더 걱정이에요. 언니에게 운몽택은 온통 마음 아픈 기억뿐이라서 계속 여기에서 살면 매일 슬픔에 빠져 있을 수밖에 없고, 그렇게 오래 지내다 보면 언니 몸이 감당할 수 없을 거예요. 가능하다면 언니와 함께 장안성으로 돌아가고 싶어요. 어제 강리 언니 말을 들으니 약영 언니와 강리 언니는 줄곧 평범한 인생을 피할 방법을 찾고 있었다면서요. 강리 언니는 이제 없으니 약영 언니가 강리 언니의 유언을 마무리 해주세요. 장안에선 두 언니의 숙원을 이룰 기회가 더 많을지도 몰라요. 강리 언니의 기대를 저버리고 싶지 않다면 내 제안을 고민해보세요. 지금 당장 대답할 필요 없어요. 오늘은 너무 늦어서 저도 떠날 수 없으니까요. 동의하면 짐을 챙겨서 우리 내일 일찍 가요."

이것이 규가 생각할 수 있는 최선의 방안이었다.

"아가씨, 저는……."

"소휴, 네가 무슨 말을 할지 잘 알아. 오늘 하룻밤만 더 내 옆에 있어. 내일부터 우리는 더 이상 주종 관계가 아니

야. 노신과 잘 지내. 난 네가 노신 같은 사람이 되었으면
좋겠어.”

“생각해볼게, 오릉 군. 강리의 꿈은 누군가 이루어야 하
고, 그건 내가 아니라 너인 것 같지만.”

약영은 더 이상 말을 잇지 않고 다시 눈을 감았다.

“오늘 많은 결례를 범했습니다. 부디 원한을 품지 말아
주세요. 강리 언니 일은 몹시 애석하게 생각합니다. 교제
한 시간은 길지 않지만 강리 언니는 제가 마음속으로 꿈
꾸던 여성이었고, 저도 그런 사람이 되고 싶어요. 전시, 회
무 두 사람은 몸 조심해서 범인을 경계하길 바라고요. 제
가 하고 싶은 말은 이 정도예요. 앞으로 여러분 앞에 나타
나지 않을 겁니다. 안녕히 계세요.”

규는 말을 마치고 몸을 돌려 대청을 나가 빗속으로 걸
어갔다. 소휴가 그 뒤를 바짝 따라갔다.

두 사람이 주인과 하인으로서 함께 보내는 마지막 밤
이었고, 비극이 마지막을 향해 가는 시간이었다.

2

다음 날 새벽, 노신은 약영 옆에서 잠이 깼다.

어젯밤 노신은 약영이 충격을 견디지 못할 것이 염려됐고, 약영이 강리의 물건을 보면 강리를 생각할 것 같아서 약영을 자기 방으로 오라고 초대했다.

"깼구나. 오늘 오릉 군을 배웅하러 갈 거니?"

약영은 노신 곁에 단정히 앉아서 뭔가 생각에 잠긴 듯 물었다.

"약영 언니는 개랑 같이 안 가?" 이 얘기를 꺼내며 노신은 마음이 복잡했다. 여기에 계속 머물면 약영에게 좋을 게 없다는 걸 잘 알면서도, 한편 규가 못미더웠다. "오릉 규가 저번에 이런 얘길 했어. 개네 집은 사람을 파는 사업을 하고, 규도 매년 소녀들을 꾀어서 장안성으로 데려가야 했대. 그때는 농담하는 걸로만 생각했는데, 지금 보니 진짜인 것 같기도 해."

"왜 그렇게 오릉 군에게 화가 났니?"

"그 아이의 진면목을 봤거든. 어제 산에 들어가 백 선생님을 찾아 돌아오는데 내 앞에서 소휴를 구타했어, 아주 심하게."

"주인과 하인 간에는 다 그런 거 아니야? 둘 사이에 뭔가 비밀 약속 같은 게 있는데 네가 모를 수도 있잖아."

"아무리 그래도 너무 심했어."

"정말 그럴까?" 약영은 늘 그렇듯 느릿느릿한 말투로

말했다. "'별은 바람을 좋아하며, 별은 비를 좋아한다'*, 사람 취향은 제각각이니 개인적인 견해로 판가름할 수 없어.《여람呂覽》에 이런 이야기가 기록되어 있어. '몸에서 심한 악취가 나는 사람이 있어 그 친척, 형제, 아내를 비롯해 그를 아는 모든 이가 그와 함께 거할 수 없자 스스로 고민하다 홀로 바다에 가서 살았다. 그런데 바다에 사는 이가 그의 냄새를 좋아하여 밤낮으로 그를 따라다니며 그의 곁을 떠나지 못했다.' 노신, 소휴가 오릉 군의 그런 잔인성과 학대를 좋아하는 것이라면?"

노신은 약영이 하는 말은 다 알아들었지만 그 관점은 이해할 수 없었다. 노신은 자신의 머리가 건강하고 평범하지만 견해가 부족해 머릿속에 자신이 속한 계층의 최소한도의 상식만 들어 있다는 것을 잘 알았다. 자신을 희생하게 만드는 충성심이든 서로를 잔인하게 죽이게 만드는 사악한 생각이든 그런 것은 노신 자신과는 거리가 멀어 이해할 필요가 없다고 생각했다.

언니들과 달리 노신은 원래부터 속세에서 멀리 떨어진 이 골짜기에서 살기에 알맞은 성향이었다. 오릉규를 만나

---

* 《상서》〈홍범〉편에서 인용. 원문은 '庶民惟星, 星有好風, 星有好雨'으로 '백성은 오직 별인데 별은 바람을 좋아하며, 별은 비를 좋아한다'로 풀 수 있다.

지 않았다면…….

"그 질문에 대한 대답은 지극히 간단해. 난 그렇게 잔인하고 학대하는 성향의 오릉규가 싫어. 그뿐이야. 그래서 걔랑 절교할 거야."

"'정직한 친구, 성실한 친구, 견문이 넓은 친구를 사귀면 유익하다'고 하잖아. 이건 네가 가장 부족한 부분이고. 책 읽기도 싫어하고 운몽을 벗어나본 적도 없는 넌 그런 친구를 놓쳐선 안 돼."

"약영 언니는 왜 그렇게 우리를 엮지 못해 안달이야?"

"안달이라…… 난 그냥 네가 후회할까 봐."

"후회 안 해."

노신이 단호하게 말했다.

"너 혼자 외롭게 남으면 후회할 거야."

"역시 약영 언니는 걔랑 같이 떠날 거구나?"

"그럴 계획 없어. 난 운몽에 남아 운몽에서 죽을 거야."

약영은 이렇게 말했지만 슬픈 표정은 드러내지 않았다.

"그렇담 난 혼자 외롭지 않겠다. 난 앞으로 죽 언니 곁을 지키고 싶어."

약영은 노신의 말을 듣고 미소를 지었지만 곧바로 다시 표정 없는 얼굴로 돌아갔다. 노신은 다시는 약영의 미소를 볼 수 없을 것 같은 불길한 예감이 들었다.

"네가 오릉 군을 보고 싶지 않다면 나 혼자 가서 배웅할게. 그 참에 소휴도 데려오고. 오릉 군이 소휴 학대하는 걸 보고 싶지 않다면서. 앞으로 소휴에게 잘해줘. 근데 난 어째 소휴가 남지 않을 것 같다. 오릉 군이 이번에 정말 도가 지나치게 행동한 건 전적으로 소휴가 자기에게 반항하게 만들려고 한 거잖아. 주인을 떠나면 충성하지 않는 거고, 주인 명령에 반항해 그 곁에 있겠다고 고집 피우는 것도 충성하지 않는 것이고. 소휴를 곤경에 빠뜨린 거지. 소휴는 진퇴양난의 난감한 상황에 빠져 어떤 선택을 해야 할지 모르고."

"나도 언니랑 같이 갈래. 오릉규가 앞으로 소휴에게 잘해준다고 보증해서 둘의 주종관계가 계속 유지됐으면 좋겠어. 그렇지 않으면 둘 다에게 이롭지 않으니까."

"오릉 군을 많이 생각해주네? 그럼 세수랑 양치질하고 같이 가자."

약영이 이렇게 제안했고 노신도 동의했다.

두 소녀는 도롱이를 입고 삿갓을 쓰고 오릉규의 거처로 향했다.

빗줄기는 조금 잦아들었지만 땅바닥은 진창이었다. 하늘색이 전날만큼 어둡지 않은 것으로 보아 곧 날이 갤 듯했다. 그렇지만 골짜기에는 안개가 뿌옇게 끼어 두 사람

시야를 막았다.

약영과 노신은 본채를 지나 백 걸음 정도를 걸었다.

이어서 나지막하게 우는 쉰 목소리가 들렸다. 두 사람은 목소리의 주인공을 판단할 순 없었지만 소휴의 이름을 들었다. 이때 노신은 앞에서 무슨 일이 일어났는지 이미 예감했다.

노신은 진창인 땅을 밟고 소리가 들려오는 곳을 향해 뛰었다. 바람이 불어 마른 핏자국처럼 흙탕물이 치마에 튀었다. 노신 뒤에 뛰어오던 약영은 잔혹한 장면이 눈에 들어오자 바닥에 쓰러졌다. 노신도 충격 받은 사촌 언니를 돌볼 겨를이 없었다. 절망적으로 통곡하는 규를 봤기 때문이다.

규는 나무 밑에 우두커니 앉아서 이미 호흡이 멈춘 소휴를 품에 안고 점점 힘이 빠져가며 계속 울었다. 소휴 목에 자홍색 재갈 자국이 있었다.

대마를 엮어 만든 밧줄 하나가 나뭇가지에 걸려 있었다. 밧줄은 엄지손가락 굵기였고, 나뭇가지에 두 바퀴 돌려 묶여 있었다. 매듭 아래로 2척_{약 60센티미터}쯤 되는 부분이 다시 고리 모양으로 묶여 있었다. 고리의 매듭과 지면과의 거리는 7척 5촌_{약 2.5미터} 정도였다. 밧줄 아래쪽에는 길이 약 2척, 폭 1척, 높이 6촌_{약 20센티미터} 정도인 갈색 돌이 있었다. 돌은 모서리가 각이 져서 멀리서 보면 흙벽돌로 착각할 정도였다.

노신은 눈에 보이는 사람과 사물을 바탕으로 자신이 도착하기 전에 이곳에서 발생한 일을 복원해보려 했다. 소휴는 스스로 목숨을 끊은 것 같았다. 먼저 돌을 밟고 발끝으로 서서 밧줄을 나뭇가지에 맨 다음, 밧줄의 남은 부분으로 고리를 만들었다. 마지막으로 고리에 머리를 집어넣고 돌을 차버려 밧줄로 자기 목숨을 끝내버렸다. 시신을 발견한 규가 그 허리를 잡고 밧줄에서 빼냈고, 그래서 지금 눈앞의 장면이 벌어졌다.

"규, 소휴가……."

노신은 어찌할 바를 모르고 물었다. 규는 아무 반응 없이 계속 울었다. 규는 전혀 목소리가 나오지 않는 상태라 슬픔에 빠져 피눈물만 흘렸다. 약영은 노신 뒤에 웅크리고 앉아 두 손으로 바닥을 지탱하고 고개를 깊숙이 숙이고는 뭐라고 중얼거리고 있었지만, 노신은 제대로 듣지 못했다.

"소휴를 안으로 옮기자. 계속 여기에 있는 건 바른 조치가 아니야."

노신이 제안했지만 규는 여전히 반응이 없었다.

"규! 정신 좀 차려!"

노신이 오릉규의 어깨를 흔들자 소휴의 시신도 같이

흔들렸다.

"전부 다 내 잘못이야. 난 이번에도 소휴가 내 말에 복종할 줄 알았는데, 결국 이렇게 됐어."

소휴는 어제 규의 명령 탓에 자살한 것 같았다. 규는 소휴와 관계를 끊겠다고 고집을 부리며 소휴에게 운몽에 머물라고 명령했다. 그런데 소휴는 주인을 떠나고 싶지 않았고 규에게 명령을 거둬달라고 할 수도 없어서 결국 이런 방법을 택해 항의를 표시한 것이다.

규가 소휴의 결심을 얕잡아 본 셈이다.

"규, 지금 무슨 말을 하는 거야? 지금은 그런 말을 할 때가 아니야!"

"노신, 그럼 전부 너에게 부탁할게."

규는 소휴의 시신을 노신에게 맡기고, 자신은 일어나 밧줄 쪽으로 걸어갔다.

"너 뭐 하는 거야?"

"이번엔 정말 이별이야."

규는 돌을 밧줄 아래쪽으로 옮기고 그 위에 올라서서 두 손으로 밧줄을 잡고 노신을 향해 쓸쓸하게 웃으며 이렇게 말했다. 이때 규의 눈에는 더 이상 눈물이 남아 있지 않았고, 남은 것이라곤 죽을 결심뿐이었다. 노신은 규가 진지하다는 것을 알았지만, 두 팔로 소휴의 시신을 안고 있느라 손을 풀 수가 없어서 약영에게 도움을 청했다.

"약영 언니, 쟤 좀 막아줘!"

약영은 쭈그려 앉았던 자세에서 일어나 규에게 달려갔지만, 내내 고개는 들지 않고 땅바닥을 응시했다. 약영은 규 앞으로 가서 꿇어앉아 규의 두 다리를 끌어안았다.

"오릉 군, 그런 생각 하지 마. 죽은 사람은 이미 충분히 많아."

"규, 내가 너에게 어떤 사람이 되고 싶냐고 물었을 때, 네가 행동으로 내 질문에 대답해주겠다고 했지. 근데 너 지금 뭐 하는 거야? '난 죽은 사람이 되고 싶어'가 설마 네 대답이니? 넌 이미 날 많이 실망시켰으니, 실망할 짓 좀 그만 해. 내가 계속 널 보고 있고…… 소휴의 영혼이 지금도 널 보고 있으니까!"

"난 소휴 앞에서 죽고 싶어. 그런 소원도 들어줄 수 없어?" 규는 극도로 쉰 목소리로 말했다. "생전 처음 이런 생각이 들었고, 나 같은 사람은 죽는 게 더 나아. 소휴는 내가 죽인 거야. 아니, 정확히 말하면 모두 내가 죽였어. 노신, 이렇게 말하니 만족하지? 약영 언니, 강리 언니가 죽은 것도 제 잘못이에요. 그러니, 그러니 날 놔줘요. 난 구제받을 자격이 없어요."

"그건 네 잘못이 아니야, 오릉 군. 난 널 책망할 수가 없어. 무엇보다 강리의 소원은 너에게 맡길 수밖에 없고."

"역시, 약영 언니는 다 알고 있군요."

"그래, 난 다 알아. 그래서……."

약영은 여기까지 말하고 눈을 감았고, 바들바들 떨며 일어나 온몸의 기력을 다해 규를 바닥으로 쓰러뜨렸다. 어지럽게 늘어뜨려진 약영의 머리가 규의 뺨을 덮었다. 규의 뒤통수와 머리카락은 진흙에 빠졌다. 약영은 그제야 눈을 뜨고 규의 두 손을 잡아 규를 일으켰고, 자기 소매로 규 얼굴의 눈물과 머리카락의 진흙을 닦았다.

"오릉 군, ……를 헛되이 하지 마."

약영은 규의 귀에 대고 말했고, 빗소리로 인해 노신은 가운데 말을 듣지 못했다. 약영이 말을 마치자 규는 불결하고 암울하며 희망이라 할 것이 없는 세상을 다시 받아들이는 듯 침울하게 고개를 끄덕였다. 규는 약영의 부축을 받아 일어나 비틀비틀 노신에게 다가갔다.

노신은 규가 조금 전에 한 말에 충격을 받아 규를 어떻게 봐야 할지 몰랐다.

'정말 규가 방금 말한 대로 규가 우리 가족을 살해한 범인이라면, 저 아이를 구해주면 안 되잖아.' 노신 마음속에 후회에 가까운 감정이 생겼다. 물론 노신은 규가 정말 용서할 수 없는 짓을 했다고 해도 규가 자기 앞에서 죽는 걸 가만히 보고 앉아 있을 순 없었다. 결국 노신은 소휴의 시신을 안고 힘겹게 규의 거처로 향했다. 힘이 달린 노신에게 안긴 소휴의 두 발이 땅에 끌려 흔적을 남길 수밖에 없었다.

규도 자신의 말 때문에 노신이 혼란에 빠진 것을 알고 더 이상 아무 말 하지 않고 느릿느릿 그 뒤를 따랐다. 약영은 규 옆에서 걸었다.

방안에 들어간 노신은 소휴의 시신을 바닥에 누이고 비옷을 벗은 후 한쪽에 무릎을 꿇고 앉았다. 노신은 소휴의 혀가 치아 밖으로 나와 입술과 나란히 있는 것을 보았다. 아랫도리에는 대소변이 흘러나와 옷이 더러워져 있었다. 노신은 소휴의 시신을 깨끗이 닦아줄 생각이었다. 소휴의 옷을 벗기고 몸을 뒤집으니 옷 밑에 채찍 자국이 보였다.

들쑥날쑥한 채찍 자국이 소휴의 등과 엉덩이와 허벅지에 빼곡했지만 살갗이 찢긴 곳은 한 군데도 없었다. 노련한 채찍질 기술로 판단하건데 모두 오릉규의 작품이 분명했다.

상처들이 멍과 붓기가 아직 가시지 않은 것으로 보아 어제 막 생긴 새로운 상처인 듯했다. 소휴의 몸에서 약 냄새가 풍겼는데, 아마 오릉규는 소휴에게 매질을 한 뒤 약도 발라준 것 같았다.

"규, 너 또 어젯밤에 소휴를 때렸어?"

노신이 굳은 표정으로 물었지만 오릉규는 대답하지 않았다.

"혹시 네가 소휴를 죽게 한 거 아니야? 아까 죽을 만큼 슬퍼하던 모습은 다 연기 아니야?"

반응이 없었다.

"왜 모두 네가 죽였다고 한 거야? 너 대체 무슨 짓을 했어? 운몽택에 온 목적이 대체 뭐야? 우리 가족과 대체 무슨 원한이 있어 내 일상을 망치는 거냐고. 아니지, 넌 이미 내가 살던 세상을 망가뜨렸어……."

잠자코 있는 규 앞에서 노신은 더 이상 화를 억누를 수 없었다. 노신은 규가 그저께 책상에 둔 서도를 움켜쥐고 일어나 규에게 다가갔다. 규를 해칠 생각은 없었고 이 보잘 것 없는 '병기'로 규의 입을 열게 할 요량이었다. 그런데 바로 그때 귓가에 소리가 들렸다.

"오지 마!"

처음에 노신은 규가 외치는 소리인 줄 알았다. 그런데 눈에 들어온 규의 얼굴은 미동도 없었고, 입술은 계속 다물어 있었다. 노신은 규 옆의 약영에게 시선을 돌렸다. 약영은 눈을 꼭 감고 머리를 가슴에 파묻고는 두 손을 이마 양쪽에 댄 채 목이 쉬도록 외쳤다.

“노신, 그거 내려놔!”

“약영 언니, 난…….”

“돌이킬 수 없는 일 하지 마!”

약영의 말소리가 슬프게 울렸다. 노신은 사촌 언니가 이렇게 화내는 모습을 본 적이 없었다. 노신은 사태의 심각성을 깨닫고 눈치 있게 서도를 원래 자리에 놔둔 다음 바르게 앉았다.

“이틀 전만 하더라도 규와 농담하고 장난도 쳤는데 지금 생각해보니 참 신기하다. 왜 일이 이렇게 됐을까? 생전 처음 친구를 사귀어서 정말 기뻤고, 규와 함께 그전까진 언감생심 상상도 못했던 일들을 함께하고 들어보지 못한 곳에 가볼 수 있을 거라 생각했어. 한때는 규로 인해 내 인생이 바뀔 거라고도 생각했는데 웃기고 부끄러운 생각이라는 것이 증명됐어. 다 네 잘못이야. 다 너 때문이라고, 오릉규. 널 만나지 않았으면 좋았을걸. 네가 운몽에 오지 않았으면 좋았을걸. 네가 처음부터 이 세상에 존재하지 않고, 아예 태어나지 않았으면 좋았을걸. 그랬으면 누군가가 불행해질 일도 없었을 텐데…….”

“나도 그렇게 생각해. ‘내 그럴 줄 알았으면 태어나지 않는 게 더 나았을 것을知我如此, 不如無生’.”

규는 자조하며 말하고 자조하며 웃었다.

“내 그럴 줄 알았으면 태어나지 않는 게 더 나았을 것을.”

약영은 규가 한 말을 다시 반복했다. 노신은 이것이 《시경》에 나오는 구절임은 몰랐지만 그런 기분을 맛봤다. 노신은 오랫동안 자신을 혐오하는 마음을 품으며 세상을 살았고, 아버지가 자신을 언니들과 비교할 때면 ‘나는 태어나지 않았으면 좋았겠다’는 감정이 올라왔다. 하지만 자기혐오를 논한다 해도 지금 자기 앞에 있는 오릉규와는 함께 논할 수 없다는 것을 이젠 알았다.

규가 정말 죽을 마음을 품은 것을 노신도 방금 봤으니 말이다.

‘아까 약영 언니는 대체 규에게 뭐라고 했지?’ 노신은 궁금했지만 묻지 않았다. 아무래도 노신은 규가 그전에 한 말들이 더 신경 쓰였다.

“노신, 숙부님께 가서 소휴의 일을 말씀드려. 우리가 오릉 군에게 관을 줄 수 있으면 좋겠어. 오릉 군이 소휴의 시신을 장안으로 데려가 묻길 원하지 않으면 우리가 소휴를 운몽에 묻어줄 수도 있고.”

“그것도 좋겠어요.” 규가 한숨을 쉬며 소휴 곁으로 걸음을 옮겨 노신 옆에 앉았다. “미안해, 내가 좀 더 일찍 알았다면⋯⋯.”

“그럼 오릉 군, 소휴의 죽음으로 그 일의 진상을 너도 전부 파악했니?”

약영이 물었다.

“네, 저도 다 알았어요.”

“너랑 얘기 좀 하고 싶어. 죄와 벌에 대한 일, 나와 강리의 약속, 무녀와 죽음 그리고 신명에 대해 얘기하고 싶어. 괜찮다면 네 생각도 듣고 싶고. 난 내가 제일 먼저 죽을 줄 알았는데, 지금 결과는 정말 내 예상 밖이야. 기의 언니, 고모, 백 선생님, 강리, 소휴를 포함해 다들 살아야 할 사람들인데, 왜 내가 지금까지 살아 있는지 모르겠어. 처음엔 기의 언니의 마음을 아프지 않게 하려고 그랬던 것 같고 나중엔 강리를 위해서였는데, 점점 타성이 생겨서 내내 결단을 내릴 수가 없었어. 노신, 이렇게 말하면 네가 화낼지도 모르겠지만 네가 듣지 않았으면 하는 얘기들이 있으니 자리 좀 피해주렴.”

“알았어.”

노신은 대답하자마자 일어나 밖으로 나갔고, 가슴이 시큰했다.

“최대한 빨리 얘기를 끝낼 테니, 너도 얼른 갔다 와.”

“노신도 알아야 할 것 같은데…….”

오릉규가 이렇게 말했지만 약영은 고개를 저었다.

“노신에게 해야 할 얘기는 내가 직접 할 거야. 난 한번에 너무 많은 청중은 감당할 수 없어. 노신이 자리에 있으면 오룽 군이 자신의 진짜 생각을 얘기하지 못할 것 같기도 하고. 넌 사람이 너무 유하고 서툴러서 사실 그 누구에게도 상처를 주고 싶지 않아 했잖아. 그런데 결국 일이 뜻대로 되지 않았네."

약영의 말소리가 아직 방안에서 맴돌았지만 노신은 이미 빗속으로 들어간 뒤였다. 노신은 사촌 언니의 말을 이해할 수 없었다. 노신이 보기에 규는 잔혹하고 영악해, 유하고 서툰 것과는 전혀 어울리지 않았다.

'왜 온 세상이 다 규의 편일까? 왜 고모도, 강리 언니와 약영 언니도 다들 신뢰 받아서는 안 될 저 인간을 저리도 신뢰하는 걸까? 왜, 나는 안 될까?' 노신은 겨우 열 몇 걸음쯤 걷다가 갖가지 우울한 생각에 무너지고 말았다.

규가 바로 여러 참극 뒤에 숨은 진범이라 믿자고 노신은 스스로 자신에게 강요했다.

3

소휴가 죽었다는 소식을 아버지께 알린 후, 노신은 규가 지내는 뜰로 돌아왔다. 약영은 노신이 문에 나타난 것

을 보고 불러서 앉히고 개인적인 얘기는 이미 끝났다고
알려주었다.

"지금 오릉 군과 무녀에 관한 얘기를 나누고 있어. 노신
도 제사에 참여해봤으니 네 생각을 얘기해봐."

"소휴의 시신이 아직 식지도 않았는데, 난 시신을 코앞
에 두고 그렇게 허무맹랑한 얘기는 못 하겠어."

노신은 단도직입적으로 거절했다.

"살아 있다면 소휴도 자기 주인이 어떤 관점을 제기하
는지 호기심 있어 했을 거야. 그러니 소휴 앞에서 얘기하
는 것도 나쁠 게 없다고 생각해."

"저도 그렇게 생각해요."

규는 미간을 잔뜩 찌푸리고 맞장구쳤다.

"그럼 난 침묵을 지키게 해줘. 나 같은 사람은 '무녀'라
불릴 자격이 없으니 얘기할 거리도 없어."

"자격이라면 나도 없어." 규가 말했다. "그저 장녀라는
이유만으로 '무아巫兒'라고 불리는 건 정말 당치않은 일이
야. 난 집안 제사 같은 중책 따위는 맡고 싶지 않았는데,
태어날 때부터 맡아야만 했어. 그래서 제사에 관한 유교
이론들을 억지로 공부하고 구체적인 예의도 습득했어. 하
지만 그건 다 아버지 세대가 강요한 일이야."

"나도 마찬가지야. 물론 난 오릉 군처럼 그로 인해 많

은 걸 박탈당하진 않았지만…… 하지만 우린 그런 신분 덕분에 다른 사람들은 범접할 수 없는 '권력'들도 얻었잖아. 안 그래?”

“우리는 예, 악의 교육을 받았고, 그게 일종의 권력이죠.”

“교육을 받은 권력……이라고?”

“여자는 창기 집안에서 태어나면 음악, 무도 등 기예를 교육 받고, 경학가 집안에서 태어나면 《시》와 《예》를 배우지. 그런데 그 두 개를 다 배울 수 있는 건 아마 우리 같은 무녀밖에 없을 거야.”

“하지만 약영 언니의 유년시절은 그리 즐겁지 않았다고 들었어요.”

“난 유년시절이 아예 없었을지도 몰라. 기억이 날 때부터 천간이 양에 해당하는 강일剛日에는 예를 공부하고 음에 해당하는 유일柔日에는 악을 익히는 생활을 했으니까. 또 아버지가 엄하셔서 암송이든 연주든 조금만 틀려도 때리셨어. 하지만 좀 전에 말했듯이 그건 다 권력을 얻기 위해 반드시 치러야 하는 대가였지. 게다가 어릴 때는 어리석고 무지해서 희희낙락하며 보냈다면 지금 아무 기억도 남지 않고 인생을 허비하기만 했을 거야. 난 오히려 그렇게 고생하며 때때로 아팠던 날들이 꽤 그리워.”

“내 상황이 조금 낫네요. 난 내 인생이 내 것이 아니고,

뭘 하든 다른 사람의 기대에 끊임없이 부응해야 한다는 사실을 일찌감치 깨달았거든요. 장녀와 '무아'로서 내게 거는 아버지 세대의 기대에 하마터면 죽을 뻔했어요. 하지만 대처 방법을 알아냈어요. 내 인생을 '되찾는' 방법을 생각했다고 할 수도 있고요."

"오룽 군은 어떻게 했는데?"

"모든 일을 그분들 기대를 넘어서게 해내면 되요. 그러면 넘어선 부분은 바로 내 인생이 되지요. 오랫동안 내게 허락된 일은 아주 제한적이긴 했지만, 어느 정도까지 해낼 것인가는 나 스스로 결정하고 그건 거의 제한이 없었어요."

"우리 세대는 정말 이해할 수 없는, 굉장히 적극적인 인생관이구나."

"하지만 그렇게 해도 여전히 공허함과 상실감이 느껴지고, 내 욕구는 여전히 채워지지 않는다는 것을 나중에 깨달았어요. 내가 공허함을 느끼는 원인은 할 수 있는 일이 적어서가 아니라 활동 공간이 너무 작아서라는 것을 알았고요. 그래서 열다섯 살 생일 때 아버지께 소원을 얘기했어요."

"여행?"

"네, 우리 집 상단을 따라 여행하는 거요."

"네 출신이 참 부럽다."

"출신이라 하면 난 약영 언니가 부러운 걸요. 사람들 입에 오르내릴만한 조상이 있고, 비밀을 지키며 남에게 보여주지 않는 초나라 지역의 옛 예법을 배울 수 있고, 어릴 때부터 전국시대 이래 내려온 제기도 접할 수 있잖아요. 내가 천리 길을 마다 않고 산 넘고 물 건너 운몽까지 온 건 그런 것들을 경험하기 위해서인데, 약영 언니는 모두 어릴 때부터 보고 들어서 익숙하고 습관이 됐잖아요."

"하지만 그건 이 땅에 계속 속박되어 있었다는 의미이기도 해." 약영이 한숨을 쉬었다. "사실 난 이미 운몽을 떠날 수 없게 되었어. 난 이 가문이 우리 세대까지 전해졌고, 끝까지 가야 한다고 늘 생각했거든. 끝이라고 해봐야 몇 년 걸리지 않아 무녀라는 직업도 사라지겠지."

"그렇지 않을 거예요. 무녀는 원래 두 종류가 있거든요. 하나는 제사에 참여하는 무녀예요. 제사 전에 향초를 채집하고 목욕재계한 다음, 제사 때 음악과 춤을 공연하며 신명께 바치죠. 또 다른 무녀는 민간을 떠돌고 시장에 출몰하며 사람들을 위해 점을 쳐서 병을 물리쳐주고 혼을 불러주며 비용을 받아 자신을 부양해요. 앞으로 사라질 건 첫 번째 무녀뿐일 거예요. 두 번째 무녀는 자력갱생이 가능해 일반 백성부터 고관과 귀인까지도 그들을 벗어날 수 없기에, 신명이 인간을 버리는 그날까지 계속 존재할 수 있을 거예요.”

“전에는 나도 그런 무녀로 전락하는 게 아닐까 하는 생각이 들어서 의서들을 섭렵했어. 지금 생각하면 내가 쓸데없이 걱정이 많았지. 오릉 군은 점도 잘 친다고 하던데…….”

“훗날 가세가 기울면 시장에 가서 점쟁이가 되려고요.”

“그런데 오늘 너와 얘기하고 싶은 건 첫 번째 무녀야. 물론 지금 우리가 바로 그런 무녀지. 오릉 군은 무녀로서 반드시 해야 하는 일이 뭐라고 생각해?”

“아무래도 ‘신도설교神道設教’, 즉 신의 도道로 만민을 교화하는 것이죠. 그게 무녀의 본업이니까요. 근데 제 의견을 말하기 전에 먼저 약영 언니의 관점을 듣고 싶어요.”

“난 무녀가 자신의 역할을 발휘해야 할 곳이 하늘과 사람 사이가 아니라 세속 세계라고 생각해.” 약영이 정색하고 말했다. “무녀는 신명을 대신해 세속의 권력을 행사해야 해. 사람들은 정치와 종교의 관계를 논증할 때 우리 선조 관사부의 말을 인용하고, 그분의 뜻은 정교합일 국가를 세우는 것이라 생각하지. 구체적인 방법은 세속의 권력으로 종교 권력을 통제하는 것이고. 하지만 난 이런 해석이 애초부터 오해라고 생각했어. 오릉 군이 연회에서 설명한 것도 관사부의 본뜻에 아주 맞지는 않아. 너도 ‘전욱顓頊

頊이 그것을 받아 남정南正 중重에게 하늘을 주관하여 신과 회합하라 명하고 화정火正 려黎에게 땅을 주관하여 백성과 회합하라 명함으로써 옛 질서를 회복하여 서로 침범하거나 경시하지 않도록 하였다'는 말을 인용했지만, 그 뒤의 해석은 심각한 오류를 범한 것 같아. 넌 '초나라의 건국 기반은 무력이 아니라 무술巫術이었다. 그렇게 보면 당시 초나라 왕, 즉 세속의 왕은 사람들에게 가장 존경받는 무속인이기도 했다'는 얘기도 했지. 이 관점은 비교적 사실에 가깝다고 생각해. 그런데 왜 이 방향에서 관사부의 말을 이해하지는 않았니? 오릉 군, 이쯤 되면 내 뜻을 알겠지? 여기에서 전욱의 역할은 세속의 제왕이 아니라 정반대야. 그는……."

"언니 말은, 전욱이 동시에 최고의 무속인이기도 했다는 것이죠. 맞아요?"

"맞아. 내 생각에 전욱의 세속 권력은 사실상 그의 종교 권력에서 비롯됐어. 전욱은 최고의 무속인으로서 '절지천통絶地天通'을 통해 국가에 신도를 세운다는 개념을 세웠기 때문에 세속의 통치자가 되어 만민을 통할하고 제왕의 계통을 확립하는 권력을 장악했어. 은나라, 상나라 때까지 상고시대 제왕은 모두 그랬어. 우리는 평소에 '은나라 사람은 귀신을 믿었다'고 하는데 사실 그건 오해야. 은·상시대에도 제왕은 무속인을 겸한 신분이었어. 초나라는 상나라 말, 주나라 초에 건국되어서 건국 초기에는 마찬가지 풍속이 있었지. 주나라 이후로 상황이 바뀌었어. 주나라 무왕은 무력으로 은나라 사람을 격파했고 은나라 사람들은 거기 불복해 주나라 초기에 반란이 많았어. 그래서 주나라 무왕은 친족에게 은·상의 옛 땅을 분봉해, 그들이 군대를 장악하고 은·상 유민을 관리감독 하게 했어. 그때부터 새로운 봉건제도가 확립되고 세속 권력이 점점 군인에게 집중되었지. 군사 귀족은 집에 무속인을 부양하며 자신의 신하로 만들었어. 절대적으로 잘못된 제도라고 생각해. 주나라 왕실이 동쪽으로 이주한 후 혼란에 빠진 세상과 진나라의 폭정이 그로 인해 발생했다고 봐. 어지러운 세상을 바로잡아 정상을 회복하기 위한 최상의 방법은 역법을 바꾸거나 옷 색깔을 바꾸는 것이 아니고, 유생을 신용하는 것도 아니며, 무속인 정권을 다시 세워 세속 권력을 무속인이 다시 잡게 하는 것이라고 생각해."

"약영 언니는 그런 것에 야심이 있었군요……."

"주나라 초기, 문왕의 아들 주공 周公 은 예를 정하고 악률을 만들어 군사 귀족이 주도하는 새로운 제도를 확립함으로써 은·상의 정교합일 전통을 훼손했어. 5백년 후 공자는 《시》《서》를 빼버리고 《춘추》를 지어 은, 상, 주 삼대의 제도를 증감해 만세불변의 새 제도를 만들려 시도했고, 후세 유학자가 공자의 철학을 《왕제 王制》 편으로 엮었지. 하지만 내가 보기에 이런 정치 청사진은 여전히 주공이 확립한 제도를 조금 손보고 보충한 것뿐이야. 다시 5백년이 지나 주나라 제도가 깡그리 무너지고 폭정을 휘두른 진나라가 짧게 존재했지만, 한나라는 1백여 년을 흥성하면서도 진나라 정치의 폐단을 답습했어. 결국 그게 오늘날까지 이어지고 있고, 군사를 일으켜 흉노를 토벌하고 무력을 남용해 전쟁을 일삼아 나라를 최악의 궁핍 상태로 만들었지. 또 제왕이 태산 泰山에 가서 천지에 제사를 지내는 예를 행하고 도술사를 신용해, 신선에게 구하고 귀신에게 묻는 갖가지 방법들은 우습기 그지없어. 그럼에도 그것을 너무 좋아해 몰두하고, 그것이 잘못된 것인지도 모르고 치욕이라 여기지도 않아. 내가 보기에 이 나라는 이미 패망에 근접했고 혁신하지 않으면 안 돼. 유교에선 '질 質'과 '문 文'의 대립을 중시하잖아? 유교에선 은·상을 '질가 質家'라고 하고, 주나라를 '문가 文家'라고 하며 '질'과 '문' 두 시대정신이 계속 교체되는 것으로 여긴다고 들었어. 그렇다면 우리는 지금 이 시대를 '문'의 말세로 볼 수 있어. '문'의 말세에 나타나는 여러 폐해를 구제하려면 '질가'의 제도를 다시 채택해서 정교합일을 이루고 무속인이 정권을 잡아야 해. 주공부터 나까지 시간이 딱 1천년이야. 이 1천년은 주공이 세운 제도와 실시한 교화가 세상에서 순조롭게 통행된 시대였고, 이제부터는 무속인에게 속한 천년왕국을 우리가 세워야 해.”

“난 무녀니까 그런 제도가 실현된다면 좋겠어요. 하지만 우리 무속인들이 나라 전체에 어떻게 대항하죠? 남자 무속인이라면 나름 방법을 생각해 벼슬길에 오르고 마지막에…….” 규는 차마 ‘군사를 일으켜 모반한다’는 말은 내뱉지 못하고 잠시 멈췄다 말을 이었다. “지금 제도에 따르면 우리 무녀들은 아마 평생토록 아무런 세속 권력을 잡지 못할 거예요. 약영 언니, 언니의 생각은 대체 어떻게 추진해야 하죠?”

“여자가 세속 권력에 개입하려면 딱 한 가지 경로밖에 없을 거야. 강리와 논의한 적이 있었는데, 결국 다른 방법은 생각나지 않았어.”

“그 말은…….”

“응, 무녀로서 자기 몸으로 제왕을 모시겠다는 각오가 있어야 해.”

“역시 그렇군요.” 규가 한숨을 쉬었다. “강리 언니가 음악 연마에 몰두한 것도 그 목적이 있었던 거죠?”

“맞아. 위衛 황후, 이李 부인도 음악 덕분에 총애를 받았어. 그래서 강리는 그 방법이 시도해볼 가치가 있다고 여겼지. 그건 우리가 함께 품은 이상이었는데 안타깝게도 이젠 나 혼자 남아서 실행할 수 없을 것 같아."

"나랑 같이 장안으로 가면 기회가 생길지도 몰라요."

"이미 너무 늦었어. 강리가 지원해주지 않으면 난 아무 것도 못 해. 난 망상에 빠져 있는 사람이라 최소한의 행동 능력도 없어. 게다가 우리는 태어난 시기가 너무 나빠. 황제는 늙고 태자는 강성하잖아. 원래 우리가 생각한 건 한 사람은 액정披庭, 비빈이나 궁녀들이 거처하던 곳, 한 사람은 동궁東宮, 태자가 거주하던 곳으로 가는 거였어. 그래야 성공할 확률이 좀 더 높으니까. 나라를 바꾸겠다는 이상을 품고 후궁으로 들어간다는 게 옆에 있는 사람들이 보기엔 굉장히 웃기고 주제넘은 행동이란 건 나도 잘 알지만."

"언니는 남김없이 생각을 다 얘기해줬는데, 내가 해줄 수 있는 게 없어서 착잡하네요."

"그럼 오릉 군도 네 생각을 남김없이 말해주면 돼. 일이 이렇게 된 마당에 나도 더 이상 널 도울 수 없으니까."

"그렇게 마음 아픈 얘기 하지 말아요. 요 며칠간 슬픈 일이 너무도 많았어요. 약영 언니의 말을 들으니 갑자기 내가 너무 고루해서 내 생각은 다른 사람의 귀를 더럽힐 가치조차 없는 것 같아요. 하지만 여기에서 말하지 않으면 앞으로 아무에게도 말할 기회가 없을 테지요."

규는 이렇게 말하며 문 쪽에 앉아 있는 노신을 힐끗 보았다. 노신은 두 사람의 대화를 신경 쓰지 않는 것처럼 고개를 떨어뜨리고 바닥만 보고 있었다. 하지만 약영의 말은 사실 노신이 들으라고 한 것임을 규는 알았다.

"개인적으로는 세속 권력에 대해 아무 야심이 없어요. 모든 심혈을 기울이고 세월을 들여 권력을 추구한다 해도 결국 아무 성과가 없을 것이라 생각했거든요. 왕후장상도 결국은 한줌의 황토에 불과하니까, 난 차라리 자아를 돌아보고 싶어요."

"'자아'가 무슨 뜻이지?"

"내가 도달할 수 있는 경지요. 내가 추구하는 상태는 하늘과 사람 사이, 옛날과 현재 사이, 상대와 나 사이의 차이를 내 안에서 완전히 소멸시켜 버리는 거예요."

"조금 이해가 안 되니 네가 설명을 해줘야겠다. '아침에 도를 들으면 저녁에 죽어도 좋다'고 하잖아. 이제 아침은 지났지만 난 저녁까지 살 수 없을 것 같아."

"그렇게 불길한 말 하지 말아요. 약영 언니는 계속 살 거예요. 죽음과 삶은 원래부터 선 하나를 사이에 두고 있으니 죽음이 그렇게 무서운 일은 아니지만요. 하지만 언니의 포부는 현세에, 세속에 있고, 그 이상은 죽으면 영원히 이룰 수 없어요. 반면 내가 추구하는 건 죽으면 더 쉽게 얻을 수 있을 거예요."

"이 세상에 죽으면 더 쉽게 얻을 수 있는 게 있어?"

"이 세상에 물론 있죠.《장자》에 이런 이야기가 있어요. 국경 관리를 맡은 관리의 딸 여희麗姬는 진나라로 시집을 갈 때 울어서 옷깃이 젖었대요. 하지만 진나라 왕에게 가서 왕과 함께 편안한 침대에서 자고, 맛있는 고기를 먹으며 자신이 울지 말았어야 했다고 후회했지요. 즉 생명을 아끼고 죽음을 두려워하는 건 일종의 편견이에요. 죽는 게 사는 것보다 훨씬 나을지도 몰라요. 죽은 후 우리도 이야기 속 여자처럼 옛날 자신의 모습을 비웃을지 몰라요."

"오릉 군의 뿌리는 전부 유학인 줄 알았는데 의외로 도가 학설에도 동의하네."

"'천하의 이치는 하나이지만 백 가지 생각이 있고, 다 같은 곳으로 귀결되지만 저마다의 길이 있다天下一致而百慮, 同歸而殊塗.'* 제자백가가 논하는 이치는 사실 다 같아요. 유교에서도 '중생은 반드시 죽고, 죽으면 흙으로 돌아간다衆生必死, 死必歸土'고 했고, 이걸 귀鬼라고 했죠. '뼈와 살은 아래로 쓰러지고骨肉斃于下' 땅에서 부패해 흙이 되고요. '그

---

* 《주역》 '계사' 편에서 인용.

기운은 위에서 발양해其氣發揚于上' 눈으로 볼 수 있는 빛이
되고, 맡을 수 있는 냄새를 발산해 사람을 슬프게 해요.
이것이 바로 생물의 정기이고, 신神이 구체적으로 드러난
것이에요.* 이것은 귀신鬼神의 원리를 해석한 것인데, 유학
자가 만든 여러 제사도 다 이 이론을 기초로 해요. 유교에
선 죽음이 별로 두려워할 일이 아니라고 생각하고, 자손
이 제 구실을 해서 종묘가 무너지지 않으면, 죽은 사람은
제사 때 자손이 바치는 여러 희생물을 계속 향유할 수 있
다고 봐요."

"그래서 오릉 군은 죽는 게 사는 것보다 낫다고 생각
해?"

"그래도 그렇게 생각하진 않아요. 사람은 살아 있을 때
꼭 해야 할 일이 있거든요. 이를테면 방금 말한 종묘를 지
키는 문제가 있죠. 사람이 살아 있을 때 산업을 잘 경영하
지 않고 사무 처리를 올바로 하지 못해 가문이 쇠락하면,
자손은 종묘 제사를 유지할 수 없고 죽은 후에 후손이
바치는 것을 누릴 수 없어요. 하지만 내가 추구하는 건
그런 게 아니라 신명과 동행하는 거예요."

"신……명?"

<hr>

* 《예기》'제의' 편에서 인용.

"네, 좀 전에 인용한 자료에 따르면, 사람이 죽으면 '그 기운이 위로 발양해요.' 그렇다면 죽은 뒤 영혼은 천상에 거하는 것이고, 신과 함께 있게 되는 것이죠."

"그러고 보니 우리가 모시는 여러 신들이 살아 있을 때는 어진 임금, 이름난 신하였다가 죽고 나서 신이 되었지."

"맞아요. 우리는 신앙이 혼란한 시대에 살고 있어요. 상고 3대와 현재 왕조의 신계神系가 한데 겹쳐서 골치가 아프지만 모든 신은 한 몸이고, 사람이 죽으면 혼령은 전부 그 속으로 돌아간다고 믿어요. 바다가 졸졸 흐르는 모든 물을 받아들이듯이."

"난 무슨 말인지 잘 모르겠어."

"선대 유학자의 이해와 조금 차이가 있어요. 난 사람이 죽으면 개체의 영혼은 존재하지 않고, 어떤 여정을 거친 후 영혼이 하늘로 올라가 그전에 죽은 모든 이의 영혼에 녹아들어 하나의 '전체'로 합쳐진다고 생각해요. 거기에선 자아와 타인의 경계가 사라지고, 옛사람과 지금 사람의 구별도 더 이상 존재하지 않아요. 거기에 녹아든다는 것은 언니가 모든 사람이 되고, 모든 사람은 언니가 된다는 것을 의미해요."

"너무 어려워서 난 도무지 상상이 안 간다."

"방금 얘기했듯 난 하늘과 사람 사이, 옛날과 지금 사이, 상대와 나 사이의 차이를 없애려고 해요. 내 생각에 그걸 가능하게 하는 건 죽음밖에 없어요. 죽은 뒤 혼령이 위로 올라가면 하늘과 사람 사이의 차이가 없어져요. 죽은 모든 자의 영혼이 하나로 합쳐지면 옛날과 지금, 상대와 나 사이의 차이도 없어지고. 사람이 살아 있을 때 끊임없이 추구하면서도 도달할 수 없는 경지는 사실 죽으면 바로 도달할 수 있어요."

"네 말대로라면 왜 사는 건데?"

"인간 세상은 고난으로 가득해서 사람들은 갖가지 고통을 겪지 않을 수가 없어요. 그래서 난 삶의 의미도 거기에 있다고 생각해요."

"고난을 위해서?"

"아니, 삶의 의미는 노력을 통해 자신의 고통을 줄이고 다른 사람의 고통도 줄여서, 모든 사람이 받는 고난의 총합을 최소한으로 줄이는 거지요."

"그걸 어떻게 하는데?"

"약영 언니처럼 현세에 대한 관심으로 충만한 사람이 되도록 노력해야지요."

"그럼 오릉 군은 본인이 할 일은 뭐라고 생각해?"

"사람이 살아 있을 때 사망 상태에 도달하는 방법을 찾고, 그 방법을 타인에게 가르치는 거요. 그리고 피할 수 없는 죽음을 담담히 받아들이라고 다른 사람에게 조언하는 거요."

"'살아 있을 때 사망 상태에 도달한다'는 게 무슨 말이지?"

"아주 간단해요. 사망은 육체와 영혼이 분리되어 '뼈와 살은 아래로 쓰러지고', '그 기운은 위로 발양한다'는 의미잖아요. 즉 살아 있을 때 사람이 해탈을 얻을 수 없고 여러 한계를 제거할 수 없는 이유는 모두 육체의 속박 때문이에요. '나의 큰 병은 내게 몸이 있기 때문吾之大患 在吾有身'이라는 말이 곧 그 뜻이죠. 그래서 살아 있을 때 사람의 영혼이 최대한 육체 밖으로 동떨어질 수 있는 방법이 뭐가 있을지 생각했어요. 나중에 방법이 떠올랐죠. 약영 언니는 예를 집행하거나 음악을 연주할 때 너무 몰입해서 자아를 잃는 것 같았던 경험 없어요? 아니면 명상 중에 신명, 옛사람과 교류를 한다든지……."

"있긴 한데 눈 깜짝할 사이에 지나간 경험이었어."

"그게 바로 내가 추구하는, 살아 있지만 죽은 것 같은 경지예요. 어떤 기술을 응용하거나 약물을 복용해서 내 자신을 오랫동안 그런 상태에 빠질 수 있게 만들면 좋겠어요. 그런 방법을 발견하면 꼭 세상 사람들에게 전파해 모든 사람이 달콤한 죽음을 체험할 수 있게 할 거예요."

"오릉 군은 비슷한 경험을 해봐서 그런 '죽음의 철학'을
깨달은 거니?"

"네." 규가 크게 고개를 끄덕였다. "열네 살 때 말 등에
서 떨어져서 전신의 뼈가 거의 다 부서졌고, 간신히 숨이
붙어 있는 상태로 두 달 동안 혼수상태에 빠졌다 깨어났
어요. 당시 생과 사의 좁은 틈에 빠졌었지만 전혀 고통스
럽지 않았어요. 깨어난 직후에 느낀 극심한 고통에 비하
면, 꿈에서 노닐었던 화서지국華胥之國, 그 태평한 나라는
그야말로 극락의 땅이었죠. 꿈에서 말로 형용할 수 없는
경험들을 했지만 말로 표현할 수 없기에 시간이 지나니
꿈의 내용도 점점 흐릿해졌어요. 하지만 나를 잊고 어떤
일을 할 때면 그 익숙한 감각이 다시 재현돼요. 호수 바닥
에 누워 있는데 시원하게 숨을 쉴 수 있고, 호수 위에 투
사되는 햇빛이 물결 따라 흔들거리는 것도 볼 수 있고, 때
때로 호수 속에 빠진 꽃잎이 물에 흠뻑 젖어 가라앉아 눈
앞까지 날아오기도 하고요. 귓가에는 고대 현인들이 속삭
이는 말과 노래하는 경서 구절이 들리고, 한 번도 읽어보
지 못했거나 전해지지 않는 가르침도 있지요. '아침에 도
를 들으면 저녁에 죽어도 좋다'라는 말을 듣고 나서야 내
가 이미 죽었을 수도 있다는 사실을 퍼뜩 깨달았고, 그때
는 마침 죽은 이의 나라에 있었어요. 차츰차츰 내 몸이 사

라지면서 반딧불이 같은 후광이 되어 조금씩 호수에 녹는 게 느껴졌어요. 아마 그 호수는 선현들의 혼령이 모여서 만들어진 것 같아요!"

규는 여기까지 말한 후 눈을 감고 숨을 깊게 들이쉬었다.

"난 결국 깼어요. 참 아쉽지만 그것도 나쁘지 않았어요. 어쨌든 언젠가는 그곳으로 돌아가 옛사람들과 한 몸이 될 테니까요. 헌데 그전에 내 경험과 그 속에서 깨달은 이치를 세상에 퍼뜨려 세상 사람들이 더 이상 죽음을 두려워하지 않도록 해야 해요. 이게 바로 나의 '신도설교'예요. 《역》에 나오는 이 말에 대해 내 나름의 해석이 있는데, 다른 사람들은 그 해석을 받아들일 수 없을지 몰라도 난 그걸 실행할 거예요."

"자세히 듣고 싶어."

"독자적인 교파를 세우고 독자적인 교리를 만들어 날 신봉하는 교도를 흡수해서 세상에 나만의 교화를 시행하는 것이 '신도설교'예요! 이것이 내가 이해한 무녀의 직책이에요."

"그럼 구체적으로 어떻게 해야 '신도설교'의 목적을 달성할 수 있지? 내가 하고 싶었던 일보다 훨씬 어렵게 느껴지는데. 내가 하려던 일은 권력만 잡으면 할 수 있지만, 넌 다른 사람이 널 믿게 만들어야 하잖아.”

“방법은 딱 한 가지밖에 없어요. 바로 글을 쓰는 것이죠. 이건 여자도 할 수 있는 일이고…… 약영 언니는 《상서》가 전승된 역사를 알고 있죠?”

“대강 들었어. 진시황이 분서를 할 때 세상의 《상서》를 전부 태워버렸어. 한나라 흥성기 때 문제文帝가 조조晁錯를 진나라 박사 복생伏生에게 보내 《상서》를 배우게 해서 지금 우리가 보는 29편을 쓰게 했지.”

“그런데 복생이 전수한 제자이자 이미 작고한 어사대부 예관倪寬 선생님의 말을 들으니, 당시 실제로 조조의 《상서》를 가르친 사람은 90여 세가 된 복생 자신이 아니라 그의 딸이었대요. 그렇다면 한나라 경학에 대한 복생 딸의 공헌은 가늠할 수가 없죠. 하지만 그 딸은 끝까지 역사의 어둠에 숨어 아무도 모르고, 그 업적도 파묻혀 전해지지 않아요. 난 이 일에 큰 자극을 받았고 쉬운 이치를 깨달았어요. 헛된 명성과 실질적 공로 사이에서 꼭 취사선택을 해야 한다면 난 그래도 후자를 택하겠다고 생각했어요. 《좌씨춘추》에 ‘삼불후三不朽’ 즉 ‘입덕立德, 입공立功, 입언立言’이 나와요. 사실 이 말도 그렇게 믿지는 않아요. 내가 읽은 여러 유교 예서는 다 작자 미상이지만, 그 저서들은 후대에 엄청난 영향을 끼쳤으니까요. 그래서 글을 써 책으로 펴내 익명으로 전하면 영원히 시들지 않는 명성은 누리지 못해도 내 숙원은 이룰 수 있지요."

"생각났어. 《주역》의 원문은 '성인은 신도로 설교하니 천하가 복종한다聖人以神道設教而天下服矣'야. 주어는 성인이지 무녀가 아니야. 그러니 오릉 군, 네가 추구하는 일은 일개 무녀가 이룰 수 없을 것 같아."

"제사에 참여하고 음악을 연주하며 춤을 추는 무녀는 한때 존재하는 무녀일 뿐이지만 내가 되고 싶은 건 영원한 무녀예요. 유교에선 공자를 '소왕素王'이라고 불러요. 공자는 제왕의 지위를 얻진 못했지만 후대를 위해 제왕의 법을 만들었기 때문이죠. 내가 하고 싶은 일도 마찬가지예요. 다시 제사에 참여할 수 없고 춤을 추지 못하고, 늙어 죽어 명성은 사라져도 내가 만든 '법'이 계속 존재하면, 내 시대와 미래의 전 시대를 향한 내 '소원'이 계속 존재하면, 내가 세상에 보급한 '가르침'도 사라지지 않으면, 내 저서가 계속 사람들에게 읽히면, 난 신 앞에서 영원히 끝나지 않는 춤을 추는 영원한 무녀가 되는 거예요. 이것이 내 바람, 내 야심이고 내가 범할 죄업이에요."

―도가 끝나고 시가 다해도, 세상에서 끊어지지 않길 바라노라道窮詩亦盡, 願在世無絶.

약영은 듣고 나서 길게 한숨을 쉬었다. 노신도 충격을

받았고 부끄러운 나머지 머리에서 땀방울이 배어 나왔다. 여전히 규 같은 사람을 받아들이기는 싫었지만.

"규, 넌 위선자야." 노신은 이렇게 말하도록 스스로를 강요했다. "넌 모든 사람의 고통을 줄이겠다고 했지만 네가 한 짓은 다른 사람에게 상처를 준 것뿐이잖아. 적어도 네가 그렇게 말하지 않았으면 소휴는 죽지 않았을 거야."

"내 자신의 죄증 앞에서 네 말에 반박할 수가 없어. 정말로 당시 내가 그런 말을 하지 않았으면 소휴는 죽지 않았을 거야."

규는 소휴의 시신을 보며 암담한 표정으로 말했다. 노신은 규의 대답에서 자신이 속으로 세운 가설을 확신했다. '소휴는 규가 자신을 떠나라고 해서 자살했다.'

"알았으면 됐어. 네가 앞으로 어떻게 되든 오늘의 마음을 영원히 잊지 않았으면 좋겠어."

"내가 어떻게 잊겠어. 이런 경험은 내게도 상처가 된걸. 그런 일이 있었기에 모든 사람이 헛되게 희생한 것이 아니란 생각이 들었고……."

"대체 무슨 말을 하는 거야? 못 알아듣겠어."

"네가 몰랐으면 하는 일이 있지만 네가 계속 캐물으면 솔직하게 얘기할 수밖에 없지……."

바로 이때 규 옆에 앉아 있던 관약영이 일어났다.

“노신, 가고 싶은 곳이 있어.”

약영이 말했다. 규는 약영이 자신의 얘기를 자르기 위해 그렇게 말한 것임을 알고 더 이상 얘기하지 않았다.

“약영 언니, 나 피곤해서 아무 데도 가고 싶지 않아.”

“너에게 따로 할 말도 있고, 거기에서만 확실히 얘기할 수 있을 것 같아. 내 마음대로 하는 건 이번이 마지막일 테니 들어줘.”

“약영 언니도 알다시피 난 다른 사람 말을 잘 거절하지 못해…… 그래도 약영 언니가 가고 싶은 곳이 어디인지는 물어보고 싶어.”

“옛날 집…… 기억나? 내가 어릴 때부터 나고 자란 곳이고, 내 부모형제가 목숨을 잃은 곳.”

약영의 답에 노신은 놀라고 불안했다. 거기에서만 해야 하는 얘기라면 분명 슬픈 화제일 것임을 알았다. 노신은 최근 연달아 충격을 받은 터라 몸과 마음이 무너질 지경이었다. 노신은 약영이 얘기하려는 일이, 그리고 그 얘기로 인해 생길 감정이 결코 슬픔만은 아니라는 사실을 아직 몰랐다.

결과적으로 단순 무구한 노신의 마음은 먼지로 덮이기도 전에 산산이 부서지고 말았다.

4

“약영 언니, 대체 무슨 일이야…….”

노신과 약영은 못쓰게 된 옛 집 마당 앞에 서 있었다. 비는 잠깐 멈추고 구름이 걷혔으며, 오랜만에 나온 해는 거의 서산으로 기울어져 있었다. 마당에는 너도바람꽃과 귀리가 저녁 해를 향해 있었다.

푸른 이끼가 올라와 문을 가득 메웠고, 띠가 쌓여 만들어진 박공지붕 모양 처마에는 이름 모를 흰색 꽃이 피어 있었다. 왼쪽 문짝은 마당 안쪽으로 쓰러져 있었고, 오른쪽 문짝은 열리지 않았다. 썩 내키지 않았지만 그래도 두 사람은 바닥에 누워 있는 반쪽 문을 밟고 마당으로 들어갔다.

버려진 후 두 번째 맞는 여름에 마당의 그 거목은 벼락을 맞았고 가지와 잎도 다 타버려, 말라 시든 줄기만 남아 가끔 둥지로 돌아오는 까마귀가 잠시 머물곤 했다. 그때 화재로 본채도 반쪽이 타버렸다. 이후 비가 내린 덕분에 남은 반 칸은 그나마 무사했다.

‘지금 규는 뭘 하고 있을까?’ 노신은 마음속에 이런 생각이 스쳤지만 곧 스스로 없애버렸다. 규가 많이 걱정됐고 소휴의 시신과 있으면 굉장히 고통스러울 것을 알았지만,

지금은 눈앞의 관약영과 함께 일가족을 잃은 가슴 아픈 장소에 서 있어야 했다.

"부모형제의 죽음에 대해서 노신은 어떻게 생각해?"

"난 그런 걸 오래 고민하는 데는 도무지 소질이 없어. 하지만 저번에 규에게 사건을 얘기해주니, 규가 몇 가지 가능성을 얘기했어."

"뭐라고 말했는데?"

"그런 애의 생각은 신경 쓰지 마. 내가 짐작하기로는 약영 언니가 창고에 갇혔을 땐 눈이 아직 그치지 않았고, 범인은 이미 마당에 도착했어. 약영 언니가 도망친 후 범인이 백부님, 백모님, 사촌 오빠, 사촌 동생을 살해했고, 기의 언니가 이곳에 왔을 때도 범인은 마당에 있었어. 다만 숨어 있다가……."

"그건 합리적이지 않아. 왜 범인은 기의 언니를 함께 살해하지 않았지? 노신은 역시 너무 착해서 진상을 제대로 보지 못해."

"규는 가족이 서로 죽였을 두 가지 집안싸움의 가능성을 가정했지만, 내 생각엔 너무 황당해. 그리고 어떤 가정이든 결국엔 규도 풀 수 없는 단서들이 남았고."

노신은 이렇게 말하며 최근 며칠간 발생한 살인사건도 아마 자신의 가족이 서로 죽인 결과가 아닐까 하는 생각이 갑자기 들어서, 자신도 모르게 침울해졌다. 하지만 설사 그렇더라도 기의와 약영을 의심할 순 없었다.

저녁 바람에 봄풀이 흔들리고, 저녁 그림자가 점점 마당을 삼켰다.

"규는 지금 진상을 명백히 파악했는데, 노신은 아직 아무것도 모르는구나. 이 일은 강리가 알아. 아주 예전에 내가 얘기했어. 내 예상과 달리 강리는 별로 갈등하지 않고 받아들였어. 난 내가 강리 앞에서 죽고, 내가 죽은 후 강리가 모든 걸 네게 말할 줄 알았어. 그러면 내가 죽어도 네가 슬퍼하지 않을 테고."

"약영 언니, 지금 무슨 말을 하는 거야? 내가 어떻게……."

"이 세상에 이 일을 아는 사람은 오릉 군과 나밖에 없어. 지금은 네가 오릉 군의 말을 믿지 않을 테니 역시 내가 직접 얘기하는 게 낫겠어."

"듣고 싶지 않아. 약영 언니, 바람이 차다. 돌아가고 싶어."

사실 노신이 한기를 느낀 건 저녁 바람 때문만은 아니었다.

"이 일은 더 이상 누구에게도 말하지 않아도 돼. 하지만 전시 오빠나 회무가 물으면 두 사람에겐 얘기해도 괜찮아. 노신, 난 늘 네가 부러웠고 너 같은 사람이 되고 싶었어. 무일 숙부님의 자녀였으면 좋겠다는 생각도 했고, 이 억압적인 집을 떠나고 싶었어. 내 말 무슨 뜻인지 알지? 난 아버지 곁에서 사랑을 느끼지 못했어. 아버지가 내게 주입한 건 오로지 '사명감'뿐이었고. 무녀로서의 사명감, 관씨 후손으로서의 사명감 그리고 가장 중요한 건 아버지 딸로서의 사명감. 이런 관념이 내겐 너무 버거웠어. 수백 년을 이어온 가문의 운명을 짊어진 듯해서 도무지 감당이 되지 않았어. 그런데 일단 게으름을 피우면 아버지 채찍에 내몰렸어. 알겠니? 바퀴 앞에서 채찍질 당하는 준마가 되기보다 차라리 속박 받지 않는 둔한 말이 되고 싶었어."

"그건 약영 언니의 본심이 아니야 내가 아는 약영 언니는……."

'더 필사적으로, 더 부지런하게 밥 먹는 것조차 잊어가며 열심히 해서 혼란한 세상을 깨끗이 평정하겠다는 뜻을 세웠잖아…….' 하지만 노신은 이런 말을 밖으로 뱉지 못했다. 어떤 예감이 목구멍을 억눌렀다.

"내 본심을 넌 알 수 없어. 노신, 난 늘 네가 미웠어. 너처럼 하루 종일 무위도식하고 전혀 머리를 쓰지 않으면서도 꾸지람 한번 받지 않는 사람이 미웠어. 난 필사적으로 노력해 아버지 기대에 부응하려 했는데 아버지께 칭찬을 받은 적이 한번도 없어. 단 한번도. 칭찬을 받았으면 그전 일들은 일단락이 지어졌다 생각하고 아버지가 나에게 거신 기대를 이뤘을 거야. 그때부터 새로운 목표를 위해 노력했을 거고. 그런데 계속 인정을 받지 못하니까 내가 하는 모든 일이 다 헛수고이고 잘못이라는 생각이 들어 어찌할 바를 모르겠고, 난 영원히 아버지 기대에 부응할 수 없을 것 같아서. 그래서 내가……."

"약영 언니, '이미 지나간 일은 어쩔 수 없다'고 하잖아. 옛 일은 다시 들먹이지 마."

노신은 이렇게 말했지만 약영이 다음 얘기를 하는 것을 막을 수 없었다.

"……그래서 내가 아버지를 살해하는 죄를 저질렀어."

약영이 말했다.

하늘가를 선회하는 까마귀도 재잘거리며 거들었다.

노신은 머릿속이 하얘졌다. 의심해서라기보다 약영의 말을 전혀 이해하지 못했다고 하는 게 맞을 듯했다.

약영 언니가…….

어떻게…….

아버지를 살해하는…….

죄를…….

범할 수가…….

노신은 혼란스러운 생각을 하나로 모을 수가 없었다. 규가 이미 그 가능성을 짐작했고 며칠 전에 노신에게 얘기했지만, 약영이 이곳에 오자고 제안했을 때부터 노신은 뭔가 예감했지만, 그래도 지금 약영이 한 말은 노신을 무너뜨렸다.

'단지 그런 이유로 그런 죄를 저질렀단 말이야?' 노신은 자신 곁에 서 있는, 자신과 함께 아침저녁으로 십수 년을 함께 지낸 소녀를 이해할 수 없었다. 노신은 약영의 설명이 매우 합리적이어서, 자신이 그전에 했던 추측보다 훨씬 합리적이어서 두려운 나머지 한동안 반박할 말을 찾지 못했고 더 캐물을 질문도 생각나지 않았다.

"아버지를 죽이면 무일 숙부에게 입양되어 내가 원하는 삶을 살 수 있을 줄 알았어. 그게 목적이었어. 이렇게 하찮은 이유로 내 부모, 형제를 살해했어. 노신, 나도 내가 여섯 살짜리 남동생에게 손을 댈 수 있을지 몰랐어. 그런 일까지 할 수 있는 난 이미 사람이 될 자격이 없었을 거야. 노신, 나 같은 사람…… 아니, 나 같은 괴물은 '언니'라고 불릴 자격이 없어. 앞으로 그렇게 부르지 않아도 돼. 다시는 나와 얘기도 하지 말고, 내 존재를 무시해줘. 내가 죽더라도 모르는 척하고…… 할 수 있지?"

"내가 어떻게…… 할 수 있어!" 노신이 울면서 말했다. "약영 언니가 그렇게 말하면 난 점점 더 언니를 동정하게 되고, 언니를 그런 막다른 길로 몰아간 백부님을 더 용서할 수 없어. 언니가 괴로움을 당하는데도 나서서 막지 않고 보기만 한 백모님을 용서할 수 없고, 언니보다 나이가 많으면서도 언닐 지켜주지 못한 사촌 오빠도 용서가 안 돼……."

"하지만 난 여섯 살 난 동생도 살해했어. 그 죄에 대해선 너도 나도 죄에서 벗어날 아무런 이유를 찾을 수 없어. 동생은 전혀 죄가 없는데도 난 그 아이를 죽였어. 아무것도 모르는 어린애를, 죄 없는 아이를. 심지어 동생이 눈앞에서 벌어진 참극을 이해하는지 아닌지도 모른 채. 하지만 내 죄증을 철저히 없애려고 난 동생을 죽였어. 날카로운 칼날로 동생의 목을 그어서, 즐겁다 할 게 없는 그 짧은 인생을 끝내버렸어. 노신, 알겠지? 난 많은 죄를 지었고, 하나하나 가장 심하고 용서받을 수 없는 죄들이지. 아버지와 어머니, 오빠를 죽이고 무고한 어린애를 죽였어…… 나 하나의 행복을 위해 나와 가장 가까운 모든 사람을 내 손으로 박멸했어!"

"약영 언니……."

"'약영 언니'라고 부르지 마!"

약영은 노신의 뺨을 때려 노신을 풀 더미로 넘어뜨렸다.

"이제 됐지? 노신, 오릉 군은 자기 몸종을 때리는 것만으로도 네게 미움을 샀는데, 왜 난 우리 가족을 죽였는데도 네게 동정을 얻는 거지? 모르겠다. 넌 정말 사리에 어두운 사람이야. 너도 백문이 불여일견이라 생각하지? 굳이 내 잔인함을 네게 보여줘야 만족하는 거니?"

"약영 언니, 무슨 말을 하는 거야…… 내가 아는 약영 언니가 아니야!"

"넌 죽 날 오해하고 있었으니까. 이 세상에 날 이해하는 사람은 강리밖에 없었어."

"기의 언니도 안 돼?"

"기의 언니에게는 내 죄를 얘기하지 않았어. 언니가 감당하지 못할까 봐. 기의 언니는 내가 제일 사랑하는 사람인데 내 손으로 언니 행복을 망쳤어. 내가 그런 죄를 저지르지 않았다면 언니도 데릴사위를 찾는 부담을 질 필요가 없었고, 우울하게 인생을 마감하지도 않았을 거야. 네 아버지를 죽이면 기의 언니를 구할 수 있지 않을까 하는 생각도 해봤지만 현실적이지 않은 것 같았어. 당시 기의 언니의 상태로는 그런 사고를 감당할 수 없었거든. 결국 난 언니를 위해 아무것도 하지 못했고, 내 죄로 인해 언니가 날로 쇠약해지고 결국 죽는 걸 그냥 앉아서 보고 있을 수밖에 없었어. 기의 언니의 죽음은 내 새로운 죄업이 되었고, 그 역시 절대 용서받지 못할 죄지. 자기가 가장 사랑하는 사람을 죽인 죄.”

“약영…… 언니…….”

“네게 하고 싶은 얘기는 이게 다야. 앞으로 날 모르는 사람 취급해줘. 난 네 언니가 될 자격이 없고, 네 친척이 될 자격도 없어. 안녕, 노신.”

약영은 문 쪽으로 걸어갔고, 노신은 무성한 잡초 틈에서 일어났다. 약영의 뒷모습을 보고 있는데 전에 규를 괴롭혔던 의문점이 떠올랐다. 그래서 노신은 약영에게 캐묻기 시작했다.

“약영 언니, 당시 매를 맞은 직후 어떻게 떳떳하게 본채로 들어가 흉기를 손에 넣었어? 그리고 왜 장검을 선택하지 않고 사용하기 불편한 비수를 골랐어? 현장의 밧줄과 나무통은 또 어떻게 설명해야 해? 약영 언니가 정말 범인이라면 이 문제에 대답할 수 있지?”

“대답하고 싶지 않아.”

“그럼 난 약영 언니가 거짓말을 하고 있다고 생각할 수밖에 없어.”

“사람들은 내가 죽인 게 맞아. 그건 사실이고, 이곳에서 일어났던 일이야. 구체적인 부분에 대해서는 묻지 말아줘.

방금 한 얘기도 진상의 일부일 뿐이야. 난 그저 네게 범인이 누군지 알려주고 싶었을 뿐이야. 그 점에 대해선 날 믿어. 난 절대 널 속이지 않았어. 너도 다른 가능성을 생각해낼 수 없을 거고, 내가 널 속인 이유도 생각나지 않을 거야. 됐어, 이제 그만 하자. 돌아갈래.”

다른 가능성?

다른 가능성! 노신은 규가 내놓았던 그 가설을 다시 생각하지 않을 수 없었다. 만약 모든 게 기의 언니가 한 것이라면 모든 얘기가 통하지 않을까? 기의 언니는 이곳에 온 후 먼저 본채에 앉아 불을 쬐다가 마당에서 무구 백부님과 사촌 오빠의 대화를 들었고, 무구 백부님이 약영이 돌아오면 나무에 매달아 때릴 계획임을 알았으며, 두 사람이 계획적으로 나뭇가지에 매달아 놓은 밧줄을 보고서 비수를 꺼내 나무 밑으로 달려가 밧줄을 잘랐다. 그리고 본채로 돌아왔는데 문 앞에서 무구 백부님과 의견이 충돌했다. 그래서 문 앞에서 백부님을 살해하고 나무 밑에서 사촌 오빠를 죽였으며, 본채로 들어가 백모님과 사촌 동생을 살해했다.

노신은 만약 범인이 관기의라면 앞뒤가 다 맞는다는 사실을 시인할 수밖에 없었다. 약영은 자신이 가장 사랑하는 기의를 지키기 위해 그런 거짓말을 갖다 붙인 것이다.

그런데 왜 하필 이런 때에…….

다음 순간 노신은 모든 걸 이해할 수 있었다.

눈에 들어온 약영의 모습이 소리 없이 앞으로 쓰러지더니 잡초 더미로 엎어졌다.

'역시나 이곳에 올 때부터 약영 언니는 이미 결심을 한 거였어.'

'언니는 언니가 죽으면 내가 너무 슬플까 봐 그런 거짓말을 한 거야.'

노신은 약영에게 달려갔지만 모든 게 너무 늦었다.

약영의 손엔 꺾인 화살이 들려 있었다. 화살은 4촌약 10센티미터 정도에 불과했고 화살촉은 멀쩡했다. 약영은 두 손으로 화살을 잡고 자기 심장에 찔렀다. 사실 오늘 아침부터 약영은 이 짧은 화살을 몸에 숨기고 있었다. 어제 오후 강리의 시신을 본 순간에 결심을 한 것 같았다.

노신은 오늘 약영이 한 말과 행동을 떠올리며 자신이 너무 둔해서 그 속에 가득했던 죽음에 대한 암시를 알아차리지 못한 것이 너무 후회됐다.

─내 마음대로 하는 건 이번이 마지막일 테니 들어줘.

─처음엔 기의 언니의 마음을 아프지 않게 하려고 그랬던 것 같고 나중엔 강리를 위해서였는데, 점점 타성이 생겨서 내내 결단을 내릴 수가 없었어.

─일이 이렇게 된 마당에 나도 더 이상 널 도울 수 없
으니까.

─이제 아침은 지났지만 난 저녁까지 살 수 없을 것
같아.

─너 혼자 외롭게 남으면 후회할 거야.

─난 운몽에 남아 운몽에서 죽을 거야.

"약영 언니! 약영 언니!"

노신이 아무리 목이 쉬도록 이름을 불러도 약영은 아무
대답이 없었다.

석양이 약영의 피를 비췄다. 솟구쳐 나오는 피는 먼 산
처럼 광채를 잃고 있었다.

약영이 마침내 입을 열어 아지랑이처럼 미약한 목소리
로 노신에게 마지막 소원을 얘기했다.

"'아침에 도를 들으면 저녁에 죽어도 좋다.' 내 대신 오
릉 군에게 고맙다고 전해줘……."

관약영은 붉은 노을이 짙게 덮인 하늘을 바라보며 죽
어갔다.

독자에게 내미는 두 번째 도전장

이미 3장 끄트머리에 진상을 추리하는 전체 요소를 드러냈지만 이야기는 계속되고 있고, 오릉규와 관노신의 인생도 계속 이어지고 있다. 글을 쓸 때 복선을 설치하는 데에만 열중한 나머지 줄거리에 소홀하게 될까 봐 늘 걱정이다. 추리소설은 해답이 동반된 수수께끼와 달리 더 많은 것을 의미하고, 독자에게 의외성 말고도 다른 여러 독서 체험을 선사해줄 수 있을 것이다. 4장에선 독자들도 복선들을 눈치챘겠지만, 난 그보다도 독자들이 소휴와 관약영의 죽음, 그리고 그들의 짧고도 불행한 인생에 더 신경을 써주길 바란다. 그래서 그들의 죽음에 대해선 독자들에게 도전을 제기하지 않는다. 실제로 소휴와 관약영은 진짜 차살한 것이 맞고, 이 점에 대해선 의심하지 말길 바란다. 따라서 여기에서도 계속 같은 문제를 제기한다.

❶ 천한 원년에 발생한 세 살인사건의 진범은 누굴까?

다시 말해 관과, 백지수, 관강리를 살해한 사람은 대체 누굴까?

또한 스토리의 전개를 위해 살인 동기에 관한 전체 복선도 이미 제시했으므로, 질문이 하나 더 늘었다. 그건 바로…….

❷ 범인이 범행을 저지른 동기는 뭘까?

보충해서 설명하자면 범인이 세 사람을 죽인 동기는 일관되며, '비밀 누설을 막는' 것과 같은 목적은 없다. 따라서 범행 동기를 대담하게 추측하기 바라며, 이미 충분한 힌트를 제시해놓았다.

5장

천지와 함께 장수하며 해와 달처럼 빛나리

與天地兮同壽, 與日月兮同光

- 굴원, 〈구장·섭강涉江〉 중에서

1

다음 날 규와 노신은 소휴의 무덤 앞에 서 있었다. 당시 풍습에 따르면 매장하기 전에 점을 쳐 길일을 택해야 했고, 경우에 따라선 사람이 죽은 후 몇 달이 지나도록 땅에 묻지 못하기도 했다. 하지만 소휴는 신분이 낮아서 장례를 치러야 하는 데 고려할 것이 그리 많지 않았고, 그저 소휴를 생전에 입던 옷으로 싸서 오동나무로 만든 관에 넣고 운몽 산천에 묻으면 그만이었다. 평지에 약 5척약 1.5미터 높이로 봉긋이 솟은 무덤 앞에는 측백나무 한 그루를 심었다. 당시 사람들은 '망상魍象'이라는 악귀가 죽은 자의 간과 뇌 먹기를 좋아하는데, 유독 호랑이를 두려워한다는 믿음이 있었다. 그래서 무덤 주인의 신분이 높으면 무덤 앞에 호랑이 형상을 세우곤 했다. 일개 노비에 불과한 소휴의 무덤 앞에는 망상을 몰아내는 의미로 측백나무를 심었다.

소휴의 장례를 끝내니 다시 황혼 녘이 되었다. 노신은 땅을 파고 나무를 심은 하인을 돌려보내고 규와 무덤 앞에 남았다. 비가 이미 그친 터라 규는 내일 바로 떠날 예정이었다. 노신은 그전에 어떻게든 규에게 물어보고 싶은 것들이 있었다. 요 며칠간 일어난 살인사건에 관해 노신은 나름 해답을 찾았지만 확실한 증거를 발견하지 못했다.

그러나 규는 여전히 비통에 빠져 있었다.

규는 마음속에서 슬픔과 두려움이 떨쳐지지 않았지만 입으로는 자신과 소휴의 지난 일을 늘어놓기 시작했다.

"소휴의 부모는 우리 집 노비였고, 도망치던 도중에 소휴를 낳았어. 그들의 마지막이 어땠을지 상상이 가지? 이치상으로 소휴는 날 원수의 딸로 봐야 맞지. 명백히 우리 부모님이 소휴를 고아로 만들고 노비가 될 수밖에 없도록 만들었으니까. 하늘에 있는 소휴 부모 영혼이 소휴가 이렇게 죽도록 날 따라다닌 걸 알면 어떻게 생각할까? 난 전혀 상상이 안 돼.

우리 집으로 데려왔을 때 소휴는 포대기에 누워 있었어. 노비들이 소휴를 최소한도로 보살폈고, 소휴도 운 좋게 살아남았어. 아니다, 어쩌면 반대로 가장 불행한 일인지도 몰라. 맞아, 소휴는 아무것도 모르는 나이에 죽지 않은 게 정말 큰 불행이야. 솔직히 소휴의 유년에 대해선 난 거의 아는 게 없어. 그저 도망친 노비의 딸이 우리 집에서 냉대 당하는 모습만 볼 수 있었지. 소휴는 5년 전에 내게 보내졌어. 돌아보면 그때부터 소휴는 이미 지금처럼 고분고분했어. 내가 아무리 심하게 혼내도 소휴 눈에선 일말의 원한도 보이지 않았어. 정확히 말하면 당시 소휴의 눈에는 아무것도 없었고, 나와 눈길이 마주쳐도 어딘가 먼 곳을 바라보고 있는 듯했어.

당시 난 소휴를 좋아하지 않았고, 소휴가 다른 하녀들처럼 날 즐겁게 해주지도 않아서 좀 음침하다고 생각했어. 소휴는 한번도 내게 아첨하지 않았고, 내가 새로운 기예를 익히거나 글을 지어도 날 치켜세우지 않았어. 그래서 난 소휴를 보내 제일 험한 일을 시켰고, 갖은 수를 써서 모함해 벌을 받게 했어. 하지만 내가 열네 살 되던 해에 마음속에서 소휴에 대해 알 수 없는 호감이 생겼어. 아마 그때부터 내 신세를 고민하기 시작해서였던 것 같아.

노신도 알다시피 난 장녀라 그런 운명을 짊어져야 해. 그래서 어느 정도 소휴에게서 내 그림자를 볼 수 있었어. 도망친 노비의 딸인 소휴도 처음부터 인생의 여러 가능성을 박탈당했지. 그래서 난 반항해야겠다는 생각이 들었어. 말로 내뱉으니 좀 웃기네. 이제 그 소망은 이룰 기회가 없어졌으니 얘기해도 괜찮아.

난 소휴와 함께 자유를 얻고 싶었어. 우리는 신분 차이가 크지만 둘 다 태어날 때부터 매여 있었지. 소휴와 함께라면 정말 해낼 수 있을 것 같았어. 지금 보니 내가 너무 순진했네.

또 1년이 지나고 난 가문 상단을 따라 여행을 하기 시작했지. 내게 그건 거의 '자유'였어. 하지만 소휴는 여전히 나에 대한 순종이라는 속박에서 벗어나지 못했지. 내 생각에 소휴의 맹목적인 충성은 완전히 신세 때문이야. 자기 부모가 도망을 시도하다 결국 그렇게 비참한 말로를 맞아서인지 소휴는 스스로 생각과 개인의지를 포기하고 내게 조종당하는 인형이 되었지. 그런데 난 소휴가 그렇게 되는 게 싫었어. 소휴에게서 내 그림자를 봤기에 소휴가 속박 당하는 것을 보면 나도 모르게 초조하고 불안했어. 여행을 가더라도 숨이 턱턱 막히는 집에 갇혀 있는 듯했어.

맞아, 모든 게 다 나 혼자만의 생각이었을 뿐이야. 내 이기심과 책임감이 결국 소휴를 해쳤어. 사실 난 소휴가 지나치게 고분고분한 것이 그저 운명에 굴복한 결과라고 오해해 왔어. 처음에는 그게 맞았을지도 모르지만 나중에는 뭔가 바뀐 것 같아. 내가 너무 늦게 깨달은 거지. 소휴가 그렇게 비참하게 세상을 떠나고 나서야, 사실 소휴가 날 사랑하고 있었다는 걸 깨달았어. 내가 좀 더 일찍 알았다면 계속해서 소휴를 잔인하게 대하지 않았을 텐데. 하지만 다 이미 늦었어. 이젠 소휴에게 진 빚을 갚을 기회가 없고, 소휴의 마음에 대답할 수도 없어. 내가 할 수 있는 거라곤 소휴의 소망대로 살아가는 것, 그것밖에 없어.

소휴가 죽으면서 내 생명의 일부도 함께 죽었나 봐. 난 '자아'가 세월 속에서 끊임없이 추억이 쌓여 형성되는 것이라 생각했거든. 5년 동안 내 기억 속 모든 장면에 거의 다 소휴의 모습이 있어. 지금까지 내 인생이라고 해봐야 십칠 년이 전부이고, 특히 처음 몇 년은 무지몽매한 상태였지. 곰곰이 생각해보면 이제 내 생에 5년씩이나 아침저녁 함께 보낼 수 있는 사람을 다시는 만나지 못할 것 같아. 난 왜 조금도 소중히 여기지 않았을까? 왜 소휴가 곁에 있을 때 모든 게 당연하다고 생각했을까? 지금 돌이켜보니 소휴는 정말 이상한 아이야. 물불 가리지 않고 나 같은 사람 곁에 있고 싶어 하다니……."

규는 말하면서 비처럼 눈물을 흘렸다.

노신은 규의 눈물이 자기에게 묻으면 어떡하나만 걱정하며, 증오에 차 규를 쳐다봤다.

"미안하지만 규, 난 너희 관계를 이해할 수 없어. 내 입장에서 네가 한 얘기들은 워낙 이상해서 동정할 수도 없고 감동할 수도 없어. 그리고 네가 소휴를 애도하면서 자신에 대한 연민으로 가득한 게 너무 역겨워. 그래도 계속 애기하는 게 좋겠어. 아직은 네 진면목을 폭로하는 게 급하지 않거든. 그 슬픈 역할 끝까지 해봐. 하지만 소휴를 죽게 만든 게 누군지는 잊지 말고.”

“내겐 악의를 품어도 되지만 소휴의 인생을 그런 눈으로 보지는 말아줘. 이 세상에 ‘정상’이라고 할 수 있는 건 원래부터 없으니까. 내가 본 것은 자기 의견이 강한 고집쟁이와 시대 조류에 휩쓸리는 평범한 인생들밖에 없거든. 소휴의 죽음으로 난 네가 생각하는 ‘정상’적인 인생 궤도에서 더 멀어졌겠지. 하지만 이게 소휴가 남긴 염원이라 난 따를 수밖에 없어. 소휴가 세상을 떠난 순간부터 나와 소휴의 관계는 철저히 반전됐어. 난 소휴의 노비가 되어 소휴가 내 인생을 조종할 수 있도록 소휴의 꼭두각시가 되고 싶어. 어제부터 난 소휴만을 위해서 살고 있어.”

“그럼 난 어떻게 생각하는데? 전에 날 데리고 장안에 가고 싶다고 말했고, 나도 우리 사이에 진정한 우정이 자라고 있는 줄 알았어. 그런데 네가 대체 날 어떻게 생각하고 있는지는 한번도 확인한 적이 없어. 날 마음대로 가지고 놀아도 되는 인형으로 보는 거야, 아님 네게 영원히 반박할 힘이 없는 청중으로 보는 거야?”

“난 너와 평등하게 지내고 싶어. 그것뿐이야.”

"역시 넌 내게서 소휴가 줄 수 없는 것을 찾는구나. 맞지? '평등하게 지낸다', 얼마나 번지르르한 말이람! 그토록 절대 복종한 소휴도 널 만족시키지 못했으니 넌 이미 너와 '평등하게 지낼' 종복을 물색하기 시작한 거지! 좋아, 우리 사이가 평등하다면 난 널 거절할 권리가 있어. 또 네가 날 업신여기고 모욕한 것처럼 나도 답례할 수 있고…… 아니지, 열 배 백 배로 갚아줄게!"

"어떻게 해야 나에 대한 네 오해를 없앨 수 있을지 모르겠다."

"너에게 오해한 것 없어. 규, 너 설마 누구든지 태어나면서부터 널 이해해야 하는 의무가 있고, 모두가 네 요구에 응해야 한다고 생각하는 건 아니지? 난 널 이해할 수 없어. 내게 넌 괴물이야. 아니다, 너뿐 아니라 내 주변 세계가 다 미쳤어! 어째서 약영 언니마저……."

"약영의 일은 유감이야."

"약영 언니가 죽기 전에 너에게 고맙다고 전해달라더라. '아침에 도를 들으면 저녁에 죽어도 좋다'고 하면서."

"결국 그 일을 네게 얘기했구나, 그렇지?"

"그 일? 아, 그랬지. 하지만 난 믿지 않아. 약영 언니는 아마 언니의 죽음으로 내가 마음 아파할까 봐, 그래서……."

"틀렸어, 노신. 내 짐작이 틀리지 않다면 약영은 분명 4

년 전에 저지른 죄에 대해 솔직하게 얘기했을 거야. 나에게
도 말했고. 약영의 얘기는 진짜야."

"난 그래도 믿기지 않아. 약영 언니처럼 부드러운 사람이
어떻게 그런 하찮은 이유로 자기 가족을 죽일 수 있어?"

"'그런 하찮은 이유'? 노신, 그게 무슨 말이니? 당시 약
영은……." 규가 의아해하며 말했다. "너한테 말해준 이유
가 대체 뭔데?"

"아버지의 기대에 부응할 수 없어서 그런 집을 벗어나고
싶었고, 우리 아버지에게 입양되고 싶었대. 아무튼 그런 이
유였어."

노신의 말을 듣고 규는 침묵에 빠졌다.

"그런 건 접어두고, 규, 어제 왜 그런 말을 했지? '사람
은 죽으면 평등하고 행복하다'라는 식으로 말이야. 혹시
약영 언니가 안심하고 죽도록 그렇게 말한 거야?"

"그럴 리가. 난 약영이 원한 대로 내 생각을 말했을 뿐
이야. 소휴 일 때문에 난 온통 혼란했고, 감각과 이해력이
둔해져서 약영이 그런 결심을 하리란 걸 눈치채지 못했어."

"난 그렇게 생각하지 않아." 노신이 규를 노려보며 굳은
표정으로 말했다. "내 생각엔 모두 네가 오랫동안 은밀히
꾸민 계략이야! 고모, 백 선생님, 강리 언니, 소휴, 약영 언
니까지 다 너에게 살해당했어! 어제 너도 시인했잖아?"

"어떤 의미에선 사실이야. 인정해."

"말장난 하지 마. 너와 사람들의 죽음 사이에 추상적이고 간접적인 연관성은 없지만, 정반대로 넌 고모, 백 선생님, 강리 언니를 네 손으로 죽였고, 소휴와 약영 언니가 자살하도록 유도했어!"

"내가 어떻게 그럴 수 있었겠어? 종 부인이 살해당할 때 난 죽 너와 같이 있었잖아."

"더 이상 궤변 늘어놓지 마. 이미 네 수법을 꿰뚫었으니까."

"노신!"

"규, 어젯밤 나 혼자 방에 있는데 잠이 오지 않아서 살인사건들의 정황을 여러 번 회상했고, 마침내 의심이 가는 부분을 발견했어. 그중 하나가 계속 납득이 안 되고 부자연스러웠지. 그런데 날이 밝으려고 할 때쯤 반은 잠들고 반은 깨어 있는 상태에서 그 의미를 이해했어. 내가 그 의문점을 얘기하면 넌 즉시 모든 진상을 자백했으면 좋겠어. 그렇지 않으면……."

"좀 냉정해, 노신. 난……."

규의 말이 끝나기도 전에 노신은 품에서 단도를 꺼냈다. 본채 뒤에 있는 창고에서 꺼내온 것이었다. 당시 사람들은 이렇게 짧은 칼을 휴대할 때 칼을 허리에 차곤

했다. 길이가 짧아 허리에 차면 넓적다리에 부딪힌다 해
서 '박비拍髀'라고도 불렀다. '복도服刀'라고도 했는데,
'복'은 몸에 찬다는 뜻이다. 이 칼이 휴대하기 편리하다
는 것이 이름에서도 설명된다.

노신은 가죽으로 만들어진 칼집을 벗기고 날카로운
칼을 규 앞에 내보였다. 두 손으로 칼자루를 잡고 칼날
로 규의 눈썹 언저리를 겨눈 채 말을 이었다.

"규, 대답해. 왜 고모와 백 선생님 사건에서 두 번 다 네
가 살인현장을 제일 처음 발견한 거지?"

"그건 우연일 뿐이야."

"정말 그냥 우연일까? 그럼 고모가 살해당하신 그날
아침에 일어난 일을 회상해보자. 그날 넌 나를 물에 밀어
넣고 말로 치욕을 주었고 내 속옷을 찢었어. 네가 순간적
인 기분으로 친 장난인 줄 알았는데, 지금 생각해보니 모
두 미리 짠 거였어. 네 목적은 날 화나게 해서 먼저 냇가를
떠나게 만드는 거지. 그러면 너도 나와 같이 돌아갈 구실
이 생기니까."

"내가 뭐가 아쉬워서 굳이 그렇게 해야 해?"

"간단해. 네가 살인현장을 발견했을 때 나밖에 없으면
비교적 쉽게 목적을 달성할 수 있으니까."

"목적……달성?"

"말 자르지 마." 노신이 규의 질문을 무시하고 자신의 추리를 계속 이어갔다. "그 후 난 널 따돌리려고 뛰기 시작했고, 너도 끝까지 쫓아왔어. 창고에 가까워졌을 땐 네가 내 앞에서 뛰었지. 너 그때 왜 그랬어?"

"왜긴? 단순히 네 뒤에서 뛰기 싫어서 그랬을 뿐이지, 다른 이유가 있겠어?"

"있고말고! 규, 네가 그때 급하게 내 앞으로 뛰어간 건 뭔가 모략을 쓰기 위해서였어. 당시 넌 어떤 용기를 품고 있었고, 그 안에는 네가 사전에 준비한 피가 들어 있었어. 넌 넘어지는 척하면서 피를 풀밭에 뿌리고 그릇을 다시 품에 넣어서, 나중에 우리가 목격한 살인현장을 만든 거지. 그 후 넌 현장을 조사하는 척하면서 몰래 용기를 우물에 던져서 사후 작업을 마무리했고."

"그건 다 네 상상이야. 내가 죄를 인정하도록 몰아붙이려면 우물에 가서 그 병을 건져와."

"난 그냥 용기라고만 말했는데 넌 '병'이란 단어를 썼어. 그건 범인만 알 수 있는 정보야…… 오릉규, 역시 고모를 살해한 사람은 바로 너야!"

"어떻게 생각하든 네 마음인데, 우선 칼 좀 집어넣을래?"

"싫어."

“그럼, 네 추리를 계속 얘기해. 그런데 궁금한 게 있어. 내가 뭐 하러 힘을 들여서 그렇게 큰 위험을 무릅쓰고 네 앞에서 그 풀밭에 피를 뿌렸을까?”

“네 자신의 혐의를 벗기 위해서지. 거기에 피를 뿌림으로써 사람들이 범행 시간을 오판하게 만들 수 있으니까. 만약 거기에 핏자국이 없었는데 우리가 문을 열었을 때 시신을 발견했다면, 범행 시간은 강리 언니와 회무가 지나가기 전이었겠지. 아니다, 우리가 처음 그곳을 지나가기 전일 가능성이 커. 즉 사건이 발생한 시간이 우리 생각보다 훨씬 이를 수 있어. 그리고 피를 뿌림으로써 사건 발생 시간이 강리 언니와 회무가 처음 지나간 이후, 우리가 냇가에서 되돌아오기 전으로 굳어져. 그동안 넌 죽 나와 같이 있었고. 그렇게 간단한 모략으로 넌 현장에 없었다는 확고부동한 증명을 확보했지.”

“만약 범인이 나라고 가정하면, 내가 언제 범행을 저질렀는데?”

“더 일찍. 그러니까 내가 아침잠에서 깨기 전에 넌 이미 고모를 살해했어!”

“그럼 소휴에게 들키지 않았을까?”

“소휴는 발견했어도 아무 말 안 했을 거야. 너에게 그렇게 충성하는데 너에게 불리한 증거를 제공할 리 없잖아.

같은 논리로 강리 언니가 살해당했을 때 네가 현장에 없었다는 증명도 성립하지 않아. 소휴는 너와 작당하지 않았다 해도 자기 판단으로 널 감쌌을 테니까. 며칠 동안 같이 지내보니 소휴가 그런 사람이란 걸 판단할 수 있었어. 그 점은 너도 인정하지?"

"맞아. 설사 내가 범인이라 해도, 소휴에게 위증을 하라고 명령하지 않더라도 소휴는 내게 유리한 증언을 했을 거야. 소휴는 확실히 그런 사람이야."

"이제 백 선생님 살인사건을 분석할게. 마찬가지로 범행 시간은 내가 아침잠에서 깨기 전이야. 넌 백 선생님과 낭떠러지 쪽에서 만나자고 약속하고, 거기에서 선생님을 밀어 떨어뜨렸어."

"그럼 백 선생님이 사망 전에 남긴 '자금'이란 글자는 무슨 뜻인데? 난 이 두 글자와 아무 관계가 없잖아. 동이東夷 언어에서 '청青'과 '규葵'의 발음이 같다는 얘기는 들어봤어. 그래서 '푸른 그대 옷깃, 즉 청청자금青青子衿'의 '자금' 두 글자로 '규'를 대신 가리킬 수도 있겠지. 하지만 백 선생님은 초나라 지역 사람인데 동이 언어로 말장난을 칠 리가 없잖아?"

"규, 우리가 그 두 글자의 의미를 추측하지 못한 이유는 아주 간단해. 그 두 글자는 원래부터 아무 의미가 없고, 백 선생님이 죽기 전에 쓴 게 아니니까!"

"네 말은 내가 백 선생님을 낭떠러지로 민 후에 고생도 마다 않고 꼭두새벽에 알지도 못하는 산길을 더듬으며 계곡 밑으로 가서 선생님 옆에 가짜로 죽기 전 메시지를 썼고, 다시 집으로 돌아가 네 옆에 누워 있다가 네가 깬 후에 너와 같이 아무 일 없다는 듯이 소렴 의식에 참석했다는 거야? 네가 길을 잘 아는 상황에서도 계곡 밑에 한 번 갔다 오는 데 한나절이 걸렸잖아⋯⋯."

"멍청한 척 그만 해. 규, 넌 내 말 뜻을 이미 알 텐데?"

"그래, 알아. 네 말은 계곡 밑에 갔을 때 내가 두 사람보다 먼저 백 선생님의 시신을 발견한 것이 그때 '자금'을 쓰기 위해서였다는 거잖아. 맞아?"

"맞아."

"그럼 너무 이상하잖아. 내가 범인이라 가정하면 내가 뭐 하러 쓸데없는 짓을 하면서까지 아무 의미 없는 글자를 썼을까? 내가 정말 죄에서 벗어나고 싶었다면 다른 누군가의 이름을 써서 그 사람에게 죄를 떠넘겨야 하지 않았을까?"

"규, 네 교활함은 딱 여기까지야. 넌 그때 사람들이 소렴 의식 전에 할 행동을 아직 몰랐거든. 다시 말하면 넌 누구에게 백 선생님을 살해한 혐의를 뒤집어씌울지 몰랐어. 그래서 그렇게 의미 없는 단어를 쓴 거지. 네가 그 두 글자를 쓴 데는 두 가지 이유가 있어. 첫째, 그전에 강리 언니 방에서 '청청자금'이란 구절을 보고 '자금'이란 글자가 기억에 남은 거지. 그때 나와 전시 오빠가 곧 올 거라 생각해서 적을 내용을 고심할 여유가 없었고, 그래서 당시 떠오른 단어를 썼어. 둘째, 여기에 있는 사람 중 《시경》에 정통한 건 너와 백 선생님뿐이야. 그날 넌 전시 오빠에게 너도 '하후 선생'에게서 《시》를 배운 적이 있다고 말했어. 그래서 백 선생님이 돌아가셨으니, 우리 중에서 당연히 네가 《시》학의 권위자가 되었고, 넌 죄를 전가할 대상을 찾은 후 견강부회 격으로 '자금' 두 글자를 설명해서 그분에게 죄를 떠넘겼지. 바로 네가 그제 오후에 한 일이잖아. '자금' 두 글자에 대한 네 해석은 완전히 주제에서 동떨어졌지만, 아무도 네게 반박을 제기하지 않았잖아."

"그 해석은 정말 어리석기 짝이 없었어. 제발 잊어줘."

"남의 아버지, 한 가정의 가장을 모독하고 그렇게 얼렁뚱땅 넘어가려고? 너 정말 평범한 주제에 기세등등 뻔뻔한 게 세상에 부끄러운 줄을 모르는구나!"

노신은 이렇게 말하면서 왼팔을 뻗으며 한 손으로 칼을 잡고 칼끝을 규의 턱 아래에 갖다 댔다. 목과의 거리가 1촌^{약 3센티미터}도 되지 않았다.

"어제 약영이 해준 말을 잊었니? 노신, 칼 내려놔." 규가 한숨을 쉬었다. "네 추리는 그게 다야?"

"아직 안 끝났어. 강리 언니가 살해당할 때 넌 사실 방에 없었어. 소휴는 널 지키려고 사람들 앞에서 네가 거처를 떠난 적이 없다고 증언한 거지. 네 범행을 소휴가 다 봤어. 그래서 후환을 없애려고 소휴를 죽게 만든 거야."

"내가 그러긴 했지……."

"내가 말한 건 비유나 수사 차원이 아니라 문자 그대로의 의미에서 '죽게 만들었다'는 거야. 소휴가 그제 오후에 '죽으라 하시면 당장 아가씨 앞에서 죽을게요'라고 했잖아. '절 때리고 싶으시면 채찍을 가져다 드릴게요'라고도 했고. 그래서 그날 밤 넌 소휴에게 오후에 했던 말을 검증해보고 싶다고 하면서 채찍을 가져오라고 한 거지. 소휴는 물론 복종했고. 그러면 소휴의 시신에 새로운 채찍 흔적이 있었던 이유를 설명할 수 있어. 넌 채찍으로 때린 후 소휴에게 그 치명적이면서 소휴가 반항할 수 없는 명령을 내렸어. 소휴에게 죽으라고 명령했지. 그래서 소휴는 그 나무에서 자결했고. 물론 어제 네가 슬프게 통곡한 건 다 연기였지."

'노신, 넌 왜 아직도 모르니?'

'범인은 바로……'

“마지막으로 약영 언니의 죽음에 대해서도 넌 책임이 있어. 네가 어제 오후 언니에게 한 말은 그 자체가 일종의 유도였다고 생각해. 넌 강리 언니가 세상을 떠난 후 약영 언니의 정신상태가 불안정하다는 걸 눈치채고 언니에게 죽음은 아름다운 일이라고 떠벌렸고, 죽은 뒤 모든 사람의 영혼이 하나로 합쳐진다는 얘기도 했어. 그래서 약영 언니는 죽으면 기의 언니, 강리 언니와 다시 만날 수 있다고 생각했고, 그래서…… 그러니까 오릉규, 네가 어제 아침에 실수로 인정한 것처럼 네가 모든 사람을 죽였어.”

“그럼 내가 왜 그렇게 했을까? 난 관씨 가문과 아무런 원한이 없는데 왜 5년간 날 따른 몸종을 희생시키면서까지 네 가족을 살해했을까?”

“네 목적은 네가 일찌감치 얘기했잖아. 안 그래?” 노신이 냉소를 지었다. “네가 운몽에 온 건 전도하기 위해서야. 네가 창시한 그 죽음을 숭배하는 사이비 종교를 전파하기 위해서잖아! 어제 네가 내 앞에서 교리를 말할 때 난 네가 그냥 약영 언니의 질문에 대답하는 것이고, 무녀로서 해야 할 일이 뭔지에 대해서 설명하는 것인 줄 알았어. 근데 내가 틀렸어. 사실 넌 당시에 약영 언니에게 네가 만든 교리를 전수한 거야. 어제 넌 죽으면 하늘과 사람 사이, 옛날과 현재 사이, 상대와 자신 사이의 차이가 없어진다고 했고, 사람이 죽으면 평등하고 행복해진다고 믿는다고 했어. 그게 바로 니들의 교리잖아. 니들은 죽는 게 사는 것보다 더 낫고, 삶은 고난인 반면 죽음은 달콤하다고 생각하잖아. 넌 네가 하고 싶은 일이 '다른 사람에게 피할 수 없는 죽음을 담담히 받아들이라고 조언하는 것'이라고도 했잖아. 이쯤 얘기했으니 네가 살인한 이유가 낱낱이 드러났네! 오릉규, 왜 살해당한 사람이 하필 고모, 백 선생님, 강리 언니인지 그전까진 계속 납득할 수 없었는데, 약영 언니가 세상을 떠나고서야 그 네 사람 간에 공통점이 있다는 걸 알았어. 다른 사람에겐 없는 공통점이지. 네 사람 모두 시와 책을 많이 읽은 사람이야. 그러하니 네가 전도할 대상이 되기에 자격이 충분하지!"

"어떻게 그런 생각을 할 수 있지?"

"그럼 너의 교리를 받아들이면 어떻게 되는데? 약영 언니는 네 전도가 성공한 사례이고, 네 암시를 따라 자살한 거라고 생각해. 그런데 고모, 백 선생님과 강리 언니에겐 너의 그 허튼소리가 제 역할을 하지 못한 거지. 세 사람은 네 말을 믿지 않았고, 죽는 게 사는 것보다 낫다고 생각하지 않았어. 네 교리를 받아들여서 자살하지도 않았고 말이야. 그래서 넌 직접 죽이는 쪽을 택했어. 그렇게 하면 세 사람이 네 교리를 확실히 체험할 수 있다고 생각했지.

그게 바로 너의 살인 동기야. 모두 너의 고집, 망상과 병적인 심리에서 비롯됐어. 넌 그렇게 한심한 이유로 버젓이 살아 있는 다섯 사람을 살해했어. 너의 이단사설이 세상에 퍼지지 않게 하려면, 새로운 희생자가 생기는 걸 막으려면 난 이렇게 할 수밖에 없어. 네가 일찌감치 받았어야 할 선물을 줄게. 네가 꿈에 그리던 죽음 말이야.”

다음 순간 규는 노신의 왼팔을 밀쳐내고, 내친김에 노신을 눌러서 바닥에 넘어뜨렸다.

“이렇게까지 할 필요가 있니?”

“놔, 이 살인범아!”

“지금 네 행동은 ‘고집, 망상과 병적인 심리’에서 비롯된 게 아니니?” 규는 긴 한숨을 지었다. “우선 물어보자. 어제 옛날 집에 간 후 약영이 네 시야에서 벗어난 적 있었어?”

“아니.”

“그럼 약영은 언제부터 그 짧은 화살을 몸에 지니고 있었던 거야?”

“아마, 아마 네가 언니에게 준 거겠지.”

“좋아…… 다시 백 선생님 사건을 얘기해보자. 우리가 선생님 시신을 발견했을 때는 선생님이 낭떠러지로 떨어진 시간에서 한참 지나서였지. 그때 선생님 피는 말랐었지? 그런데 내가 어떻게 그 피로 ‘자금’이란 글자를 썼을까? 혹은 내가 딱 그 두 글자를 쓰겠다고 계획적으로 피를 담은 용기를 휴대했다면, 피로 새로 쓴 글씨가 그렇게 빨리 마를 수 있었을까? 너와 전시가 백 선생님 앞에 왔을 때 단번에 발각되지 않았을까?"

"네가 '자금'이란 글자를 쓴 흙덩이를 미리 준비했다가, 땅에 구덩이를 파고 흙덩이를 채워 넣었겠지……."

"그런 방법이 가능하다고 생각해?"

"가능하지 않을…… 게 뭐 있어?"

마지막 말에서 노신은 자신이 없어졌다.

"마지막으로 가장 중요한 게 있어. 난 네가 잠에서 깨기 전에 백 선생님을 살해할 수 없었어. 네 잠자는 모습이 어찌나 엉망이던지, 네 옆에서 잔 건 내 평생 최악의 기억으로 남을 거야. 그날 잠에서 깨보니 네 몸 반쪽이 내 몸을 누르고 있었거든. 네가 날 옴짝달싹 못하게 하고 있었는데 어떻게 밖으로 나가서 사람을 죽여?"

노신은 그제야 그날 밤 꿈에서 죽은 고모를 보고, 아침에 깨보니 자기가 규를 꽉 끌어안고 있었던 것이 생각났다.

정말 내가 규를 오해한 건가?

하지만 이제 다른 가능성은 없어졌는걸.

그러니…….

"노신, '자금'의 의미를 아직도 모르겠어? 그날 아침 날이 밝기 전에 관가 하인이 백 선생님이 산 쪽으로 가는 걸 봤다고 했고, 소렴 의식이 시작했을 때는 백 선생님을 제외한 모든 사람이 본채에 나타났어. 따라서 사건 발생 시간을 알 수 있지. 알 수 있는 정보가 또 하나 있어. 범인은 계곡 밑에 갔다 되돌아올 만큼 충분한 시간이 절대 없었어. 그러려면 한나절이 걸리니까 소렴 의식 전까진 올 수 없거든. 따라서 '자금'이란 글자는 범인이 쓴 게 절대 아니야. 물론 내가 시신을 발견했을 때 썼을 수도 없고. 그럼 백 선생님이 임종 전에 썼을 가능성만 남아. 맞지?

백 선생님에 앞서 종 부인이 살해를 당했어. 즉 이건 연쇄 살인사건이 분명해. 그럼 만약 네가 백 선생님이라면 어떤 내용을 적을까? 간단해. 범인의 이름이지. 우리가 선생님이 쓴 범인 이름을 발견한다면 연쇄 살인사건은 끝날 테니까. 근데 하필 선생님은 의미가 모호한 '자금'이라는 단어를 썼어.

그럼 선생님도 범인이 누구인지 몰라서 그렇게 쓴 걸까? 이 가정은 성립하기 어려워. 첫째, 낭떠러지 쪽에 여러 번 땅바닥을 문지른 흔적이 있었어. 종전시의 증언에 따르면 백 선생님이 거기에서 누군가와 대화를 했다는 걸 의미해. 둘째, 백 선생님이 대화한 대상이 범인이 아니라고 가정하자. 그럼 백 선생님은 범인을 보지 못했거나 범인의 신분을 판단할 수 없었고, 우리 조사에 혼선을 야기할 어떤 글자도 쓰지 않았을 거야. 노신, 백 선생님이 돌아가시기 전날 밤 우리에게 한 말 기억나니? '도울 것이 있으면 뭐든지 얘기해.' 선생님은 조사에 협조하겠다는 뜻을 밝혔어. 따라서 백 선생님은 분명 범인의 신분을 알았다는 전제 하에 '자금'이란 글자를 쓴 거야.

그래서 그 문제가 다시 수면에 떠올라. '왜 백 선생님은 범인의 이름을 쓰지 않았을까? 넌 이렇게 설명할 수도 있겠지. 백 선생님은 범인이 바로 자기 곁으로 와서 자기가 남긴 글자를 지우거나 고칠까 봐 일부러 범인 이름을 쓰지 않은 거라고. 하지만 이 가설도 성립할 수 없어. 모든 사람이 소렴 의식에 참여하러 가야 하니까 범인이 계곡 밑에 가서 선생님이 남긴 글자를 고칠 만큼 많은 시간을 쓸 수 없다는 건 백 선생님도 알았거든. 그럼 왜, 선생님은 범인의 이름을 쓰지 않았을까?"

"아마 선생님은……."

노신은 무의식적으로 대답했지만 설명할 말이 떠오르지 않았다.

"아마 선생님은 범인의 얼굴을 봤고 범인과 대화를 나눴지만 범인의 이름은 몰랐겠지. 아니다, 그것보다 더 나쁘게, 선생님은 애초에 범인의 이름이 '차금'인 줄 알았을 지도 몰라!"

"어떻게 그런……."

"노신, 사실 네가 가설을 설명하는 동안 범인은 내내 네 앞에 있었는데, 네가 몰라봤을 뿐이야. 이쯤 얘기했으니 알겠지?"

노신은 자기 바로 앞에 있는 측백나무와 나무 뒤에 있는 작은 토산으로 힘겹게 시선을 던졌다.

바로 그곳에, 이번 사건의 진범이 고이 잠들어 있었다.

2

규는 노신을 부축하고 칼을 들어 노신에게 건넸다. 신뢰와 관용으로 충만한 규의 행동 앞에서 노신은 조금 전 자신의 언행이 더 창피하게 느껴졌다. 하지만 지금은 사과할 마음이 없었다. 규가 밝힌 진상에 곤혹스러웠고, 왜 소휴가 백 선생님과 자기 가족을 살해했는지 이해할 수 없었다.

"노신, 아직 기억하지? 연회 때 백 선생님이 늦게 왔잖아. 선생님이 도착하기 전에 내가 사람들에게 자기소개를 하면서 소휴도 소개했어. 그때 선생님은 자리에 없었으니 당연히 소휴의 이름을 알 리가 없었지. 나중에 소휴가 내게 '태일'과 '동황태일'의 관계를 물었고, 난 학문에 관심 있는 소휴를 칭찬하며 《시경》에서 네 이름을 고른 보람도 있다'는 말을 했어. 이 말은 백 선생님이 들었지. '자금'도 《시경》에서 나온 말임을 잊지 마. 어쨌든 그래서 선생님은 소휴의 이름이 '자금'인 줄 오해했을 거야.”

“그럼 왜 그런 오해가 생긴 건데?”

“소휴가 선생님을 속였어. 백 선생님을 낭떠러지로 밀기 전에 소휴는 선생님과 대화를 나눴지. 그때 소휴는 자기 이름이 '자금'이라고 하며 백 선생님을 속였어.”

“소휴가 왜 그랬을까? 상대가 떨어진 후 아직 숨이 붙어 있는 상태에서 자기 이름을 쓸까 봐?”

“소휴는 백 선생님이 그렇게 깊은 계곡으로 떨어지고도 범인의 이름을 쓸 수 있을 거란 것을 당연히 예견하지 못했어. 소휴가 그런 거짓말을 한 건 다른 목적이 있었어. 당시 소휴는 '자금'의 의미를 알아야 했어. 아니다, 정확히 말하면 소휴가 알고 싶었던 건 〈자금〉 시 전체였어. 소휴는 그 시가 대체 어떤 내용인지 절실히 알고 싶었어.”

“소휴가 그걸 알고 싶은 이유가…… 아, 생각났다. 우리가 강리 언니 방에서 본 그 목판!”

"바로 그것 때문이야. 관강리의 거처를 떠나면서 우리는 그 목판에 대해 얘기했고 내가 '녹의'의 뜻을 설명했지만, '자금'은 설명하지 않았어. 난 너한테 '네가 정말 〈자금〉의 의미를 이해하고 싶다면 내일 백지수 선생님께 가서 여쭤 봐'라고도 했지. 소휴는 그 말을 기억했고, 정말 백 선생님에게 가서 그 질문을 했어."

"난 아직도 모르겠어. 왜 소휴가……."

"그 시구의 의미를 알아야 관강리를 죽일지 말지 결정할 수 있었거든. 하지만 소휴의 살인 동기에 대해선 마지막에 얘기할게. 지금은 한 가지 문제만 설명하고 싶어. 왜 백 선생님이 소휴의 이름을 '자금'이라고 오해했는지, 바꿔 말하면 소휴는 왜 자신을 '자금'이라고 했는지. 내가 추측하기로 소휴가 그런 거짓말을 한 건 자신이 궁금한 것을 질문해서 백 선생님의 의심을 없애기 위해서였어. 연회에서 소휴가 내게 질문했던 걸 백 선생님은 기억했을 거고, 그래서 백 선생님 눈에는 소휴가 신분은 낮지만 호기심이 강한 아이로 보였어. 하지만 백 선생님이 소휴에게 왜 딱 그 시의 내용만 궁금해 하냐고 캐묻는다면, 소휴는 합리적인 이유를 대야 했어. 가장 합리적이면서 자기 신분에 가장 맞는 이유가 뭐였을까? 간단해. 내가 소휴에게 지어준 이름이 '자금'이라면, 소휴가 백 선생님에게 그 시의 의미를 묻는 게 더없이 자연스럽거든. 따라서 백 선생님은 '자금'이 소휴의 이름이라고 오해하고 죽기 전에 그런 글자를 남겼지."

"백 선생님 사건은 그나마 설명이 되는데, 강리 언니는 누군가에 의해 쇠뇌로 살해당했어. 소휴가 쇠뇌 사용법을 알아?"

"내가 종 부인의 시신이 있던 그 창고를 조사할 때 소휴 앞에서 거기 있던 쇠뇌를 한 번 사용한 적이 있어. 소휴는 총명한 아이니까 한 번 보고 배웠을 수도 있어."

"그럼 마지막으로 고모 사건은 어떻게 설명하지? 범인이 소휴라면, 소휴는 어떻게 층층 감시 속에서 빠져나간 거야?"

"그 문제를 설명하려면 시간이 좀 걸려. 4년 전 일가가 전멸한 살인사건부터 얘기해야 할 거야. 그 사건에서 관약영은 심한 자극을 받았고, 마음에 계속 심각한 상처가 남아 있었어. 그래서 이번 사건에서 관약영을 완벽히 신뢰할 만한 목격자로 볼 수 없어. 됐다, 그냥 처음부터 얘기할게."

"약영 언니가……."

"관약영은 일가 살인사건의 진범이 맞아. 노신, 간단한 질문 하나 할게. 오늘 넌 왜 단도를 품고 나를 만나러 왔니?”

“단도가 숨기기에 편하니까.”

“같은 창고에 네가 사용할 만한 화살도 많은데, 왜 화살은 품고 오지 않았어?”

“화살은 너무 길고 칼집도 없어서, 아무리 생각해도 몸에 숨기기가 적당하지 않았어. 화살을 반으로 접는다 해도…….”

“왜 말을 하다 말아?”

“……약영 언니는 왜 짧은 화살로 자살을 했을까?”

“드디어 그 의문점을 알아챘구나. 그 사건에 대해 들었을 때는 약영이 강리와 똑같은 방법으로 죽는 쪽을 선택하고 싶었을 거라 추측했어. 두 사람은 사이가 좋았으니까. 그런데 나중에 의문점들이 떠올랐어. 그 의문점들을 약영의 자살 방식과 함께 생각하면 어떤 결론을 내릴 수 있을 거야.”

“어떤 의문점? 어떤 결론?”

“우리가 관강리 방에서 본 그 목판엔 지우고 다시 쓴 흔적이 있었어. 세 번째 줄 ‘내’와 ‘마음’ 사이에. 세 번째 줄은 강리의 글씨체로 시작했기 때문에, 강리가 왜 사람들이 습관적으로 사용하는 서도로 잘못 쓴 부분을 긁어낸 후 다시 쓰지 않고 틀린 글자를 직접 지워버렸는지 이해할 수 없었어. 노신, 눈치챘니? 강리와 약영이 함께 지내던 곳에서 우리는 서도를 한 개도 보지 못했어. 뿐만 아니라 어제 네가 내 방에서 갑자기 내 탁자에 있던 서도를 들고 내게로 왔을 때, 약영의 반응이 조금 과격하지 않았어? 그때 약영이 '오지마'라고 외쳤던 거, 너도 들었잖아."

"그게 뭘 의미하는데?"

"약영은 칼에 대해 두려움이 있다는 걸 설명할 수 있어. 칼이 약영의 불쾌한 경험을 떠오르게 했을 수도 있고. 예를 들어 비수로 자신의 전 가족을 살해한 것 같은."

노신은 충격 속에 침묵에 빠졌다.

"하지만 약영이 가족을 살해한 이유는 약영이 네게 말해준 것처럼 더 너그럽고 온화한 가정으로 입양되기 위해서는 아니었어. 범행을 저질렀을 때 약영은 막 죽음 언저리에서 간신히 목숨을 건진 후 놀란 가슴이 아직 가라앉지 않은 상태에서 스스로 자신을 보호할 목적으로 자기 부모형제를 살해했어. 네가 설명한 사건 정황을 회상해보자. 사촌 오빠 관상원의 시신 얘기를 할 때 네가 그랬지. 시신 옆에 텅 빈 나무통이 있었고, 땅바닥에서 7, 8척약 2~3 미터 높이에 끊어진 밧줄이 나무에 늘어져 있었다고. 이 두 가지 현장 상황을 통해 그곳에서 무슨 일이 있었는지 추측할 수 있어.

네가 기의 언니가 범인이라고 가정했던 거 기억나? 그때 넌 밧줄과 나무통에 대해 설명하면서 밧줄은 약영 언니를 매달기 위해 백부님이 걸어둔 것이라고 했어. 나무통은 약영 언니가 기절하면 물을 뿌려 깨우려고 준비해둔 것이고…….

그런데 이 가설은 성립할 수 없어. 그전에 했던 내 추리에선 날씨 요소를 간과했어. 사건 발생 당시에 물을 가득 채운 나무통을 마당에 두었다면 얼마 있지 않아 통속의 물이 얼었겠지? 그러면 원래 의도했던 곳에 쓸 수 없게 됐을 거야. 소휴가 죽은 뒤에 나무통이 다른 용도로 쓰이지 않았나 하는 생각이 들었어."

"소휴…… 네 말은……."

"밧줄, 나무통, 이 둘을 합치니 생각할 수 있는 가장 합리적인 설명은 하나밖에 없어. 목매어 차살하는 것. 그 밧줄에서 끊어진 곳은 고리 모양의 매듭 부분이었을 거야. 그리고 그 부분이 끊어지기 전엔 약영의 목이 그 안에 걸쳐 있었을 거고."

"네 말은 백부님이……."

노신은 마음속에서 올라오는 불길한 예감에 질식할 지경이었다. 노신은 규가 뒤에 하려는 말이 자신이 듣고 싶지 않고, 계속 들어서도 안 되는 얘기란 걸 알았다. 약영의 죽음을 겪은 노신은 앞으로 닥칠 충격에 마음의 준비를 하고 있었다. 관씨 가문의 과거사 중에서 가장 간담이 서늘해지는 사건이긴 해도 어쨌건 자신과 밤낮 함께 지낸 관약영에 관한 일이기 때문이었다.

"그래." 규가 고개를 끄덕였다. "아마 너희 백부님은 한바탕 매질을 한 뒤에 관약영에게 그 밧줄로 목매 죽으라고 강요했을 거야. 사후에 관약영이 밧줄과 밧줄 모양 물건에 대한 여러 반응을 보면 그렇게 추측할 수밖에 없어."

"약영 언니의 반응?"

"역시 눈치채지 못했구나. 우선 약영은 왜 뱀을 무서워했을까? 2년 전 관기의가 약영을 산에 데리고 갔지만 거기서 나뭇가지에 똬리를 틀었던 뱀을 보았을 때, 뭔가 공포스러웠던 기억이 떠올랐을 거야. 둘째로 약영은 자신을 안은 관기의를 왜 밀쳐냈을까? 당시 관기의가 약영의 팔이 아니라 목을 끌어안았을 거라 생각해. 셋째로 약영이 지내는 뜰에는 왜 우물이 없을까? 관가에서 내게 내어준 임시 거처에도 뜰에 우물이 만들어져 있잖아. 약영의 거처에 우물이 뜰 밖에 있으면 일상생활에서 물을 긷는 게 불편하잖아. 게다가 강리는 뜰에 화초도 심어놨던데, 그러면 매번 화초에 물을 줄 때마다 물통을 들고 거실을 통과해야 하니 너무 번거롭지 않겠어? 그래서 거기에 우물

이 없는 건 분명히 이유가 있을 거라 생각해. 관가는 우물
마다 도르래가 걸려 있고, 도르래엔 밧줄이 감겨 있거든.
약영은 밧줄을 무서워 하니까 틀림없이 매일 밧줄이 감겨
있는 우물의 도르래를 아침저녁으로 마주하고 싶지 않았
겠지? 약영의 여러 반응, 특히 관기의가 약영을 안았을 때
보인 반항적인 행동을 바탕으로 이런 추측을 했어. 너희
백부님이 목매어 죽으라고 약영을 몰아붙였다, 라고.”

“……그럼 밧줄은 누가 끊은 건데?”

“아마 너희 사촌 오빠 관상원이 그랬을 거야. 관상원은
나무 밑에서 살해당했거든. 즉 관상원은 당시에 약영에게
서 가장 가까이 있었던 사람이야.”

“그래도 사리에 맞지 않아. 약영 언니가 상원 오빠 손에
구출됐다면 왜 그 자리에서 오빠를 죽였겠어? 또 백부님
은 자기 친딸인 약영 언니를 왜 자살하라고 몰아붙이고.”

“그 두 문제는 한번에 대답할 수 있어. 너희 백부님은
약영을 죽게 할 생각은 없었고, 그저 잠시 약영을 위협하
려고만 했겠지. 약영이 연회에서 너희 백부님께 자신의 이
상을 얘기했지만 이해 받지 못했다고 얘기했지? 그게 바
로 그때 일일 거야. 너희 백부님은 약영의 말을 듣고 경악
한 나머지 약영을 때렸지만 그 정도로는 약영이 자신의 이
상을 포기하기에 충분하지 않다는 걸 알았고, 그래서 약

영에게 더 혹심한 공포를 체험하게 해줄 요량이었어……."

여기까지 듣고 노신은 결국 시선을 옮겼다.

"……당시, 너희 백부님은 약영에게 죽음 직전의 공포감을 느끼게 할 생각으로 먼저 약영에게 목을 매라고 강요한 다음, 관상원에게 바로 밧줄을 끊으라고 명령했어. 너희 백부님은 그렇게 하면 약영이 마음을 돌려 관습을 따르고 자기 이론을 실행할 용기를 버릴 줄 알았던 거지. 그런데 약영에겐 그 충격이 너무 심했어. 살길을 찾아야겠다는 의지로 인해 이성을 잃었어. 그래서 제일 먼저 약영에게 살해당한 건 너희 사촌 오빠야. 사촌 오빠는 밧줄을 끊은 후 비수를 땅에 던지고 떨어지는 약영을 껴안았을 거야. 약영은 놀라고 무서운 나머지 비수를 들어 관상원을 죽였고. 너희 백부님은 비수를 들고 자신에게 다가오는 약영을 봤고, 본인은 맨손이라 승산이 없다는 것을 알고선 장검을 꺼내려고 몸을 돌려 집안으로 달려갔어. 결국 문 앞까지 따라온 관약영에게 등에 칼을 맞고 죽었어. 마지막으로……."

"이제 됐어. 그만 얘기해도 돼."

"약영은 피로 물든 옷을 갈아입고 그것을 태운 후에 현장을 대충 처리하고 너희 집으로 뛰어왔어. 이것이 4년 전 일가 살인사건의 진상이야."

"그런데 규, 난 이해가 안 돼. 왜 백부님은 그렇게 하면서까지 약영 언니의 생각을 포기하게 만들려고 했을까?"

"노신, 넌 모를 거야. 약영이 정말 자기 생각을 실천했다면 관가에 어떤 후폭풍이 따랐을까? 간단히 얘기하면 멸족이야. 관가가 그동안 산속에 숨어 지낸 건 권력 다툼에 말려들고 싶지 않아서야. 세력을 얻으면 부와 영예가 따르지만 한번 넘어지면 가문 전체가 씨가 마르니까. 그런데 약영이 추구하는 게 하필 그런 쪽이었어. 그런 이상을 품고 이런 가정에서 태어났으니 박해를 받을 수밖에 없었지. 공교롭게도 네 백부님은 냉혹한 사람이라 장녀를 독립된 개체나 살아 있는 사람으로 보는 대신 자신의 창조물로 취급했고. 그래서 약영이 속마음을 터놓자 백부님은 약영의 생각을 이단사설이라 생각하며 자기 가르침이 쓸데없었다고 여겼어. 심지어 약영은 낳지 말았어야 할 불량품이라고까지 생각했겠지. 솔직히 약영이 살인을 하지 않고 자기 생각도 포기하지 않으려 했다면 너희 백부님 성격으론 그날과 같은 장면이 또 연출되었을 것이고, 그때는 약영을 위해 밧줄을 끊을 사람도 없었을 거야……."

규는 여기까지 말하고 길게 한숨을 쉬며 더 이상 얘기하지 않았다. 노신도 규의 침묵에 귀를 기울였고, 그 침묵 속에서 규가 차마 말하지 못한 정보를 들었다. 그건 자식을 향한 부모의 기대에 관한 감명이고, 부모가 자식을 망칠 권리가 있는지에 관한 반성이며, 규 자신의 처지에 대한 고백들이었다.

한참 뒤에 노신이 물었다.

"그럼 당시에 발생한 일이 고모의 죽음과 어떤 연관이 있는데?"

"그 연관성도 이미 얘기했어. 약영은 완벽히 신뢰할 만한 목격자가 아니었어. 4년 전 사건에서 극도의 충격을 받은 탓에 약영은 일부 물건에서 일부러 시선을 회피할 가능성이 있거든."

"하지만 약영 언니는 이미 세상을 떠났으니 언니에게 그걸 확인할 수 없잖아."

"약영에게 확인할 필요 없어. 약영의 증언이 모든 걸 설명하거든. 약영은 소휴가 도착했을 때 상황을 '방금 뒤에서 발걸음 소리가 들려서 돌아봤더니 소휴였다'고 말했어. 노신, 이 말 이상하지 않아? 그때 약영은 창고 맞은편에 서 있었고, 그곳은 거의 산에 붙어 있는 위치였어. 약영이 창고를 마주하고 서 있었다면 발걸음 소리가 어떻게 뒤에서 들리지? 다시 말해서 당시 약영은 사실 창고를 마주하고 서 있었던 게 아니라 다른 쪽을 향해 있었어."

"다른 쪽?"

"약영은 남쪽에, 창고는 북쪽에, 협곡 입구는 동쪽에 있었고, 서쪽은 냇가로 통하는 길이었어. 약영이 처음에 소휴를 의심하지 않았다는 건 소휴의 행동에 의심할 만한 구석이 없었다는 것을 의미해. 따라서 소휴는 협곡 입구 쪽, 그러니까 동쪽에서 뛰어온 거지. 바꿔 말하면 약영이 향하고 있던 쪽은 분명 서쪽, 즉 냇가가 있는 방향이야."

"왜 약영 언니는 그쪽을 향하고 있었지? 거기엔 아무것도 없는데."

"바로 거기에 아무것도 없어서 그쪽을 보고 있었던 거야. 창고 동쪽에 뭐가 있었는지 다시 떠올려 봐."

"동쪽…… 동쪽이라…… 우물 말이니?"

"맞아. 약영이 서 있던 위치에선 동쪽을 향하든 북쪽을 향하든 그 우물이 보여. 그 우물에는 도르래가 설치되어 있고, 도르래에는 밧줄이 감겨 있어. 그건 약영이 절대 보고 싶지 않은 물건이지. 그래서 약영은 당시 서쪽을 향해 서 있을 수밖에 없었어. 그렇게 하니 밧줄은 약영의 시야에 들어오지 않게 되었고. 소휴는 종 부인을 살해한 후 협곡에서 들려오는 네 목소리를 듣고 우물 난간 뒤에 숨었던 것 같아. 모든 사람이 창고로 들어간 틈에 그곳을 떠날 생각이었는데, 하필 약영이 계속 창고 맞은편에 서 있었던 거지. 한때 소휴는 벗어날 수 없을 거라 생각했겠지만 차츰차츰 약영이 향하고 있는 방향이 시종일관 바뀌지 않아서 자기 쪽은 한번도 보지 않았다는 사실을 알았어. 그래서 이판사판으로 약영의 동쪽, 즉 약영의 등 뒤로 돌아가서 방금 우리 거처에서 온 척했지.”

“당시 등 뒤에서 나타난 사람이 소휴가 아니었다면 약영 언니는 바로 의심을 했을 거야. 그랬으면 백 선생님과 강리 언니는 죽지 않았을 수도 있고. 약영 언니도…….”

“그래, 애석하게도 아무도 소휴를 의심하지 않았어. 소휴에겐 정말 종 부인을 살해할 이유가 없는 것 같았거든. 바로 그 때문에 강리는 죽을 때까지도 범인의 정체를 몰랐고, 살인 동기도 몰랐어. 강리의 유언은 제사 대상이 바뀐 것을 가리켰지만, 사실 그건 개인적인 견해였고 이번 사건의 진상은 아니었어.”

노신은 어제 규와 약영의 대화를 떠올렸다.

―그건 네 잘못이 아니야, 오릉 군. 난 널 책망할 수가 없어. 무엇보다 강리의 소원은 너에게 맡길 수밖에 없고.

―역시, 약영 언니는 다 알고 있군요.

“어제 약영 언니가 규의 자살 시도를 막은 후에 ‘오릉 군, ……를 헛되이 하지 마’라고 했지. 그때 비가 내리고 있어서 중간 내용을 못 들었어. 약영 언니가 대체 뭐라고 했어?”

"소휴의 죽음을 헛되이 하지 말라고 했어. 또 소휴가 날 위해 저지른 죄를 헛되이 하지 말라고 했고."

"규를…… 위해?"

"응, 소휴가 그렇게 한 건 전부 날 위해서야. 종 부인, 백 선생님, 강리는 시와 책을 많이 읽은 사람들인 건 맞지만 그 외에 다른 공통점도 있어. 그런데 그 공통점은 은밀해서 알아채기 쉽지 않아. 내가 아까 얘기했듯이 소휴가 백 선생님에게 〈자금〉이란 시의 의미를 물어본 건 〈자금〉에서 인용한 두 시구의 뜻을 알아야 강리를 죽일지 여부를 결정할 수 있었기 때문이야. 이 점에서 출발하면 살해당한 사람들의 공통점을 발견할 수 있어."

"난 모르겠어."

"소휴는 내가 종전시가 쓴 그 시구의 뜻을 설명하는 건 들었지만, 난 강리의 답장 내용인 〈자금〉 구절의 의미는 설명하지 않았어. 그래서 강리의 답장이 구체적으로 어떤 뜻인지 알 수 없었지. 바꿔 말해 소휴는 강리가 종전시에게 어떤 태도를 보일지 확인할 수 없었어."

"어떤 태도라야 소휴가 살해할 생각을 하는데? 난 아직도 모르겠어."

"아마 소휴는 그 편지가 종전시가 강리에게 연모하는 마음을 표현한 것이라고 생각했을 거야."

"그러네. 전시 오빠가 쓴 〈녹의〉 시구에 대한 네 설명을 듣고, 소휴는 정말 그렇게 이해했을 수도 있겠다."

"그래서 소휴는 관강리가 그것을 받아들였는지 알고 싶었어. 다시 말해 소휴는 강리가 종전시를 연모하는지 아닌지를 알아야 했어."

"강리 언니가 사촌 오빠를 좋아한다면, 소휴는 강리 언니를 죽여야만 해?"

"맞아. 관강리가 종전시의 구애를 받아들였으면, 소휴는 관강리를 죽여야 했어. 하필 강리가 인용한 시구가 '푸른 그대 옷깃, 아득한 내 마음. 나 비록 가지 못하나, 그대는 어찌 소식을 끊었는가青青子衿, 悠悠我心. 縱我不往, 子寧不嗣音' 였지. 그제 내가 설명했다시피, 이건 확실히 받아들인다는 뜻이거든. 백 선생님도 소휴에게 그렇게 설명했을 거야. 그래서 소휴는 백 선생님을 살해한 후 강리를 다음 목표로 정했지."

"난 여전히 이해가 안 돼. 소휴가 대체 왜 살인을 했는지……."

"소휴에게 살해당한 사람은 다 한 가지 일과 관련이 있어. 바로 무녀의 금기야. 내가 얘기한 적 있을 거야. 우리 가문을 포함한 제나라 사람은 무녀는 혼인할 권리를 누릴 수 없다고 생각해. 그들은 무녀에게 혼인이 일종의 금기라고 보거든. 소휴도 그렇게 생각하고. 그런 관념에서 소휴는 종 부인, 백 선생님, 강리를 살해했어. 소휴는 종 부인과 강리가 그 금기를 깨는 행위를 했다고 생각했고, 백 선생님은 무녀가 그 금기를 깨도 된다는 주장을 퍼뜨렸다고 생각했어. 이게 바로 살해당한 사람들의 공통점이야.”

“하지만 약영 언니가 연회에서 초나라 지역 무녀에겐 그런 금기가 없다고 했잖아. 그때 소휴도 자리에 있었으니 들었을 테고.”

“소휴는 그런 건 고려하지 않았어. 소휴가 살인한 목적은 금기를 깬 사람을 제재하려는 것이 아니라…… 날 훈계하려는 것이었으니까.”

규의 설명은 노신의 이해력을 넘어섰다.

“사실 모든 비극은 우리 둘의 농담에서 비롯됐어. 연회가 있던 날, 네가 나에게 아욱 절임을 담아줬고 난 너에게 그걸 다 먹으라고 했어. 넌 나까지 함께 먹어도 되냐고 물었고. 그 후 내가 굴원에 관한 이야기를 했어. 그 중간에 우리가 나눈 대화가 있어. 기억나?”

— 먹어버리는 것 말고 상대를 나의 일부분으로 만들 다른 방법이 또 뭐가 있을까?

— 누군가를 사랑하면 그 사람을 나의 일부분으로 만들 수 있을까? 노신은 취미가 참 엽기적이네.

―음, 아니면 나를 그 사람의 일부분으로 만들어도 되고.

―그건 도리어 쉽지. 상대에게 상처를 주면 돼. 가죽과 살에 입히는 상처 말고 그 사람의 마음을 상하게 하는 거지. 상대가 절대 받아들일 수 없는 일을 하고 상대가 절대 받아들일 수 없는 말을 하면 그 사람 여생 동안 마음속에 네가 입힌 상처가 계속 남아 있을 거야. 그러면 너도 그 사람의 일부분이 되는 거지. 하지만 그것만으로는 부족해. 그래도 나는 여전히 나니까, 완전히 상대의 일부분이 될 수 없어. 철저히 하려면 자신이 정말 사라지게 해야 해.

―자신의 죽음을 통해 상대에게 상처를 준다고? 그런 방법으로 자신의 사랑을 표현하는 사람이 정말 있을까? 그것도 사랑이라 부를 수 있다면, 그런 사랑은 결과적으로 증오와 다를 바가 없잖아.

―틀렸어, 노신. 그것이야말로 최고의 사랑이야. 옛날 명신들, 직설적으로 간언을 올리고 살신성인한 사람들은 하나같이 자신의 죽음을 통해 군주의 마음에 상처를 남겨 간언의 목적을 달성하는 행동 논리를 실천했어. 군사를 일으켜 초나라를 멸망시킨 오자서도 그랬고, 오직 초나라를 부흥시킬 일념이었던 굴원도 그랬어. 그들은 바로 자신의 정견을 군주 생명의 일부분으로 만들기 위한 충성

심에서 자살했어.

"기억……나."

"내가 당시 했던 말이 불행하게도 소휴에게 행동 강령으로 작용했어. 소휴는 그 논리를 바탕으로 세 사람을 살해하고 결국 자살했어. 소휴가 한 모든 행동은 무녀의 금기를 깨지 말라고 내게 훈계하기 위한 목적 때문이었어."

"소휴처럼 그렇게 착하고 고분고분한 아이가 어떻게……."

"다 내 잘못이야. 전부 내 실언 탓에 오늘과 같은 국면이 초래됐고, 모든 사람이 죽었어." 규의 얼굴에 어제 아침 소휴의 시신을 안고 있었을 때 나왔던 표정이 다시 드러났고, 아직 마르지 않은 눈물이 흘렀다. 목소리도 잘 나오지 않았다. "연회에서 소휴를 앞에 두고 '초나라 지역 무녀가 부럽다'고 했고, 난 아직 좋아하는 사람을 만나지 못했을 뿐이라고도 했지. 그날 밤 약영의 거처로 가는 길에서 소휴를 앞에 두고 '나 또한 균형을 잡아가며 지금의 생활방식을 선택했다'고 말했고 '언젠가 이 모든 것에 싫증나면 내 가족을 배반할지도 모른다'고도 했고……. 노신, 내가 말했지. 우리 가문을 비롯한 제나라 사람은 '무아'가 누군가를 만나 연애하고 결혼하면 그 가족이 재앙을 당하고, 그 여자아이 본인도 극단적으로 불행해질 거라 믿어. 소휴도 그걸 철석같이 믿었던 탓에, 내게 불행이 닥칠까 봐 그렇게 한 거야. 내가 소휴의 마음을 일찍 알아차렸다면, 어쩌면, 어쩌면……."

노신은 손에 든 단도를 떨군 후 규를 품에 안고 위로했다.

"강리가 세상을 떠난 날 밤, 소휴가 범인일 가능성에 생각이 갔어. 물론 그게 진상이 아닐 거라 생각하면서도 반농담으로 소휴에게 얘기했거든. 그런데 뜻밖에도 소휴가, 그 모든 게 날 위해 저지른 죄라고 자백하는 거야. 노신, 그때 내 마음을 상상할 수 있겠니? 난 바로 너와 네 가족 앞에서 죽음으로 사죄하고 싶은 마음이 간절했어. 하지만 난 결국 소휴를 용서했어. 노신, 얼른 날 놔줘. 넌 날 미워해야 해. 아까 정말 네가 내 목숨을 끝내도록 놔뒀으면 좋았을걸……. 난 내 몸종이 날 위해 무고한 세 사람을 죽인 걸 알았는데도 주저하지 않고 소휴를 용서한 사람이니까. 난 소휴더러 그 일을 잊으라고, 자신이 세 사람을 죽인 범인이란 사실을 잊으라고 했어. 그리고 이 세상에 소휴를 제재할 자격이 있는 사람은 나밖에 없고, 소휴의 죄를 판단하고 벌할 사람도 나밖에 없다고 했지. 그래서 소휴에게 매질을 했어. 그렇게 심하게 때린 적은 한 번도 없었고, 맞으면서 소휴가 운 것도 처음이었어. 나중엔 나도 울었어. 소휴가 죽을 것을 이미 짐작했고, 소휴가 결국 그런 방식으로 자신의 충언을 마무리 지으리란 걸 짐작했어. 하지만 내가 뭘 할 수 있는지 몰랐어. 난 소휴의 상처에 약을 발라주고 내 옆에서 자게 했고, 소휴 귓가에 대고 몇 번이고 용서한다는 말을 했어. 소휴는 내 몸종이 될 수 있어 행복하다는 말만 했고. 이튿날 깨어나면 소휴를 잃을까 봐 두려워서 억지로 참고 잠을 자지 않았지만, 결국 잠이 들었어. 잠들기 직전에 난 강박적으로 소휴를 안았지. 그렇게 하면 소휴가 날 떠나지 않을 거라 생각했거든. 하지만 깨어보니 소휴는 내 곁에 없었어……”

그렇게 노신도 자기 품에서 슬피 우는 규를 용서했다.

3

다음 날, 날이 개고 아침노을이 피었다.

산과 계곡을 덮은 밤의 살갗이 찢어지고, 지평선 아래에서 빛이 뿜어져 나왔다. 하늘을 가득 메운 구름이 일순간 환하게 빛나며, 구름을 녹였던 밤하늘의 보호색이 완전히 걷혔다. 잠시 후 구름과 노을 가에 다시 어둠이 퍼지기 시작했다.

새로운 태양이 구름층으로 떠올랐고, 아침노을도 어둑해졌다. 하늘이 차츰 묵색에서 옅은 보라색으로 바뀌더니 담녹색에 가까운 푸른색이 되었다. 붉은 해는 계속 올라가다 결국 구름층을 뚫었다. 공기가 따뜻해지고 산간에 둥지를 틀었던 안개도 갑자기 흩어져 사라졌다. 환한 황금빛이 한동안 대지를 가득 메웠다. 그와 동시에 별들도 피바다 같은 하늘에 파묻혔다.

계몽啓蒙이라는 말은 대략 '빛을 부여한다'는 뜻이다. 헌데 빛에 의해 사라진 별들은 다시 밤하늘을 메울 수 있지만, 계몽에 의해 교살된 것은 한번 가면 다시는 돌아오지 않는다.

웅크린 몸으로 자신을 덮었던 '운몽'이란 단단한 껍데기를 깨부순 소녀는 이제 날개를 흔들며 사방을 돌아다닐 수 있다고 생각했는데, 자신 앞에 있는 '세계'가 넓기는 해도 잔혹하다는 사실은 알지 못했다.

'세계'란 것은 해가 돋는 동쪽 끝에서부터 해가 지는 서쪽까지 그리고 대해에 이르는 남쪽과 북쪽을 아우르는 말로, 원래부터 한 사람이 한평생 끝까지 가볼 수 없는 범위다. 오죽하면 〈초혼〉에서는 '혼이여 돌아오라, 옛날 살던 곳으로 돌아오라. 천지 사방에 악한 것과 간악한 것이 많으니'라고 했을까. 전에 살던 집에서 도망치면 물론 즐겁고 유쾌한 일도 있겠지만 훗날 후회와 탄식이 되지 말라는 법도 없다.

내가 못내 붓을 들게 된 것은 붉은 해가 되돌릴 수 없게 먹구름으로 달려가는 장면 때문이었다. 그러나 아침노을과 먹구름 사이엔 아무런 구별이 없다는 것도 잘 안다.

내가 이야기를 쓴 것은, 다른 시대의 기쁨과 슬픔, 삶과 죽음에 대한 이야기를 쓴 것은 사실 내 자신의 인생을 헛되이 보내는 일이었다. 그런데 그래야만 질식할 것 같고 두려워 떨게 되는 이 세상에서 도망칠 수 있을 것 같았다. 내 붓끝에서 관노신이 달걀껍질을 깨는 순간은, 저자인 내가 새장으로 숨어든 때이기도 하다. 내가 새장에서 노래한 음표들은 오로지 새장 밖의 당신들에게 바치기 위한 것이니 독자들이여, 부디 귀를 막고 가버리지 말길!

규와 노신은 다시 소휴가 영면한 곳으로 갔다.

다만 이번에는 성묘 후에 관가 거처로 돌아가지 않았다.

규는 등에 짐을 실은 암말을 잘 매어놓고 노신의 손을 잡고 산언덕을 올랐다. 산은 온통 가래나무와 오동나무로 가득했고, 소휴 무덤 앞에 새로 심은 측백나무는 그 가운데 뒤섞여 먼 곳에서는 찾아내기 어려웠다. 하지만 규와 노신은 이 길을 한평생 잊을 수 없을 것이다. 이후 두

사람의 남은 생애에 이곳을 다시 찾을 기회가 다시는 없
으리란 것을 지금은 모르지만.

이슬이 두 사람의 옷자락을 축축하게 적셨다.

"우리…… 정말 장안으로 가는 거야?"

"이제 와서 후회해?" 친구의 질문에, 긴 저고리를 입고
등에 활과 화살을 진 소녀가 반문했다.

"후회하긴. 그냥 조금 불안해서."

"고향을 떠나는 게 얼마나 쉽지 않은 일인지 잘 알아.
게다가 너희 고모님은 아직 매장도 하지 않았고, 언니들
장례 날짜도 점쳐서 결정하지 않은 마당에 운몽을 떠나려
니 마음이 꺼림칙하겠지."

"응." 노신이 고개를 끄덕였다. "특히나 아버지가 이번엔
날 말리지 않으셨어. 어젯밤 본채를 나오면서 뒤돌아서
아버지를 봤는데 아버지 표정이, 강리 언니가 죽었다는 소
식을 알았을 때의 약영 언니와 똑같았어. 이런 때 내가 남
아서 아버지 곁에 있어야 하는데…… 우리 선조들처럼 이
위험하고 습하고 마음 아픈 곳에 평생 있어야 하는데."

"너희 아버지가 그 일을 말씀해주신 건 좀 뜻밖이었어.
분명 약영을 자식처럼 생각했기 때문에 그렇게 자책하시
고, 지금까지도 마음에 두고 잊지 않으시는 걸 거야."

어젯밤 규와 노신은 관무일에게 작별인사를 할 때, 관

무일에게서 그리 오래되지 않은 옛 일에 대해 들었다. 다만 당사자가 세상을 떠난 터라 아득히 멀게 느껴졌을 뿐이다. 원래 관기의가 세상을 떠난 후 강리는 관무일에게 약영과 함께 운몽을 떠나 장안에 가서 고모에게 의탁해 살게 해달라고 간청했다. 강리는 약영이 계속 운몽에 있으면 가족을 떠올리고 조만간 기의를 따라 갈 것이 염려됐다.

하지만 관무일은 딸의 부탁을 들어주지 않았다.

그래서 이번에 규가 노신과 함께 떠나겠다는 바람을 전했을 때는 아무런 저지도 당하지 않았다.

"아버지는 잘못한 게 없다고 생각해." 노신이 조금 떨리는 목소리로 말했다. 노신은 최대한 슬픔을 숨기고 가장 평온한 말투를 유지하려 애썼지만, 아무리 해도 예민한 규를 속일 수는 없었다. "당시 약영 언니가 그렇게 큰 충격을 받고 갑자기 운몽을 떠나 새로운 환경으로 갔으면 더 복잡한 생활을 감당해야 했을 거고, 낯선 사람들과 밤낮으로 함께 지내야 했을 테니 언니에겐 너무 잔인한 일이었을 거야. 반쯤 죽은 나무를 옥토에 옮겨 심는다 해도 생존한다는 보장이 없는 것처럼. 언니는 자란 환경이 너무 냉혹하고 지은 죄도 너무 중한데다 그렇게 심한 충격까지 받았으니, 어떤 방법으로도 언니를 구할 수 없었을 것 같아."

"정말 그랬겠다."

"소휴도…… 규, 영원히 널 용서할 수 없는 딱 한 가지 일이 바로 네가 5년씩이나 소휴를 학대한 거야. 정말 비 극을 빚은 건 네가 그날 한 농담 몇 마디나 네가 감당해 야 할 무녀의 금기가 아니라, 소휴에 대한 네 교육이었을 지도 몰라. 소휴가 얼마나 갈팡질팡했을지 상상이 돼. 넌 처음에 채찍으로 소휴에게 절대 널 거역하지 말라며, 그 신조를 소휴 살갗에 낙인찍었어. 그다음엔 네가 신봉하 는 경전을 소휴에게 암송하게 했어. 그 경전들은 소휴에 게 주인의 과실을 바로잡는 것이 진정한 충성이라 가르쳤 지. 완전히 엇갈리는 두 원칙이 소휴를 막다른 길로 몰고 간 거야. 연회가 끝나고 소휴가 너에게 고민을 털어놓으 려 했는데, 네가 소휴더러 알아서 생각하라고 했던 게 기 억나. 그때 소휴가 여러 생각을 있는 대로 다 털어놓도록 네가 유도했으면 그렇게 많은 사람이 목숨을 잃지 않았 을 거야."

"……너무 간단하게 말하네." 이제는 규도 둔감한 친구 앞에서 흔들리는 자기 모습을 감출 수 없었다. "소휴를 만 났을 때 난 겨우 열두 살이었어. 열두 살짜리 아이에게 다 른 사람을 올바로 가르치라고 요구하는 게 가당키나 할 까? 게다가 중요한 권리를 박탈당한 대신 집에서 제멋대로 구는 것이 허용된 탓에 난 아무 제한 없이 내 시녀를 지배할 수 있었어. 내 자신도 제대로 교육을 받지 않은 상태에서. 내가 부모님께 받은 건 속박과 그에 따른 보상이 전부였어.

"그랬구나……."

"곰곰이 생각해보면 정말 날 가르친 사람은……." 규는 쓸쓸하게 미소 지으며 낮은 목소리로 말했다. "아마 소휴밖에 없을 거야. 방식이 너무 극단적이긴 하지만."

"그러게. 네가 소휴를 대한 방식보다 훨씬 극단적이네."

마침내 두 사람은 그 분묘에 도착했다.

두 사람 모두 몇 걸음만 더 가면 한번에 죽은 사람들이 같이 있는 곳으로 들어간다는 사실을 잘 알았다. 소휴는 그들의 '세계'를 버리고 떠났으며, 그것을 사후로 남겨놓았다. 그 세계에 남겨진 사람은 소휴와 계속 함께할 수 있다. "우리는 진정한 의미에서 타인이 죽는 과정을 경험하는 것이 아니라, 기껏해야 '그 자리에' 있을 뿐이다." 무엇보다 "어느 누구도 타인에게서 그의 죽음을 빼앗을 수는 없다. 물론 누군가가 '타인을 위해 죽을 수는' 있다. 그렇지만 이것은 '어떤 특정한 일에서' 타인을 위하여 자신을 희생한다는 말이다. 이렇게 타인을 위해 죽는다고 해서 타인의 죽음을 아주 조금이라도 덜어줄 수 있다는 의

미는 결코 아니다." 사람은 각자 자신의 죽음을 받아들여야 한다.[*]

소휴의 죽음도 마찬가지다.

소휴가 죽었다고 오릉규가 죽음에서 벗어날 순 없으며, 기껏해야 규는 죽음에 대한 이해가 깊어질 뿐이다.

측백나무가 보이기 전에 노신은 걸음을 멈췄다.

"나는 아무래도 가지 않는 게 좋겠어. 실은 밤새도록 생각했는데도 어떻게 소휴를 봐야 할지 모르겠어. 규가 나 대신 소휴에게 작별인사 해줘."

"응, 억지로 할 필요 없어. 다 내게 맡겨."

규는 계속 앞으로 갔고, 소휴의 무덤 앞에서 멈췄다.

'소휴, 이제 넌 소원대로 내 일부분이 되었고, 지금도 내 안에 있어. 넌 내 상처이고 내 죄악이며 내 후회야. 차마 기억하고 싶지 않지만 되새길 수밖에 없는 추억이고. 내가 죽으면 우리 그 따뜻한 호수에서 만나자. 그때는 아무것도 우리를 갈라놓을 수 없을 거야.

그런데 소휴야, 그렇긴 해도 난 다시는 네게 닿을 수 없고, 네가 만드는 요리도 먹을 수 없고, 네 개인의 자유

[*] 마르틴 하이데거, 《존재와 시간》 47. '타인의 죽음의 경험 가능성과 전체적인 현존재의 포착 가능성' 참고.

와 행복을 이뤄줄 방법도 없구나. 한 생명으로서의 소휴는 결국 되살아날 수 없구나. 내 남은 생애에서 널 잃은 것보다 더 후회되고 아쉬운 일은 없을 것 같아. 지난 5년만큼 달콤한 시간도 다시는 없을 것 같고. 그동안 내내 네가 내 곁에 있었으니까.

지금도 넌 그곳에서, 내 옆에서 내 일거수일투족을 바라보고 내가 다른 사람에게 얘기할 수 없는 마음의 소리에 귀 기울이고 있을 테지만, 이런 상황은 내가 기대했던 모습은 아니야. 하지만 이게 네 소원이라면 받아들일게. 넌 한번도 내게 뭘 요구한 적도 없고, 네가 원하는 걸 직접 얘기한 적도 없으니까. 그러니 너의 마지막 소원은 꼭 이뤄줄게. 넌 이미 나의 일부분이 되었고, 우린 영원히 떨어지지 않을 거야……

그런데 어째서 난 이제 네 존재를 느낄 수 없을까!

네 소원이 이루어졌다고 이렇게 끊임없이 자기 암시를 하고 자신을 속이며 그것을 믿자고 스스로 강요하는데도, 지난날 너와 함께한 그런 기쁨은 왜 느낄 수 없는 걸까!

머릿속으로 네 이름을 한 번 또 한 번 부르고, 소리 내어 외쳐도 왜 넌 대답이 없을까? 예전에 넌 그렇지 않았는데.

역시 죽음이란 건 이런 건가 봐. 더 이상 추억을 쌓을 수 없고 다시 만날 수도 없고, 결국엔 끝없는 어둠과 서

늘한 바람뿐인가 봐.

정말 그렇다면 난 무엇을 위해 살아야 할까?

내가 믿었던 '달콤한 죽음'은 망상이고, 슬프고도 웃긴 자기 최면일지도 몰라. 그런 암시를 통해 세상 사람을 괴롭히는 공포감에서 스스로 도피하는 거지. 하지만 오늘부터 난 죽음을 직시할 수밖에 없어. 결국 남은 인생 동안 난 죽음에 대한 공포 속에서 살겠지? 내가 추구하는 모든 것이 어느 순간 내 몸처럼 연기와 흙으로 변할 것이 두려워. 내 몸에 기거하는 영혼도 그 순간에 흩어질 것이 두렵고.

결국 이 세상과 영영 이별할 것이 무서워.

이게 네 소원이니? 알고 싶지 않았던 잔혹한 진상을 내게 알려주려고 날 떠난 거니? 아니면 이런 결과는 네가 원했던 게 아니니?

말해줘, 소휴……'

참고문헌

본문에 고서와 출토 문헌을 많이 인용했지만 여기에 일일이 판본을 명시할 수 없다. 특히 《예기》를 많이 인용했고, 현대어로 번역할 때 왕원진王文錦 선생의 《예기역해禮記譯解》(중화서국, 2001)를 참고했다. 《초사》 문장의 훈고는 주로 장톈수蔣天樞 선생의 《초사교석楚辭校釋》(상하이고적출판사, 1989)을 참고했다. 그밖에 현대 저자들의 여러 저서와 논문을 참고했고, 그중 구상과 글쓰기에 큰 도움을 준 출판물 13종을 출간 연도별로 정리하면 다음과 같다.

— 장톈수蔣天樞, 《초사논문집楚辭論文集》, 산시인민출판사, 1982.

— 장정밍張正明, 《초문화사楚文化史》, 상하이인민출판사, 1987.

— 장명룬張孟倫, 《한위음식고漢魏飲食考》, 란저우문화출판사, 1988.

— 첸쉬안錢玄, 《삼례통론三禮通論》, 난징사범대학출판사, 1996.

— 린푸스林富士, 《한나라의 무속인漢代的巫者》, 도향출판사, 1999.

― 탄웨이쓰譚維四, 《증후을묘曾侯乙墓》, 문물출판사, 2001.

― 판푸쥔潘富俊, 《초사식물도감楚辭植物圖鑒》, 상하이서점출판사, 2003.

― 리링李零, 《숭국방술속고中國方術續考》, 중화서국, 2006.

― 천쭌구이陳遵嬀, 《중국천문학사中國天文學史》, 상하이인민출판사, 2006.

― 양수다楊樹達, 《한나라 혼상례 속고漢代婚喪禮俗考》, 상하이고적출판사, 2007.

― 쑨지孫機, 《한대물질문화자료도설漢代物質文化資料圖說》, 상하이고적출판사, 2008.

― 시라카와 시즈카白川靜, 두정성杜正勝 옮김, 《시경의 세계詩經的世界》, 동대도서東大圖書, 2009.

― 《중연원역사언어연구소 집간논문류 편·역사편·진한권中研院歷史語言研究所集刊論文類編·歷史編·秦漢卷》, 중화서국, 2009.

　이 소설은 2012년 8월 10일에 원고를 완성했고 진인각의 《유여시별전柳如是別傳》의 고경설게稿竟說偈의 전례를 모방해 절구絶句 3수를 지었다. 당시엔 그깟 84자가 훗날 예언이 되면 어쩌나 하는 걱정에 험한 말이나 이상한 말을 할 엄두가 나지 않았다. 사실 소설을 구상하기 시작한 건 2010년부터이니 소설이 세상에 선보이기가 일반 소설보다 훨씬 어려울 것이란 걸 잘 알았다(여기에서 '세상에 선보인다'는 것은 글을 마무리 짓는다는 의미이며 출간의 의미도 담겨 있다). 이 소설은 나만 완성할 수 있는 작품인데, 나는 꼼꼼하지 못하고 게으르며 괴팍한 사람이기 때문이다.

　이런 소설은 나만 쓸 수 있다는 말은 처음 들으면 매우 오만한 표현일 듯하다. 다행히 이 문장을 보기 전에 독자들은 이미 18만 자(한글 기준) 정도 분량의 앞 내용을 보았을 테니 내 뜻을 곡해하지 않을 것이다. 이 세상에 나와 같은 지식 구조와 악취미가 있는 사람이 또 있으리라고 생각하지 않기에, 이 세상에《원년 봄의 제사》와 같은 소설이 또 없을 것이라는 것을 자부한다.《한서漢書》및 여러 경서에 조금 공을 들이고, 서구 철학에 약간 흥미를 두는 한편, 미쓰다 신조와 마야 유타카 작품을 추리소설의 최고 준칙이라 믿다가 결국 (그러면서 결정적이고 치명적인) 고전학과 고전 본격의 광신자는 다시 일본 애니메이션(A. C. G. 즉 애니메이션, 코믹, 게임) 문화에 영혼을 팔았다. 이 세상에 나 같은 폐인이 또 있다면 그 사람은 나의 분신(도플갱어)일 것이고, 내 평생 친구가 되거나 같은 하늘 아래 살 수 없는 적이 될 운명일 것이다.

이 소설은 끝없이 지나치게 강렬한 개인 색채로 물들어 있는 까닭에 내가 표현하고자 하는 것이 이미 본문에 다 드러났고, 사실 따로 후기를 써서 설명할 것도 딱히 없다. 다만 '원년 봄의 제사'라는 제목을 붙인 이유를 이해하기 어려울 것 같아서 조금 설명하려고 한다.

'원년 봄의 제사'의 원서 제목인 '원년춘지제元年春之祭'는 《춘추경春秋經》서두의 세 글자 '원년춘元年春'과 이고르 스트라빈스키의 발레 작품 〈봄의 제전〉Le Sacre du printemps, 중문명 '春之祭'을 합해 만든 것이다.

《춘추》의 첫 세 글자를 택한 이유는 소설이 오릉규 시리즈 전체의 시작점이고, 오릉규가 살던 한나라 무제 시대가 《춘추》학이 발전하기 시작한 시기이기 때문이다. 동중서는 소설이 시작하는 해까지 살진 못했지만 그의 학문 업적은 여전히 남아 있고, 그 뛰어난 재능은 사라지지 않았다. 내 작품 속 주인공도 그를 동경하는 마음이 없지 않다.

또 나는 이야기가 일어난 시간을 천한 원년기원전 100년으로 설정했다. 특별히 기념할 만한 연도는 아니지만, 그 연호는 내게 특별한 의미가 있다. 《한서》 권32 〈사마천전司馬遷傳〉에 이런 내용이 있다. '사마천은 《좌씨》 《국어國語》를 근거로 하고 《세본世本》 《전국책戰國策》을 적용해 《초한춘추楚漢春秋》를 기술했으며, 그 뒷일을 이어 천한에 마쳤다.' 즉 사마천은 《사기》를 지을 때 천한 연대까지 기록했을 가능성이 높다(《사기》 중 사마천이 지은 부분이 실제로 언제 끝나느냐에 대해선 세 가지 견해가 있으며 왕궈웨이王國維, 주둥룬朱東潤, 루야오둥逯耀東 등의 연구를 참고할 수 있다). 또 《태사공자서太史公自序》에서는 《사기》를 집필하게 된 유래를 얘기하면서 이런 설명을 달았다. "선친이 말씀하시길 '주공이 죽고 5백년이 지나 공자가 태어났고, 공자가 죽고 지금까지 5백년이 지났으니, 그 뒤를 이어 세상을 밝히고 《역전易傳》을 정정하며, 《춘추》를 계속하고 《시》 《서》 《예》

《악》의 근본을 규명할 사람이 나타날 때'라고 하였는데, 그 뜻이 바로 여기에 있구나! 그 뜻이 바로 여기에 있어! 소자가 어찌 감히 밀어내리요!"《사기》가 '《춘추》에 이어지는' 작품인지 여부는 차치하고 《사기》가 끝나는 시대를 시작점으로 하려니, 한평생 후회하지 않을 글을 써야겠다는 생각이 들었다.

이것은 《원년 봄의 제사》를 쓰게 된 동기이기도 하다.

'봄의 제전'이라는 제목을 따온 것은 이 제목이 소설 이야기와 잘 맞는 연유도 있지만, 그 외에 이 발레 무용극의 음악 스타일, 즉 원시주의primitivism와 현대 테크닉과도 관련이 있다. 맞다. 나는 독자들이 선조의 감화를 듣게 하고 싶었다. 즉 오랫동안 케케묵고 타락한 옛 문명의 혼을 부르고 싶었고, 그러기 위해서 온갖 궁리를 다해 추리소설이란 형식을 택해 정당한 명분과 이치로 처녀들의 생명을 제물로 바치고 싶었다. 다시 말해 나는 현대 서구 문학 장르로 고대 동양의 유교적 도덕 전통에 대해 쓰는 작업을 시도했다. 나의 무지함을 용서하기 바라며 〈봄의 제전〉에 앞서 이런 시도를 한 사람이 있었는지 묻고 싶다.

오릉규 시리즈는 여기서 끝나지 않는다. 다만 시문과 고증에 대한 불안 탓에 미적미적 후속작을 완성하지 못하고 있다. 다음 작품(가제 '까마귀의 자웅')은 규와 노신이 장안에 도착한 후 겪는 일들과 한 무제 말기 중요한 정치 인물인 유굴리劉屈氂와 그 가족을 둘러싸고 전개되는 이야기다.

요즘 나는 《세월·추리》라는 잡지에도 비정기적으로 나와 동명의 미소녀 탐정 루추차陸秋槎 시리즈를 발표하고 있다. 아직은 시간축이 루추차의 고등학교 시절에 머물러 있지만 언젠가는 이야기의 진도가 내 인생을 따라잡을 것이다. 그때가 되면 그녀의 시각을 빌려《원년 봄의 제사》의 처음과 끝을 다시 얘기할 수 있을지도 모르겠다.

마지막으로 서두에 언급한 절구 세 수를 덧붙인다.

수년간 불빛 아래 긴 밤 보내며, 이 감정 글로 쓰고픈 마음 한두 번 아니었네.

처음 글쓰기 시작하는 젊은이도 그러한데, 나 같은 무뢰한은 더 말할 나위 없겠지.

잘 쓴다 한 적도 없는데 재앙을 초래했고, 뜻 이루지 못하면 슬플 것도 알고 있었네.

그럼에도 쓸데없이 십만 자 작품을 완성했으니, 평판은 동풍東風에게 남겨두자.

사시사철 기후 변화에 만물이 천년 세월에서 죽고 사니

사소하고 미묘한 부분은 철저한 자유 경지에 도달하면 다시

얘기하자.

数载然脂销永夜, 几番抽思写阳春.

韶龄试笔皆如此, 况我这般无赖人.

未称词工招祸祟, 早闻瓠落足悲哀.

却成十万骈枝语, 留与东风任剪裁.

天地四时消息里, 去来千载死生中.

此间微眇难言者, 且待鸿荒再启蒙.

2015년 6월 30일 가나자와 자택에서

루추차

자유를 위한 《원년 봄의 제사》

저자는 소설을 끝마치고 이와 같이 노래한다.

"수년간 불빛 아래 긴 밤 보내며, 이 감정 글로 쓰고픈 마음 한두 번 아니었네."

저자가 왜 그토록 관약영과 소휴, 오릉규와 관노신의 이야기를 오늘날을 살아가는 사람들에게 들려주고 싶었던 것일까? 저자는 '작가의 말'을 통해 이렇게도 말한다.

"나는 독자들이 선조의 감화를 듣게 하고 싶었다. 즉 오랫동안 케케묵고 타락한 옛 문명의 혼을 부르고 싶었고…… 추리소설이란 형식을 택해 정당한 명분과 이치로 처녀들의 생명을 제물로 바치고 싶었다."

소휴와 관약영, 관기의, 관강리 등 처녀들의 생명을 제물로 이해할 때 《원년 봄의 제사》는 인신제물이 바쳐진 '희생제사'로 읽힐 수 있다. 사냥을 마치고 저녁 연회에서 식사를 할 때 관노신이 오릉규에게 다음과 같이 물으며 대화가 이어진다.

 "먹어버리는 것 말고 상대를 나의 일부분으로 만들 다른 방법이 또 뭐가 있을까?"

 "누군가를 사랑하면 그 사람을 나의 일부분으로 만들 수 있을까? 노신은 취미가 참 엽기적이네."

 "아니면 나를 그 사람의 일부분으로 만들어도 되고."

 "그건 도리어 쉽지. 상대에게 상처를 주면 돼…… 하지만 그것만으로는 부족해. 그래도 나는 여전히 나니까. 완전히 상대의 일부분이 될 수 없어. 철저히 하려면 자신이 정말 사라지게 해야 해."

 둘의 대화는 예수가 십자가에서 제물이 되기 전 성만찬을 상기시킨다. 예수는 떡과 포도주를 제자들과 나누며 이는 내 몸이요 피라 했다. 특히 피에 대해 '이것은 죄 사함을 얻게 하려고 많은 사람을 위하여 흘리는 바 나의 피 곧 언약의 피'마태복음 26장 28절라고 했다. 이 구절은 기독교가, 예수가 제물이 된 것은 죄의 노예상태에 있는 인류를 죄로부터 해방시키기 위한 것이라고 설명하는 근거가 된다. 오늘날까지도 교회에서 행해지는 성만찬을 통해 예수의 살과 피는 수많은 사람의 일부분이 되고 있다. 예수는 죽어 사라짐으로써 완전하게 제자들의 일부분이 되었는지도 모르겠다.

《원년 봄의 제사》에 등장하는 여인들의 삶은 신분이 높건 낮건 대체로 고단하다. 조상 대대로 내려온 관습에 의해 무녀의 삶을 감내하며 혼인할 수 없는 오릉규, 관씨 가문을 지키기 위해 노예 신분의 데릴사위와 혼인해야만 할 운명을 견디지 못하고 죽어간 관기의, 관기의가 세상을 떠난 후 평범한 삶을 벗어나 자신의 뜻을 펼치길 꿈꾸었던 관강리와 관약영이었지만 그들의 결말이 어땠는지는 앞에서 이미 확인했다. 그럼에도 가장 비참한 삶의 표본은 소휴다. 소휴에게는 인권이란 것이 애초에 있지 않았다. 소휴는 언제나 처할 수 있는 가장 낮은 자리, 섬김의 자리에 있었다. 주인이 아무리 가혹하게 굴고 학대해도 주인을 미워하지 않고 주인의 행복만을 바랐다. 그리고 그 결과는 소설에서 익히 보는 바다.

관약영과 관무구 사이에 있었던 사건에서 천주교를 전파하는 아들 때문에 멸문지화를 염려했던 아버지가 자신의 아들 이벽을 감금했던 역사 속 일화가 떠오른다. 이벽의 죽음은 조선 천주교가 이후 맞이하게 될 대박해를 이겨낼 수 있는 원동력이 되었다. 이벽1754~1785이 조선에 전한 천주교는 조선의 신분사회를 뒤흔들며 억눌린 자에게 자유와 평등을 선포했다. 반면 제임스 조이스1882~1941는 아일랜드인의 정신을 마비시키는 인습으로 민족주의와 함께 천주교를 고발한다.《젊은 예술가의 초상》에서 조이스는 다음과 같이 말한다.

"사람의 영혼이 이 나라에 태어날 때 그 영혼이 날아오르지 못하게 그 영혼에 던져진 그물들이 있지. 네가 내게 민족과, 언어, 종교를 이야기하는데, 난 그러한 그물들과 함께 날아오를 것이야."

조이스는 스스로 자기 유배의 길을 떠나 긴 세월을 대륙에서 떠돌다 생을 마감했다. 현재 중국 대륙을 떠나 일본에 거주하며 자유를 위해 처녀들을 희생제물로 바치는 루추차의 다음 행보가 기대된다.

2019년 봄
옮긴이 한수희

원년 봄의 제사

1판 1쇄 인쇄 2019년 3월 15일
1판 1쇄 발행 2019년 3월 25일

지은이 루추차
옮긴이 한수희
펴낸이 최한중

디자인 황제펭귄
인쇄·제본 (주)민언프린텍

펴낸곳 도서출판 스핑크스
주소 10378) 경기도 고양시 일산서구 대산로 183
전화 0505-350-6700 | **팩스** 0505-350-6789 | **이메일** sphinx@sphinxbook.co.kr
출판신고번호 제2017-000187호 | **신고일자** 2017년 10월 31일

ISBN 979-11-962517-4-1 03820

책값은 뒤표지에 있습니다.
잘못 만들어진 책은 구입하신 서점에서 교환해드립니다.